*Objetivo: Salvar Vidas
México en Madrid
1936*

*Ochenta años después
México, año dos mil diez y seis
María Elena Laborde y Pérez Treviño*

MARÍA ELENA LABORDE Y PÉREZ TREVIÑO

Objetivo: Salvar Vidas
MÉXICO EN MADRID 1936
Huixquilucan, Estado de México
Impresos Línea Gráfica
332 páginas 14 x 21.5
Responsable y Cuidado de la Edición: María Elena Laborde y Pérez Treviño

CONTENIDO ISBN **978-607-29-0034-9**

Portada: Milène Hayaux du Tilly Laborde /Mónica Pasalagua Ayala
Fotografía Contraportada: Geraldine Hayaux du Tilly Margaín
Corrección de Estilo: Alfredo Ruíz Islas

Fotografía: Mujer amamantando a su bebé. España 1936
"Chim" David Seymour - The "Mexican Suitcase"
© Latinstock/Magnum Photos

Fotografías facilitadas a la autora
Luis Federico de Orduña y Moral – Propiedad de Alfonso de Orduña y Pérez
Gonzalo Fernández de Córdoba y Parella – Propiedad de Enrique Fernández de
Córdoba y Calleja
Esperanza Guadalupe Bastos Pellico – De su propiedad
Otras fotografías y testimonios – Propiedad de la autora

Esperanza Guadalupe (Objetivo: Salvar Vidas   México en Madrid 1936)
SEP INDAUTOR Registro 03–2012–022213111300–01
IBSN impreso:978-607-29-0034-9
ISBN ebook:978-607-29-0035-6

Tramitación ISBN/Código de Barras: José-Juan Méndez – abogado/
MÉNDEZ + CORTÉS – ABOGADOS E INGENIEROS

A los españoles asilados en suelo mexicano en
Madrid (1936)
y a los mexicanos que dieron refugio
siendo embajador el general Manuel Pérez Treviño

Porque nunca perdieron la
ESPERANZA de salir con vida, cobijados en
GUADALUPE, patrona de México

Jaime del Arenal Fenochio

En octubre del 2010, Jaime del Arenal Fenochio, en ese entonces agregado cultural de la embajada de México en España, hizo comentarios varios sobre el papel humanitario de Manuel Pérez Treviño durante la presentación en Madrid del libro Mi Nopalera, en el que relato el resultado de investigaciones genealógicas llevadas a cabo en torno a ese revolucionario, político y diplomático mexicano, así como a su señora esposa, Esther González Pemoulié.

El abogado, historiador y diplomático comentó ese día lo siguiente:

Pérez Treviño (España 1936) precedió a los embajadores Muñiz Arroyo (Uruguay 1970) y Martínez Corbalá (Chile 1973) en dar asilo dentro de las embajadas mexicanas.

Muy poco se ha hablado, y menos escrito, sobre el hecho de que el embajador Manuel Pérez Treviño concedió asilo, porque deja incómoda a la historia mexicana del exilio, dado que el gobierno del general Cárdenas siguió la política de apoyo a los republicanos. Pérez Treviño proporcionó asilo, dio protección y custodia al perseguido, al que tenía en peligro su vida: a los de uno u otro bando sin importar ideología, confesión religiosa, partido político.

Este hecho, en vez de ocultarlo hay que subrayarlo, darlo a conocer porque, en este caso, el derecho humano se impuso como deber fundamental.

Falta llenar ese espacio que la historia diplomática mexicana no se ha encargado de completar satisfactoriamente.

Estas palabras, pronunciadas por el que hoy funge como embajador de México en Ecuador (2015), fueron el detonador para que me abocara a la tarea de trabajar, investigar y profundizar en este tema.

Antonio Manuel Moral Roncal

Profesor Titular de Historia Contemporánea
Académico Correspondiente de la Real Academia de la Historia
Subdirector del Departamento de Historia y Filosofía
Vicedecano Universidad de Alcalá de Henares, España

El Dr. Antonio Manuel Moral Roncal tuvo una intervención relevante en la realización de esta novela, tanto a través de la obra por él escrita que me fue posible consultar, como por la información obtenida en distintas conferencias por él impartidas y en las ocasiones en las que tuve la oportunidad de entrevistarlo. Asimismo, se avino a brindar asesoría, material histórico y observaciones de manera directa.

En torno al libro, entre otros, hace los siguientes comentarios:

Pocos hombres hay conscientes de los tiempos que viven y menos aún de la época que les sobrevendrá. Afortunadamente siempre hay excepciones, como lo fue el general Manuel Pérez Treviño. Al estallar la Guerra Civil, miles de españoles, hombres, mujeres y niños, acudieron a legaciones y embajadas en demanda de auxilio y protección ante el aumento de la represión política de la España republicana.

En la embajada de México, la decisión de dar asilo fue tomada directamente por el general Manuel Pérez Treviño. Esa labor humanitaria de primer orden es el centro de la presente novela basada en hechos históricos. Si el lector es capaz de superar los apriorismos políticos, convendrá en que debe ser recordada por las siguientes generaciones.

Cabe mencionar que algunos de los más poderosos y respetados Estados europeos estuvieron entonces muy lejos de hallarse a la altura de aquellos países hispanoamericanos que no dudaron en tender la mano a los españoles en desgracia o persecución de uno y otro bando en liza.

DIPLOMADO NOVELA HISTÓRICA

En 2011 y 2012 cursé dos diplomados de Novela Histórica, becada por la Dirección del Museo Nacional de Historia del Castillo de Chapultepec, siendo director Salvador Rueda Smithers y Julia Rojas Valle Jefe de Servicios Educativos/Cordinación de dicho diplomado.

Por parte de la Universidad Iberoamericana, Campus Santa Fe, (IBERO) Coordinación Alicia Ruiz Maldonado.

Maestro Antonio Malpica Maury.

Maestro Alfredo Ruiz Islas.

Referencia particular para Lai–Sing Analee González Padilla, compañera en ambos diplomados, por su valiosa orientación.

MENCIÓN

Mención especial para Doña Emma y Doña Josefina (Ñeca) Pérez González, así como para Minita de López, María de la Merced, Emma y Dora Pérez Treviño, Adriana y Marisa García Pérez, por su incondicional apoyo para el logro de esta novela histórica.

La Autora

ÍNDICE

• Dedicatoria

• Notas preliminares

I. De regreso a Nueva York 9
II. Los Pérez Treviño González 15
III. Rumbo a España 25
IV. Exilio disfrazado 45
V. Fuenterrabía 67
VI. Datil Bador 81
VII. Madrid 97
VIII. Esperanza 109
IX. Asilados 127
X. Refugios 137
XI. Vidas salvadas 147
XII. Derecho del hombre 161
XIII. A discreción 177
XIV. Palacio Béistegui 193
XV. Esperanza Guadalupe 203
XVI. Joaquín 211
XVII. Presiones 231
XVIII. El tesoro español 247
XIX. Despedida..259
XX. Adiós 279
XXI. TMI 287

• Epílogo 301

• Anexo I Listado evacuados 305

• Anexo II Fotografías y Testimonios 321

• Anexo III Manuel Pérez Treviño - El Personaje
Hechos de Armas – Empleos Políticos y Diplomáticos 330

I. DE REGRESO A NUEVA YORK

Mi mente comprende, mi cuerpo no entiende.

Soy uno de los dos mil ciento treinta y nueve pasajeros que viajan en este barco. Me siento como si estuviera en lo alto de un edificio de muchos pisos, pero flotante. A lo largo de las diferentes cubiertas se encuentran alineadas un sinnúmero de tumbonas, aunque por el momento están vacías. Luego están los camarotes, de diferentes tamaños, y establecimientos de todo tipo. Hay tiendas, restaurantes, guarderías y salones de varios tamaños para diferentes actividades: los hay para jugar cartas, cubilete, ajedrez, o backgammon, otros son para bailar y otro, exclusivo para hombres, es en el que se compone y descompone el mundo al son de las bebidas y de los cigarrillos o de los habanos. No falta una barbería, con sillones reclinables forrados de piel negra, muy cómodos. Ahí, en un letrero que está pegado sobre uno de los espejos, se informa que nos movemos a gran velocidad y que de Marsella a Nueva York llegaremos en no más de cinco días.

—Si el clima lo permite —aclaró el capitán cuando embarcamos.

En el camarote de mis padres hay un folleto publicitario, en el que muestran fotografías de famosos que también han viajado en este trasatlántico. Entre ellos está la del recién fallecido cantante de tangos, Gardel. Al inglés Churchill le tomaron la foto en una de las cubiertas, con su inseparable puro. Mi madre comenta que la que se cubre con pieles es una artista berlinesa llamada Marlene Dietrich. Entonces surge una discusión entre mis hermanas. Que si la güera se tiñe o no el cabello. Que si el abrigo de piel que la cubre es o no de mink. Regresa la calma cuando, al pasar esa página, se distraen con fotografías de otros artistas de Hollywood.

¡Va de nuevo! Surge otro alboroto.

Me siento incómodo, no encajo, mejor me voy, salgo a cubierta. Soy el único que pasea por ella. Compruebo que el silencio también me aterra, nunca pensé extrañar el ruido, ni a la multitud.

Me pregunto si Esperanza Guadalupe está comiendo, durmiendo o si premia con su gran sonrisa a los que la chulean.

Un sol sin brillo se acerca al horizonte, avisando que pronto será de noche. Difícilmente distingo en dónde termina el agua y empieza el cielo. Me entretengo viendo, allá abajo, la espuma que hacen las olas al chocar con fuerza en proa. Levanto la vista al cielo, mis ojos buscan inconscientemente honguitos blancos, como le dicen mis hermanos a los paracaídas. Tengo que dejar de observar porque me estoy mareando.

Me incomoda el viento, parece navaja. Me llega al cuerpo a pesar de que traigo camiseta de lana y dos suéteres; cubro mi cuello con una bufanda que me tejió Mamá Coca al inicio del invierno pasado. Mejor ni pienso en mis pies porque, a pesar de que estreno zapatos y calcetines, mis dedos están como paletas heladas. Una boina cubre mis orejas y las protege, lo mismo que a mi cabeza. Es de lana, igual que el pantalón y el abrigo que traigo puesto y que por cierto me queda corto. Es el mismo que estrené hace dos años: cuando nuevo me llegaba al chamorro, pero ahora sus mangas ya no rebasan mis muñecas y me es imposible cerrar todos los botones porque le faltan tres.

Aunque estoy bien arropado, nada me calienta, porque desde mis entrañas estoy congelado.

Un movimiento brusco del barco provoca que mi mente regrese a cubierta. Inquieto, volteo hacia el firmamento, mis ojos y yo seguimos preocupados: en vez de buscar a los que caen desde un avión —con todo y honguitos—, ven la esvástica agitada por el viento, prendida en el mástil de popa. Recuerdo que, estando en Marsella a punto de embarcarnos, alguien comentó que esa bandera tiene que ondear en los barcos alemanes por órdenes de Hitler. También dijeron que podemos tener problemas al desembarcar en Nueva York, porque los nazis son mal vistos en América.

Me recorre un escalofrío porque me viene a la mente la tragedia del *Titanic*. Hago un poco de memoria y recuerdo que sucedió en el mes de abril, en una época en la que los glaciares empiezan a derretirse y, por lo mismo, desprenden gigantescos icebergs que navegan sin rumbo hasta fundirse en mares más cálidos. Respiro aliviado porque estamos en enero, el frío es más intenso y es menor el riesgo de que se desprenda un pedazo de glaciar, choquemos con él y nos hundamos.

A Joaquín lo siento cerca, percibo que por aquí anda, me hago la ilusión de que se va a presentar con su copete lacio y su gran sonrisa, nos damos un fuerte apretón de manos y reiniciamos nuestras pláticas. Sin embargo, solamente escucho el viento cortante y el ruido que surge cuando el barco golpea las olas.

Inesperadas, como torrente, brotan lágrimas de mis ojos. Creí que ya no podía derramar más. El pecho se me encoge, la angustia me invade, me acerco a la borda, me detengo del pasamanos.

—¡¡Joaquííííínnnn!! ¡¡Joaquíííííínnnn!! ¿Estás bien?

Sigo llamándolo hasta que mi garganta no da más.

Apuro el paso por la cubierta para ahuyentar las lágrimas que siguen brotando. Al mismo tiempo voy repitiendo en mi mente la frase tantas veces escuchada. *¡Los hombres no lloran! ¡Los hombres no lloran!* Después les ordeno: *¡Deténganse!* Comienzo a dominarlas, logro que disminuyan, dejan de surgir cuando me intereso en un cuarto con el que me tropiezo: es más bien una pequeña cabina que invade un pasillo de cubierta, sus paredes son de madera, las ventanas están cerradas herméticamente, a través de los vidrios escarchados por el agua salada alcanzo a ver que está vacía, intuyo que es un mirador. Sin dudar y exento de invitación acciono la manija, la puerta cede fácilmente. Entro. *¡Que a gusto se está aquí!* Es mi cuerpo el que manda al cerebro esa percepción.

Al centro del cuarto se encuentra una mesa cuadrada, rodeada de bancas. Todo es de madera. Afuera todavía hay luz natural, pero aquí adentro ya hay penumbra. Tomo asiento y noto que los muebles están encajados al suelo. Veo una lámpara, la prendo, trato de moverla, pero está también atorada, ella a la mesa y la mesa al piso. Forcejeo un poco y desisto. Me concentro mejor en el pequeño calefactor que está en una esquina y que es la causa de que me sienta tan cómodo aquí dentro.

La mesa tiene un cajón que me invita a abrirlo. Lo hago y encuentro que adentro está un paquete de papel elegante, blanco. En la parte superior de cada hoja, centrado, está escrito el nombre del trasatlántico y también dice que pertenece a la firma Norddeutscher Lloyd.

Junto al paquete hay varios lápices, sacapuntas y una goma. Quiero aceptar la invisible llamada, pero mi mente se resiste, no quiere revivir, sufrir. Parte de mí dice que sí, otra se rehúsa.

Sin querer queriendo, sin pensar pensando, me pongo a sacarle lentamente punta a varios lápices.

Después tomo una de las hojas.

Mi mano tiembla.

Aspiro hondo, ya calmo y decidido, comienzo.

SS. Bremen, 8 de enero 1937.

En alta mar todo está en calma... la tormenta sigue en España.

II.   LOS PÉREZ TREVIÑO GONZÁLEZ

Nací en la capital del país, cuando México pasaba por un caos. La revolución había matado —o estaba en proceso de matar— a más de un millón de personas de todas las condiciones sociales y, en general, la situación de la población era precaria. Las comunicaciones, las vías férreas y los caminos estaban en malas condiciones. La deuda externa era cuantiosa. La producción en el campo, prácticamente nula. El general Álvaro Obregón, primer presidente posrevolucionario, trataba de levantar el país, de mantenerlo a flote.

En mi familia somos siete hermanos, cuatro hombres y tres mujeres. Emma, la mayor, nació antes que yo, después de mí llegó Esther y después Josefina, la escalera familiar termina con tres varones: Enrique, Álvaro y Ricardo. Josefina y Enrique son los únicos que tienen apodo, a ella le decimos *Ñeca*, a él *Quique*. En mi caso, eso de estar colocado entre las tres mujeres, y ser mucho mayor que el resto de los hombres, no es de envidiarse. Aunque tengo seis hermanos, es como si fuera hijo único. Llevo el mismo nombre que mi padre. Me llamo Manuel.

Al quedar huérfanos mi madre y sus tres hermanos durante la revolución se fueron a vivir con una hermana de su padre. Ahora, esa tía vive con nosotros. No es nuestra abuela, pero como si lo fuera, y yo soy su ahijado.

En casa es costumbre hablarnos de usted. Además, cuando me dirijo a la tía de mi madre le digo «mamá Coca», cuando lo hago con mi madre le digo «mamá Esther» y cuando me dirijo a mi padre le digo «mi general». Mi madre dice que causaba mucha gracia que, siendo yo pequeño, copiara a los que así lo saludaban. Por eso mismo se me quedó la maña.

A causa de los empleos de mi padre nos hemos mudado demasiadas veces de ciudad y por consiguiente, de casa. Lo que más me gusta es estar en su hacienda, que en honor a mi abuela se llama La Candelaria, aunque nosotros le decimos El Rancho. Está en Coahuila. Es una gran extensión de terreno prácticamente plano, sin cerros, montes, ni montañas. El campo es árido, semidesértico, de clima extremoso: agobiante sol en verano y frío helado en invierno.

Generalmente hacemos los viajes en tren. La estación más cercana es la de Nava, Coahuila. Cuando llegamos ya están dos o tres trabajadores esperándonos ahí y ese día la hacen de choferes. Entonces recorremos cuarenta kilómetros del llamado Camino Real de los Tejas, que es la distancia de esa estación al casco de La Hacienda. Me acomodo en la caja de la Ford *pick–up* que compró mi padre en San Antonio. Vuela como el viento, rueda a veinte millas por hora.

Si tenemos la suerte de que exista amenaza de que caiga oro líquido del cielo —o sea, lluvia—, van a recogernos a la estación en chispas o carretas y así evitamos complicaciones, porque en caso de que sí llueva, sin duda alguna, los automóviles se atascarán en el lodo resbaladizo. En esos casos me siento al lado del que lleva las riendas, o me acomodo junto a las maletas o encima de los baúles. En invierno, cuando sopla el norte helado, los más se apretujan dentro de los coches, pero para mí pocas veces hay lugar adentro porque soy hombre y joven, y las damas y los adultos son primero.

Arriba de la carreta me divierto observando a los coyotes que persiguen a las liebres, o a los conejos que brincan, corren, suben y bajan entre los cenizos, o que se esconden debajo de los matorrales espinosos llamados uñas de gato. A los correcaminos que se ponen delante de nosotros nunca los alcanzamos, por más que apuramos el paso de las mulas. Cuando los jabalíes nos perciben, salen de debajo de los chaparros y huyen asustados. Los coconos —que es como se les dice allá a los guajolotes salvajes— que están dormidos sobre ramas de algún encino tratan de volar en cuanto perciben nuestra presencia, lo hacen con torpeza y producen, al aletear, un ruido caótico. Entonces se espantan o encabritan los animales que tiran de la carreta, sean mulas o caballos. En invierno es cuando los venados cola blanca se dejan ver, parecen gacelas al saltar los alambres de púas. También rondan pumas, pero solamente he visto dos. Arturo, uno de los vaqueros, me está enseñando a identificar sus huellas y a no confundirlas con las de los gatos monteses. Cuando revisamos las pisadas y están frescas —lo que sabemos porque se dibujan del fallecimiento de un señor. Todos los pasajeros somos llamados a estar en cubierta a las cinco de la tarde y ser parte del sepelio marítimo. Un marinero —muy supersticioso, como lo son casi todos los marineros— me comenta que, si no se lleva a cabo la ceremonia fúnebre, el espíritu del muerto no reposará en paz y vagará sin descanso rondando a todo lo largo y ancho del barco, sobre todo en las noches, atormentando a marineros y pasajeros por no habérsele dado la debida despedida. El capitán sube a cubierta seguido de seis marineros que cargan al muerto, todos ellos con uniformes de gala. Marchan con pasos rítmicos y llevan cargado el cuerpo sin vida envuelto en un burdo costal. Temblando desde mis adentros escucho al capitán y al capellán decir algunas palabras, mientras los músicos que suelen amenizar las comidas y bailes tocan *Las golondrinas* Yo no puedo quitar la mirada del bulto sin vida al que le pusieron dos lazos: uno alrededor del cuello y otro atándole los dos pies, del que cuelga una bolsa del mismo material que el costal y que, según alcanzo a escuchar, está lleno de algo que hace peso para que el muerto no flote y sea jalado al fondo del mar. Esa macabra escena la tengo fija en la vista y el ruido del cuerpo muerto al caer al mar todavía resuena en mis oídos. Inmediatamente después de que avientan al inerte al agua, la sirena del buque empieza a escucharse, los rezos son silenciados por ese ruido que es como un lamento y que retumba en mi mente. Comprendo perfectamente que la más chica de mis hermanas duerma mal y tenga pesadillas.

perfectamente en la tierra— es que los gatunos recién pasaron, están cerca. Entonces sacamos las carabinas de sus fundas y vamos ojo avizor, porque los felinos nos pueden atacar, sobre todo si están hambrientos. En mi último viaje vimos a uno y le tiré con el veintidós, pero por fracciones de segundo fallé. Ese mes ya se habían despachado a veinte borregos y a cuatro becerros, y a un potrillo le mordieron la cola, por lo que lo nombré el Cola Mocha.

El pueblo más cercano al casco de La Hacienda se llama Guerrero y está próximo al Bravo, al río que separa a Coahuila de Texas. En ese polvoriento pueblo de casitas de adobe o sillar, de solamente un piso y ventanas pequeñas, vive mi abuela Candelaria, que anda por los ochenta y cinco años de edad. Es alta, robusta, de cabello cano peinado en forma de chongo, tiene ojos azules, es platicadora y cariñosa. Yo siempre espero el momento en el que, en las tardes, se sienta en una mecedora color verde menta, porque es cuando ella da comienzo a sus relatos. Por ellos sé que ese color de ojos es herencia de su padre, don Miguel Treviño, y también me explicó que yo no puedo recordar a su esposo, mi abuelo Jesús, porque él murió cuando yo tenía tres años. En las fotografías que me muestra de él sobresalen sus barbas largas y blancas. Cuando mi abuela relata lo hace con voz soñadora, entrecierra los ojos de color agua cada que recuerda anécdotas sucedidas en su pueblo o cuando pone en claro datos sobre nuestros antepasados. Yo hago lo mismo con los míos, los entrecierro y la veo como si estuviera frente a mí y me dijera con admiración y orgullo que la mayor parte de los hombres de la familia han sido militares.

También comenta que somos ajonjolí de todos los moles, porque llevamos en nuestras venas sangre de diferentes naciones. Que nuestros antepasados conquistaron y poblaron el norte de Coahuila y el sur de Texas, que unos eran españoles, otros criollos o mestizos. Con añoranza dice que por José Gil, su abuelo materno, tenemos sangre india, de una tribu nómada, de Apaches, o Comanches, Manos Blancas o de los Carrizo/Come Crudo.

En mi querido Norte voy y vengo por donde quiero, lo que no sucede cuando estamos en alguna ciudad porque ahí nos cuidan en exceso. Y nos custodian no por cualquier cosa, sino porque hace tiempo secuestraron a mi hermano Quique, aunque después de un día de gran movimiento, desconsuelo, pesar, angustia y desesperación de los de casa, lo regresaron sano y salvo.

Allá en el Norte soy libre, nado en la presa, monto a caballo, ayudo a juntar el ganado o a las bestias. Cuando es invierno participo en el herradero, echo el lazo o superviso que la lumbre esté preparada para poner al rojo vivo el fierro, el signo de propiedad; cuando es tiempo de trasquila, ayudo con los borregos. A diario me levanto cuando está todavía oscuro, porque en la madrugada es la ordeña, y bebo la leche caliente y espumosa que sale como chisguete de las inmensas ubres de las vacas. Tomo por las asas las lecheras de fierro rebosantes y pesadas y las subo a la carreta, que es como son transportadas un kilómetro, la distancia entre los corrales y la cremería, donde procesan la leche y la convierten en mantequilla, quesos o crema.

Los días se me pasan volando. Ni cuenta me doy de que no tengo hermanos de mi edad.

La mayor parte de los trabajadores son mis parientes, sus hijos son mis amigos. Eustaquio y Desiderio son con los que más me llevo, los tres somos de la misma edad, crecimos juntos. Un día, cuando niños, mientras buscábamos madrigueras de conejos, Remigio, otro primo, bien menso, metió el dedo en un agujero y que lo muerde una víbora de cascabel. ¡Vaya susto! Se le pusieron la mano y el brazo bien hinchados; tanto, que se le reventó la piel, parecía que se le salían por ahí todos los adentros, por poco y se muere. Se salvó porque estábamos a un costado de la cremería y le pudieron poner de inmediato el antídoto comprado en Texas que se guarda en alguno de los refrigeradores industriales. La mordida tuvo su lado bueno, porque entonces el tío Estanislao nos enseñó a matar a las venenosas usando ramas en forma de horquilla para detenerles la cabeza mientras, con un machete, las descabezamos.

—¡Recuerden! —nos decía un día sí y otro también—: Ellas no los van a atacar. Solamente si las molestan, si se sienten amenazadas, es cuando los pueden morder.

También pasamos buenos ratos buscando pedernales, puntas completas o pedazos de flechas o hachas, vestigios indios que abundan en los alrededores de las ruinas de San Bernardo, una misión franciscana que se estableció en tiempos de la Colonia a las afueras del pueblo.

Cuando el clima es agradable, la familia en pleno va de día de campo. Esos paseos, que duran toda una jornada, los hacemos acomodados en los dos pisos de una carroza dorada que mi padre compró y mandó traer del otro lado del océano. Es idéntica a una que fue de María Antonieta, la reina de Francia que acabó sus días en la guillotina. Paseamos en la dorada, algunas veces pescamos en el Río Bravo, o en la presa de un rancho cercano llamado El Gato o visitamos a la familia Harper en su casa de El Azulejo.

Lo que más espero, lo que más me gusta, es cuando mi padre me dice con voz de mando «¡Pérez, acompáñeme!» Y me voy con él a pasar revista a los corrales, a las caballerizas, a los silos que están en construcción y que algún día almacenarán las cosechas. También inspeccionamos que estén bien las construcciones de los pozos de agua y que giren sin problema las aspas de los papalotes que, movidas por el viento, accionan un mecanismo que extrae agua del subsuelo y revisamos que no existan fugas de agua en las pilas de cemento, que es en donde se acumula el preciado líquido para que lo beban los animales. Además, caminamos a todo lo largo y ancho de los campos de siembra, de los que algunos se riegan con agua de los ríos subterráneos que extraen bombas alimentadas ya sea con gasolina o con petróleo. Otros sembradíos son de temporal: en esos, verificamos que los bordos estén firmes, esperando que, cuando llueva, llegue la mayor cantidad de agua posible a la raíz de lo sembrado, ya sea sorgo, maíz, alfalfa, trigo o caña de azúcar.

Esos momentos son únicos. Disfruto ser hombre, no van las damas, y lo mejor de lo mejor es cuando mi padre me da su pistola o la carabina para que yo practique. Entonces tiro al blanco, que puede ser una botella de vidrio, un conejo, una liebre, una codorniz, una paloma huilota o un cócono.

Es enero de 1935. Vivimos en la Ciudad de México y nos avisan que emprenderemos un viaje y que, por lo tanto, nuevamente nos tenemos que mudar. Lo primero que me viene a la mente es *¡Adiós amigos! ¡Otro colegio! ¡De nuevo a empacar!*

Ya voy por la sexta escuela.

¡Pero esta vez sí que vamos lejos!

En casa empiezan los preparativos, aumentan las idas y venidas, el ajetreo es tremendo. Poco a poco nos envuelve un ambiente extraño. Melancolía por lo que dejamos, euforia por lo que vendrá. Tenemos fecha de ida, mas no de regreso.

Intrigado, comienzo a indagar. Así me entero de que haremos el viaje en varias etapas: la primera, en tren de la Ciudad de México a Veracruz; una segunda, en barco, desde el puerto jarocho a Cuba y ahí nos embarcaremos nuevamente, cruzaremos el océano y así cubriremos la penúltima parte del viaje.

Una semana antes del día fijado para la salida, vamos la familia en pleno al Palacio de Hierro, una tienda departamental que se encuentra cerca del Zócalo de la capital. Salimos de ahí bien armados, preparados para el frío. Para todos hubo abrigos de lana, con el mismo corte y del mismo color, y también nos compraron guantes. Y son de piel. Para mi hermana mayor, sombrero; para los demás, boinas. Solamente la estatura, el color de los ojos, del pelo o de la piel es diferente, pero somos siete de carne y hueso, para nada de plomo, aunque nuestro padre es general del Ejército Mexicano.

Me encanta sacar de quicio a la maestra Bertha. Ella empaca libros y cuadernos en un baúl, mientras les explica a sus pupilos que cruzaremos el océano en un barco inmenso. Entonces yo la interrumpo y le pregunto

—¿Barcos como los de los piratas, con velas y camarotes?

Los ojos de mis hermanos se agrandan, los de la profesora se achican antes de contestarme seria y cortés al mismo tiempo.

—Sí, con velas y camarotes —y añade, al tiempo que se quita los lentes y los agita con su mano derecha—: Ni piensen que habrá piratas.

Con esas palabras, mis hermanos se desinflan. Entonces le digo a ella:

—Deme dos de Salgari, yo los llevo conmigo —me dirijo en ese momento a los pequeños y les hago una promesa al mismo tiempo que les muestro los libros—: Cuando estemos a bordo reviviremos las aventuras del pirata Sandokan.

Ellos quedan felices, la que enseña taciturna, yo más o menos bien librado.

Antes de que finalice el día, todos sabemos indicar en el globo terráqueo la ruta que habremos de seguir, dedos y más dedos la señalan, así como nuestro destino final.

La Madre Patria.

Allá es a dónde vamos: ¡a España!

III. Rumbo a España

Emprendemos el largo viaje, estoy anhelante de aventuras y de comprobar por mí mismo si son o no verdad tantas cosas que me han dicho o que he leído sobre Iberia.

Los últimos días antes de la partida fueron agotadores, había tanto que preparar, empacar, cargar.

Se escucha el silbido largo del tren y un — ¡Áááámonoooossss!

Se perciben entonces ruidos de fierros que pegan unos con otros, el carro se mueve hacia atrás, luego hacia adelante, parece como que se detiene, inicia un traca–traca, poco a poco toma velocidad. Comienza entonces un peculiar balanceo que nos acompaña durante todo el trayecto.

La máquina nos lleva a través de pastizales, llanuras, bosques, montes, valles, laderas de montañas. Pasamos junto a sembradíos, y lagos o atravesamos riachuelos y ríos.

El vaivén me relaja, desde antes de pasar la cuenca lacustre de México, caigo agotado, se me cierran los ojos, dormito. Despierto por causa del calor, me asfixia, me agobia, transpiro tanto que traigo la camisa mojada, siento el sudor que escurre por la espalda, tengo empapados los sobacos. Necesito aire, decido salir al exterior, por lo que camino hacia la parte trasera del vagón, lo hago con dificultad a causa del intenso movimiento del tren. En ese pequeño espacio se encuentran tres personas, apenas si hay lugar para mí, ellos, igual que yo se tambalean, afuera se siente mucho más el movimiento, noto sorprendido, que en vez de refrescarme, lo que recibo son bocanadas húmedas y calientes. Por la incomodidad, y porque el estómago me ruge, decido ir al carro comedor. Al poco rato, con mi estómago satisfecho, estudio el mapa que muestra que el trayecto pasa por los estados de México, Hidalgo, Tlaxcala y Veracruz. Al salir de la Ciudad de México el tren se dirige al noreste. Veremos a lo lejos las pirámides del Sol y de la Luna: es Teotihuacán. El tren cambia de rumbo adonde mi brújula dice que está el sureste: rodearemos primero los llanos de Apan, después la vía continúa más o menos en línea recta y sube a una de las ciudades más altas del país, Apizaco, y después pasará por Huamantla, seguirá el trayecto más o menos en línea recta hacia el estado de Veracruz y pocos kilómetros antes de llegar a la ciudad de Orizaba tuerce al este, pasando por Córdoba y enfilándose hacia el golfo de México, para terminar el recorrido en el puerto de Veracruz.

Ya comido y refrescado disfruto de un rato de lectura. Después, bamboleándome, deambulo por los estrechos pasillos y juego algunas partidas de cartas con mamá Coca. Por la ventanilla noto que el paisaje va cambiando: de magueyes, nopales, sauces llorones, cedros, pirules, cipreses, eucaliptos, organillos, quelites; de esa vegetación de zona semidesértica, pasamos a una más frondosa y verde, surgen ceibas, palmeras, papayos, plátanos, árboles de mangos. Incluso aparecen, de pronto, interminables sembradíos de cafetales. Cuando pasamos por ellos, los que trabajan detienen su actividad y saludan nuestro paso agitando las manos.

Poco a poco me acostumbro a entrar y salir de las penumbras causadas por el ingreso del que nos transporta en alguno de los muchos túneles que nos permiten atravesar por dentro colinas y montes. Con cierto temor me asomo por las ventanillas cuando rodamos sobre alguno de los puentes construidos expresamente para que en ellos se posen las vías y se deslice este tren sobre caudalosos ríos o profundas barrancas, a una altura en la que siento que soy ave y vuelo. Espero con expectación pasar por el que dicen que es el más alto, el Metlac, que está entre Córdoba y Orizaba. También son espectaculares las vistas de varios volcanes con sus copetes blancos. Al inicio del trayecto los imponentes, el Popocatépetl y el Iztaccíhuatl, y ya cerca del destino final del tren llega el turno del Citlaltépetl, también llamado Pico de Orizaba, que es la montaña más alta de México.

Son muchas las estaciones en las que se detiene la locomotora y, por consiguiente, todos los vagones que jala. En cada una suben vendedores a ofrecer tacos, tortas, tamales, pepitas, cacahuates, nieves de limón o naranja y helados de nuez, vainilla o chocolate. También mercadean aguas frescas de tamarindo, horchata o jamaica, sin faltar los dulces de coco, las alegrías, los buñuelos y los muéganos, así como variedades de panes dulces.

En las estaciones pasajeros bajan, pasajeros suben. Escucho que dicen que vamos retrasados, también comentan que, aunque lleguemos tarde, no hay problema, dado que existe un acuerdo entre la compañía del ferrocarril y la del barco para que este último no salga de puerto hasta que lleguemos los pasajeros que subiremos a él y que venimos en este tren. Ya sin esa preocupación, disfrutamos del viaje cada que nos detenemos y seguimos y seguimos comiéndonos los kilómetros y kilómetros a todo lo largo de la vía.

Me invade un sopor. La inesperada siesta es interrumpida porque me despiertan para que ayude a preparar y cargar lo que tenemos que bajar. Nos acercamos a nuestro primer destino, se aproxima el momento tan esperado por mí, por primera vez subiré a un barco.

¡Qué decepción! La salida se pospone por el mal tiempo causado por un fuerte norte. El viento mueve las palmeras de tal forma que algunas de sus ramas se doblan hasta tocar el suelo y a otras las rompe el viento como si fueran de cristal. Lo que parecía llovizna se convierte de pronto en una tormenta tropical, llueve muy fuerte, las horas pasan y las tremendas ráfagas que llegan del norte siguen y siguen. Nos vemos obligados a quedarnos en un hotel porque, como sea, se nos impide salir. Lo peor de todo es que ya no probé el café de la Parroquia, ni caminé por el muelle, tampoco pudimos conocer el fuerte de San Juan de Ulúa. ¡Vaya aburrición!

Después de dos días de inactividad, temprano por la mañana subimos finalmente al vapor *Orizaba* de la West Line. Mi padre presenta el altero de pasaportes diplomáticos que nos expidieron. Los de la aduana los revisan sin ponernos atención, ni siquiera comprueban si las caras concuerdan o no con las fotografías. Ellos solo ponen los sellos casi automáticamente, por lo que ya podemos abordar al que por mar nos llevará a Cuba.

Apenas pasa de medio día. Llevamos viajando pocas horas y estamos ya todos con el mareo, el «mal de mar», a pesar de que nos hicieron comer manzanas verdes dizque para que no nos afectara el bamboleo. Es espantoso tener ese malestar, me siento morir. Me hacen que respire profundamente, pero este remedio tampoco tiene éxito: mi estómago está revuelto, pierdo el equilibrio, me duele la cabeza, siento náuseas, los pedazos de manzana medio digeridos salen disparados para afuera. No sé lo que es mejor, si quedarme sentado o acostado, por lo pronto permanezco en el camarote, totalmente a oscuras. En un momento dado nos levantan, dicen que ya es la madrugada, apenas si puedo probar fruta que nos tienen preparada.

Bajamos del barco a las seis de la mañana porque arribamos a La Habana y permaneceremos en ella tres días. Ya estamos en tierra y yo sigo mareado. Nos dirigimos en automóviles al Hotel Bristol y me recuesto en mi cuarto, poco a poco me recupero.

Cuando ya soy yo de nuevo, salgo animado y me entero de que mis padres y mi hermana mayor no están. Como el hotel está en el centro de la ciudad, dejo recado en recepción para mis padres, de que salí a caminar. Ahí mismo me proporcionan un folleto con un croquis en el que se ve la localización del hotel. Es todo lo que necesito, me pongo pies en marcha.

Nunca he visto tantos colores de piel, compruebo que todos los cubanos sin distingo de edades ni de condición social, llevan la música por dentro, son joviales, alegres, bailotean, valsan. Muchas personas están sentadas en mecedoras en los portales o en los balcones de los edificios que son de pocos pisos, algunos tocan guitarras, otros silban o tararean canciones, o simplemente observan a los que caminamos por las calles, las que están llenas de niños en su mayoría de raza negroide que descalzos juegan futbol. La mayor parte de las casas y edificios tienen grandes arcos que surgen de anchas columnas de piedra, dando sombra a corredores en los que se encuentran cafés, restaurantes, tiendas. Abundan los comercios, sobre todo los que, en sus vitrinas, muestran habanos de diferentes precios, tamaños, calidad del tabaco y grosor. Son miles las marcas, de los preciados y mundialmente conocidos puros cubanos. Empieza a atardecer, pregunto para dónde están las calles de Rafael y Amistad, que es donde se encuentra el hotel, y regreso sin problema alguno. Leo en la propaganda que viene impresa en el folleto que el hotel cuenta con cien cuartos con baños privados y teléfono. Todo un lujo.

El día y medio que nos queda antes de embarcarnos nuevamente lo utilizamos para visitar, sobre todo, el Centro. Nos abocamos entonces a caminar. Coincido con mi madre, que dice que es la mejor forma de conocer una ciudad. Caminamos a todo lo largo y ancho del Paseo del Prado, que es la calle más importante de esta ciudad cubana. Nos topamos con el edificio del Capitolio, a propósito del cual dice el guía que lo construyeron copiando el que está en los Estados Unidos. Lo visitamos, lo mismo que sus jardines interiores. Me impacta pararme debajo de la cúpula, siento que soy un enano. Seguimos deambulando por el malecón, disfruto una deliciosa nieve de coco, también visitamos el monumento que nombran El Templete, que está en la Plaza de Armas y que, dicen, es donde se erigió la primera construcción en la isla. Ahí hay una estatua de la patrona de los navegantes, junto con un busto del descubridor Cristóbal Colón. Por supuesto echamos monedas a las raíces de una ceiba que ahí crece porque nos dicen que es la costumbre y que, al hacerlo, no olvidemos pedir un deseo. Lo hago y me lo guardo, porque si lo revelo se me ceba. Confieso que soy algo supersticioso, y supongo lo heredé de mi madre.

Visitamos también la iglesia de la calle de Reina, que tiene una torre muy alta. Al salir comemos en un restaurante que queda en esta misma calle, en mesas bajo las altas arcadas. Me dedico a comer moros y cristianos, plátanos fritos y ropa vieja, y no llego al postre porque me acuerdo de que al cabo de pocas horas zarparemos y por nada quiero volver a sentirme mareado, lo que hace que no sea nada recomendable estar con el estómago repleto.

A pesar de que nos aseguraron que en el barco que viajaríamos a Europa no nos daría el mal de mar —por ser más grande que el *Orizaba*—, mi madre, previniendo que suceda nuevamente el desastre, compra en una droguería un titipuchal de cápsulas de jengibre, que le recomendaron como las indicadas para impedir que nos mareemos.

La noche previa al día fijado para embarcarnos me es imposible conciliar el sueño. Infinidad de cosas pasan por mi mente. Todavía es de madrugada cuando brinco de la cama, soy el primero en entrar a la cafetería del hotel. Desayuno deprisa y ligero, me come el ansia, falta ya poco tiempo para saber lo que es estar en un trasatlántico y, entre muchas otras cosas, anhelo que me autorice el capitán a entrar en el cuarto de máquinas.

Al fin llega la hora tan deseada. Los baúles y las maletas los suben con grúas, los empleados del barco —uniformados de impecable blanco— se encargan de llevar directamente a los camarotes lo que es debido mientras yo disfruto en grande que, por esta vez, nada tengo que cargar.

¡Vaya contraste! Efectivamente, este barco es inmenso.

El capitán nos invita a permanecer en cubierta. Los pasajeros nos despedimos de muchísima gente que está en el muelle, algunos están ahí expresamente para desear feliz viaje a sus familiares o amigos, otros simplemente atraídos por el espectáculo de nuestra partida. La mayoría de los que nos vamos, levantamos los brazos y agitamos las manos, los hombres los sombreros, las damas pañuelos. En tierra sucede lo mismo: una multitud nos manda besos, agita los brazos, más sombreros y más pañuelos blancos. Fijo la vista en unas jóvenes que me mandan besos, aventándomelos con sus manos enguantadas, les contesto de la misma forma, hasta me imagino que las conozco, llego a sentir que sí es a mí a quien fueron a despedir y que me duele dejarlas, que son mi amor de puerto, aunque en un momento dado decido bajar el brazo, dejar de agitar la mano y poner los pies en el barco. De nada me sirve pensar en lo que no es y que, de cualquier modo, se queda atrás.

Sueltan amarras, el vapor desatraca e inicia la salida del puerto. Yo cambio de lugar, voy hacia la proa, quiero estar de frente hacia donde nos dirigimos, sin la menor idea de lo que el destino nos depara.

Conforme pasan los días me doy cuenta que la maestra Bertha lleva mucho tiempo sin subir a cubierta. Me dicen que está indispuesta, aunque yo creo que esta apenada o molesta porque se equivocó y el barco no tiene velas. Es de vapor, se llama *Órbita* y tiene solamente una larga y negra chimenea.

Quedé con mis hermanos de verlos en la sala de lectura para leerles *El Rey del Mar*, de último minuto cambio de opinión y opto por tomar *La Mujer del Pirata*. Leer a bordo lo que le pasa a Sandokan es único, disfruto cada página como si las aventuras sucedieran en ese momento, supongo que a ellos les sucede lo mismo porque están atentos mientras leo. Solo Quique permanece en el camarote: tiene calentura.

Durante el simulacro de hundimiento, que es obligatorio para todo navío llevar a cabo, conozco a Joaquín. Aunque de momento no lo sepa, es el mejor amigo que jamás tendré. Joaquín es mitad español y mitad mexicano. Sus padres viven en México, pero él entrará pensionado a un colegio cerca de la casa de su abuela, en Asturias.

Las sirenas del barco se escuchan. Su sonido es desagradable, similar al bramido de un toro, pero tan fuerte que exaspera. Lo único que quiere uno es taparse los oídos y dejar de escuchar ese espantoso ruido. Aunque avisaron que sería una práctica, siento como si el peligro fuera real, tengo el corazón encogido, la piel de gallina.

Nos obligan a subir a cubierta, somos un mundo de gente, todo es desorden, de las voces sobresale la de mi madre

—¡Manuel! ¡Manuel!

Supongo que llama a mi padre, pero al ver que volteo y la veo, entonces se dirige a mí. No la escucho; más bien adivino lo que me dice:

—Busque a Ricardo.

Con señas me da a comprender que se le soltó de la mano.

Ella trata de no perder a Quique y a Álvaro. A lo lejos está mamá Coca con mi hermana mayor, ya traen puesto los chalecos salvavidas y están subiendo a una de las lanchas. Mi padre parece tranquilo, pero no lo está: el movimiento de su cabeza y en lugar en el que pone su vista me dicen que busca al más pequeño de sus hijos.

El altavoz nos deja oír las instrucciones.

—¡Niños y mujeres primero!

Gritos y sombrerazos por doquier. Veo a Catalina, ella también trae cara de angustiada. Con ella está la señorita Bertha, que tiene que tomar parte del simulacro solo porque se le ha obligado, aunque el hecho de que su piel se vea más blanca que la leche me dice que sí está enferma.

Yo sigo buscando al más pequeño de mis hermanos y me desespero porque los mismos pasajeros no me dejan caminar, voy en sentido contrario a la marea humana que, sin querer, me aplasta. De pronto veo al que busco en donde menos pensé: un marinero lo tiene levantado en vilo y lo muestra a la multitud, esperando que alguien lo rescate. Brinco haciendo señas a mis papás indicándoles en dónde está el hijo perdido. Mamá levanta los ojos al cielo, seguramente diciendo «¡alabado sea el Señor!».

Mi padre me hace señas de ir hacia él, lo que me parece buena idea porque para mí es más fácil que atravesar la muralla y rescatar al extraviado. Tan pronto llego, me dice:

—Pérez, quédese con sus hermanas, yo voy por Ricardo —y al mismo tiempo las hace que me tomen de las manos. La Ñeca tiene siete años y ya temblaba cuando llegué. Ahora que se fue nuestro padre, aparte de temblar, llora. Le digo:

—Nada nos pasará, es un simulacro.

Seguramente mi voz suena falsa, porque su reacción es berrear.

A lo lejos alcanzo a ver a mi madre, ya arriba del bote en el que la han acomodado con Quique y Álvaro. Papá ya no está a la vista y el marinero que había visto hace un momento con mi hermano ya no lo tiene cargado.

—¡Ustedes! —vocifera otro marinero, al tiempo que nos señala—. ¿Qué no escucharon? ¿Qué no entienden?

Su tono de voz es tan desagradable que siento incomodidad al oír sus palabras y recibir su mirada. El tipo no se entera y sigue con sus irritantes preguntas:

—¿Eres tonto? —luego, el mal encarado ordena—: ¡Que suban las niñas!

Procedo a ayudarlas a entrar en el bote. Ellas suben, yo las sigo.

—¡No, tú no! —exclama furioso, y todavía más enfadado me grita—: ¡Tú embarcas cuando sea tu turno, ahora es el de mujeres y niños!

Se me olvida que es un ejercicio reglamentario. Las odiosas sirenas siguen aullando, mis hermanas se aferran a mí, yo le contesto al inhumano en su mismo tono.

—¡Si yo subo, ellas suben; si no subo, ellas tampoco!

—¡Entonces —nos ordena el patán, fuera de sí—, bájense!

La cubierta ya tiene menos gente aunque sigue el desorden. Leo el número del bote que me tocó a mí, les pido a mis hermanas que me ayuden a buscar el trescientos treinta y tres. Es de los pocos que todavía no descienden al mar. A ese subimos, nadie se atreve a decir que ellas no, sobre todo porque ya todos los botes de mujeres y niños están meciéndose sobre el agua y dan incontables vueltas alrededor del trasatlántico, a la espera de que baje el total de los pasajeros para entonces volver a subir a bordo.

Mi bote también le toca a Joaquín. Así es como el destino nos hace conocernos. Él me ayuda a ponerle el salvavidas a una de mis hermanas mientras yo se lo pongo a la otra. Me siento reconfortado, acompañado. Él y yo tenemos la misma altura, ambos cumplimos años en febrero, aunque él nació dos años antes que yo.

A partir del nefasto simulacro, noche a noche una de mis hermanas revive esos momentos que, la verdad, sí es una horrible experiencia. Para colmo, pocos días después se expande la noticia

Lo provechoso de todo el episodio es que Joaquín y yo nos volvemos inseparables. Visitamos todos los pisos y recovecos de la colosal nave y nos hacemos amigos de la tripulación. Tanto así que el capitán nos autoriza a entrar a la cabina de mando. En la peluquería nos cortamos el pelo solamente por el placer de sentarnos en esos peculiares sillones, hasta pedimos que nos hagan la barba, aunque la mía apenas si se vislumbra. El experimentado barbero, muy serio, nos envuelve las caras con toallas calientes, humeantes.

Pasamos las horas platicando de todo y de nada, mi padre se aparece y nos pregunta, sonriendo, si filosofamos sobre la inmortalidad del cangrejo. Joaquín no ha leído a Salgari y me pide que le preste uno. Le doy *El rey del mar*, le gusta tanto que se lo regalo. A él también le divierte jugar conquián con mamá Coca, y ella nos busca para echar las cartas.

—Soy suertudo —concluye Joaquín—. Es horrible viajar solo, tu familia es muy amable y amigable.

—Sí, somos —le contesto en tono serio— ¡a todo dar!

Quique sigue sin salir, continúa enfermo, la señorita Bertha tampoco sale del camarote a pesar de las cápsulas de jengibre y a pesar de que el mar está calmo.

A diario, y con el pretexto de que supervisamos a mis hermanas, nos apersonamos en las clases de gimnasia de las chicas, sin querer queriendo surgen amistades y con algunas de ellas jugamos ping–pong.

Hacemos escala en las Bermudas, donde bajamos a tierra con el tiempo un poco lluvioso. Visitamos la cueva de la Ruta de Cristal, en donde se formó un lago de agua cristalina color turquesa, transparente, de las piedras surgen estalactitas y estalagmitas blancas. Cuando regresamos al barco el tiempo sigue descompuesto, aunque ya está mejorando, y volvemos a navegar. La siguiente parada, que también será corta, es Nassau, en las Bahamas. Cuando llegamos, la lluvia ya es solamente una ligera llovizna que empieza a dejarnos ver el cielo azul. Ahí, en Nassau, paseamos por la isla y tenemos suerte, cesa la llovizna y el sol brilla de nuevo.

De Nassau a las Azores —nuestra siguiente escala— son muchos kilómetros, alrededor de cinco mil. En el barco hacemos toda clase de actividades, pero de pronto el cielo se vuelve a nublar, hace frío, el oleaje llega a cubierta, impera el mal tiempo, se nos impide subir, todos estamos temerosos. Nadie se atreve a decirlo, pero sabemos que hace cinco meses se quemó y hundió el *Morro Castle*, otro barco de pasajeros de esta misma línea marítima. Solo hasta que estamos ya cerca de las Azores mejora el tiempo, aunque cuando llegamos ya es de noche. A la mañana siguiente bajamos a tierra, asistimos a una carrera de caballos y de inmediato volvemos a embarcarnos.

—¡Tierra firme! ¡Tierra firme! Tierra firme!

Ahora sí ya no llegamos a alguna isla, arribamos al continente, al Viejo Mundo. Hace mucho frío. Primero tocamos tierra en Vigo con el mar en calma. El cónsul mexicano sube a bordo solamente para saludar a mi padre y se marcha. El barco continúa el viaje a La Coruña, en donde volvemos a detenernos y admiramos de lejos las montañas completamente nevadas. Finalmente, el viernes 15 de febrero de 1935 desembarcamos en el Puerto de Santander.

Como siempre acontece, una multitud nos espera: es la fastidiosa bienvenida. En el embarcadero están expectantes hombres y mujeres, todos portan abrigos y sombreros. Los periodistas son fácilmente identificables porque escriben con lápices sobre sus libretas de taquigrafía, mientras los fotógrafos preparan sus cámaras, algunos usan tripié. Supongo que los hombres que visten de civil son políticos, y por supuesto no faltan los militares con sus uniformes, impecables.

Descendemos y nos encaminamos hacia el área preparada para la ceremonia de recibimiento. Mi madre es más alta que las españolas que han venido, se ve radiante, majestuosa, elegante, orgullosa y satisfecha de ser la esposa del recién nombrado embajador plenipotenciario de México en España, Portugal y Turquía.

Los sombreros de todas ellas se inclinan un poco a la derecha, ha de ser la moda: el de mi madre es negro, en forma de casco con ala corta y un pequeño adorno color blanco que hace juego con una larga y ancha bufanda también faltante de color que deslumbra porque contrasta con el vestido, que es negro. Mi padre también es más alto que los españoles que lo rodean. Viste de civil, lleva traje oscuro de tres piezas que cubre con un abrigo de lana negra. Su sombrero hace juego con el atuendo.

Como siempre sucede, los que nos esperan se acercan sonrientes, amables. Nos saludan, saludamos. Las señoras nos dicen halagos. Estos momentos sí que son insoportables, algunas todavía se atreven a tocarme el pelo, parece que les llama la atención que es color ébano, abundante y rizado, soy el único de los vástagos que lo tengo como el de mi madre.

Como ya he dicho, estos recibimientos son un fastidio, pero no me queda sino sonreír, fingir. Me consuela saber que en cualquier momento se irán y no nos volveremos a ver, aunque mi mente no deja de preguntarse *¿a quién se le habrá ocurrido eso del protocolo?* Para colmo, una señora me dice:

—CoraZón, ¿cómo te llamas?

Volteo a ver a mi madrina, que me sonríe. Ambos tenemos en mente la respuesta que le dio a una pregunta que le hice en México:

—¿Qué es ceceando?

Ella me contestó:

—Lo sabrás nada más llegando.

Una veintena de señoras de la edad de mi madre la saludan, le sonríen, le dan el parabién. Está con ellas una joven espigada, alta, que me sostiene la mirada. Me sorprende al hacerme un guiño, los colores se me suben a la cara. Entonces sonríe, yo también.

Ella es la que le entrega a mi madre un enorme ramo de flores.

—Gracias, Luchy —le dice la que me dio la vida al recibir el ramo y darle un beso en cada mejilla. La coqueta es muy bonita, su pelo es rizado, de color castaño claro, lo mismo que sus ojos, su nariz pequeña y respingada.

Mi mente se pregunta *¿cómo diablos sabe mi madre el nombre de la guapa españolita?*, y concluye: *¡como que siempre sí me gusta esto del protocolo!*

Nos ponemos en posición de firmes para escuchar los himnos. Nosotros, emocionados, entonamos los muchas veces cantados versos del mexicano, sorprendiendo a los españoles, de reojo noto que Luchy me mira extasiada. Al terminar los himnos, los que reciben y los recibidos posamos para los fotógrafos, lo que me anima porque puedo apostar —y ganar— a que mañana saldremos en primera plana en el periódico local y tendré la foto de Luchy. Mientras pienso en eso, los de las cámaras hacen más tomas, ahora solamente de mi padre y de los civiles y militares que son parte del gobierno español.

Camino hacia la larga fila de automóviles negros que nos esperan estacionados para llevarnos al muy cercano Hotel México.

Mañana seguiremos el viaje, tomaremos El Rápido con dirección a la Estación del Norte.

Nuestro destino final está cerca: estamos ya a solamente cuatrocientos cincuenta kilómetros de Madrid.

IV. Exilio disfrazado

Es febrero de mil novecientos treinta y cinco. En el aire resuenan las herraduras de un escuadrón de la Escolta Presidencial Republicana, los caballos van al trote corto por el Paseo de la Castellana. Todas las bestias son negro azabache, los jinetes se protegen del mal tiempo con una capa que les llega a la rodilla y eso me impide ver si llevan coraza. Las botas de caña de charol brillan a pesar de que la mañana es gris, está nublado, llovizna. Resaltan los cascos de hierro que cubren las cabezas de los jinetes, así como los guantes blancos que sostienen tanto a las riendas como al mango de los sables cuyas filosas hojas apuntan hacia el cielo.

El destacamento abre camino, al frente y a los dos lados del Hispano–Suiza que es negro y cerrado, de cuatro puertas, con dos grandes ojos frente al radiador que iluminan el camino y dos llantas de refacción, una a cada lado del cofre. Sus limpiavidrios se mueven como metrónomo y, sin descanso, retiran la lluvia. Tac, tac, tac.

En ambos lados la avenida —ancha, importante—, y a pesar de la llovizna, se forman algunos curiosos, pero sus paraguas me impiden ver. Seguramente se preguntan qué sucede. Quiero presumirles, anunciarles, decirles: «este inesperado desfile es por causa de que mi padre va a presentar credenciales al presidente Niceto Alcalá Zamora».

Uno de los choferes de la embajada me grita.

—¡Joven Manuel, regrésese ya nos alejamos demasiado!

Por esta vez él no conduce, viene a pie —lo mismo que yo— porque el protocolo dicta que, en estos casos, de la Presidencia de la República Española envían automóvil con todo y conductor.

—Sólo una cuadra más, quiero que me vea —le digo.

Apuro el paso, tratando de llegar a la altura del que rueda lentamente. El de la embajada me alcanza y, jadeando, me dice

—Es inútil, los caballos nos impiden verlo. ¿Qué no tiene frío? —para terminar su frase con un dictamen inapelable—: Nos vamos a resfriar, la llovizna arrecia, ya es lluvia.

Sus palabras me hacen notar que estoy empapado, se me pega la ropa al cuerpo, él también escurre como regadera abierta, entonces freno, doy media vuelta, ahora soy yo el que lo apresura.

—¡Córrale Enrique!

Estuve con mi padre antes de que subiera al Hispano–Suiza. Viste de jaquet. El chaleco y la levita son negros, la corbata plateada, encima lleva abrigo y una capa impermeable, las líneas grises del pantalón resaltan. Ha bajado de peso, se le nota en la cara, la tiene más alargada aunque todavía se le ve papada. Su pelo es más escaso cada día, lo tiene color café, pero las entradas son más grandes; supongo que ya se le puede augurar, sin temor a equivocarse, que en pocos años va a ser calvo.

Él, siempre serio, tranquilo, mesurado, ecuánime, dejó escapar una velada sonrisa de satisfacción cuando se ponía los guantes de piel preparándose para salir de la residencia embajada. A mi madre ya no la vi porque partió antes que él. Mamá Coca nos explicó el por qué.

—Esther esperará a Manuel en el Palacio.

—¿Van a ver al rey? —pregunta asombrada una de mis hermanas. La biblioteca viviente le contesta

—Hoy en día España es República y tienen a un presidente, el último rey fue Alfonso XIII, que todavía vive, pero no en España.

La interesada en el tema sigue preguntando.

—¿Y en dónde está?

La maestra Bertha, feliz por mostrar su amplia cultura, le contesta:

—En el exilio, en la capital de Italia. En Roma.

Exilio. Exilio. Esa palabra me dice algo, hago memoria, trato de recordar preguntándome *¿en dónde la escuché?* Mi mente busca la respuesta, sigue pensando. *Exilio, exilio.*

Por fin recuerdo. Como si viera una película revivo el momento. Estábamos por iniciar el viaje, precisamente nos encontrábamos en la calle de Mina, frente a la Plazuela de Buenavista, y dado que al frente del edificio de la estación del Ferrocarril Mexicano se encuentra la estatua de Colón, bromeamos que haríamos el viaje en sentido contrario que el descubridor de América. Estábamos Félix López —un asistente de mi padre— y yo, y ayudábamos a Catalina, la del servicio. Félix platicaba con ella.

—Nos vamos exiliados. Al presidente Cárdenas le estorba don Manuel.

Ella le preguntó sorprendida:

—¿Cómo que le estorba?

Félix, al que familiarmente llamamos Lopitos, bajó el tono de voz y en un susurro le dijo:

—Don Manuel fue su contrincante como precandidato a la presidencia y, además, es muy próximo a don Plutarco —y terminó diciendo—: No es exilio propiamente dicho sino un exilio *disfrazado*.

Hoy comprendo, estamos en España porque el presidente Cárdenas quiere a mi padre lo más lejos posible. De él... y de México.

Resuelto el enigma, regreso al diálogo entre mi hermana y la señorita Bertha, del que algo me he perdido porque no sé de dónde viene la pregunta que le hace mi hermana:

—¿Cómo es eso de que estamos en España, pero es México?

—Así es, trate de entenderlo —le responde la maestra—. La embajada es territorio mexicano, aunque esté en Madrid.

Al darse cuenta que ya capta la atención de más de uno, estira el cuello, levanta la cabeza y sigue su lección como si estuviera en el salón de clase.

—Pongo otro ejemplo —prosigue—: Si una señora da a luz en un barco inglés, es como si estuviera en Inglaterra, y el bebé, por haber nacido a bordo de ese barco, es de nacionalidad inglesa.

Entonces me inmiscuyo en la conversación y pregunto:

—¿Si me muero en la embajada, me muero en México?

—Por supues… —inicia la respuesta, pero de inmediato se da cuenta de lo que he dicho y, molesta, corta la frase de tajo, sube el tono de voz, cosa rara, y exclama—: ¡Cómo se le ocurre decir eso!

O sea que mi pregunta queda solamente con media respuesta.

Nuestro hogar mexicano en Madrid es todavía más grande que nuestra casona de la Ciudad de México, la que está sobre Paseo de la Reforma, cerca del exitoso Té Danzante, *La Swastica*. Ambas residencias se asemejan porque están en esquina, tienen tres frentes a calles y solamente uno de ellos colinda con otra propiedad, pero la de Madrid, es, sin duda, de mayor tamaño.

Todavía estábamos en México cuando mi madre nos leyó un oficio que llegó de parte de la Secretaría de Relaciones Exteriores describiendo la propiedad. Decía lo siguiente:

Un arco de piedra lisa, custodiado de herrería, enmarca el acceso al número tres de la calle Hermanos Bécquer. La residencia de cinco pisos se localiza a pocos metros del Paseo de la Castellana, una importante avenida que atraviesa Madrid de norte a sur.

Al abrirse dos pesadas puertas cuatas, hechas de hierro forjado, se entra a un patio empedrado bordeado de plantas, flores y arbustos, que acortan los límites de ese amplio espacio en forma de triángulo irregular. Al centro, un pequeño jardín en forma de glorieta obliga a los automóviles a rodearlo. Del lado izquierdo de ese espacio hay lugar suficiente para estacionar varios automóviles. En el derecho se levanta la casa: es una construcción sobria, cuyo mayor detalle es su gran zaguán de doble altura formado por cuatro columnas griegas que sostienen una terraza cuya única decoración es su balaustrada. Sus cuatro fachadas son de piedra lisa interrumpida por columnas planas incrustadas en las paredes, las que enmarcan altos ventanales, denotando que es una residencia y no una fortaleza.

Una vez que se atraviesa el zaguán, se ingresa al amplio vestíbulo. Es de doble altura, anchas escaleras cubiertas de mármol suben al piso de recámaras, más angostas y de piedra siguen subiendo al piso de áticos, terminando el ascenso en la azotea; o descienden, ya sin cubierta de mármol, de la planta baja a los sótanos.

Grandes ventanales iluminan los espacios interiores; puertas bajo arcadas abren hacia la parte posterior de la casa, dan al jardín posterior. Se accede a este bajando una escalinata; debido al desnivel del terreno, la zona verde está dividida en dos partes. La primera, más pequeña que la segunda, es una terraza delimitada por arbustos y plantas, una banca octagonal al centro y en ambos costados escaleras de ladrillo transportan al segundo jardín, que está unos metros más abajo. El muro de contención que los separa está cubierto de enredadera y al centro se encuentra empotrada una fuente o pequeño estanque.

Ese jardín tiene al centro, una amplia área sembrada de pasto, está rodeado de andadores de piedra suelta caliza y estos a su vez de más plantas, arbustos y árboles, así como de enredadera que trepa la alta barda que limita la propiedad.

La construcción consta de infinidad de cuartos, salones, despachos, alacenas, comedores, cocinas, bodegas, sótanos y áticos o buhardillas.

Los pisos de las recámaras y despachos son de madera, los de la planta baja son de mármol, en ella se encuentra el Gran Salón, los comedores, el hall, comunicados por pasillos.

Bodegones, paisajes, marinas, óleos, dibujos y acuarelas cuelgan de las paredes; de los techos, candiles.

El escrito terminaba comentando: *Tapetes persas hay por doquier.* Y es cierto. Lo malo es que, a veces, son un obstáculo para lo que tenemos en mente. Justo como ahora.

—¡Nene! —que es como me dicen mis hermanos—. ¡Ándele, hágalos rollo para que patinemos!

—¡Para jugar está el jardín! —nos interrumpe una de las mujeres del servicio.

—¡Afuera hace frío! —le contesta mi hermano Álvaro.

Yo hago como que no escucho y le doy gusto a los pequeños. Mientras termino de enrollar el inmenso tapete, ellos se descalzan y, en calcetines, patinan a todo lo largo y ancho del salón de fiestas. La mujer que quiso impedirlo guarda silencio, su gesto es reprobatorio.

—¡Híjole!

Dos de mis hermanos se acaban de dar un santo cabezazo y, como es natural, dos chipotes brincan de inmediato. Le indico a la que se quedó muda:

—¡Hielo, traiga hielo!

—¡Virgen Santísima! —exclama. Está preocupada, pero no por mis hermanos, sino por ella—: ¡Me va a correr su mamá!

Los de Relaciones no especificaron que en la residencia están también las oficinas de la embajada y las de la cancillería, así como los departamentos para el servicio: hay portero, mayordomo, dos choferes, mozo, mesero, cocinero, dos jardineros y varias sirvientas. Todos, sin excepción, portan uniforme. Por cierto que a la señorita Bertha y a Catalina las recibió muy bien una que se llama Mónica.

Tampoco mencionaron que en la planta baja, junto a la cocina, se encuentra un pequeño elevador enclavado en la pared. En él entran mis hermanos hechos bolita, muy obedientes hacen fila y empiezo el sube y baja. Me divierto yo y se divierten ellos.

El juego termina cuando mamá Coca se da cuenta.

—Va a lastimarlo, ¿qué no ve que pueden quedar encerrados? Ese elevador es para bajar y subir cajas, o comida, jovencito, no a sus hermanos —luego, contundente, me indica—: ¡Váyase al despacho del general y póngase a leer!

La tía de mi madre tiene esa manía, siempre el mismo castigo y siempre el mismo libro. Me sé el *Platero y yo* ya casi de memoria. Preferiría estar en el rancho, con las vacas y caballos, en vez de leer la historia del asno. De cualquier forma me encamino al lugar indicado, recitando en voz alta y en tono burlón:

—Platero es pequeño, peludo, suave, tan blando por fuera que se diría todo de algodón, que no lleva huesos…

Me ha ordenado que vaya al despacho de mi padre porque cree que ahí estoy aislado y puedo concentrarme, pero es todo lo contrario: leo sentado en un ancho sillón individual —negro, de piel—, pongo la cabeza sobre uno de los brazos y mis piernas cuelgan del otro; así tengo vista hacia el jardín de la entrada y me entero de cualquier movimiento. Si necesito escribir, lo hago sobre el ancho escritorio de madera oscura con cubierta de vidrio, sobre el que descansa un aparato telefónico color negro. Si mi padre está también trabajando, se arrima hacia un lado, me hace espacio, entonces acerco una silla y me instalo junto a él.

En México convivíamos mi padre y yo solamente de vez en cuando, pero en Madrid es todo lo contrario. Ahora hasta busco la ocasión de quedarme solo y, si él sale y deja su cigarrillo humeando, le doy una chupada; tengo que tener mucho cuidando de no mojarlo, porque si me cacha en la maroma, sin duda me hará pasar por la corte marcial.

Nuestras recámaras están en el primer piso. La de mis padres, que es más bien un pequeño departamento, es muy espaciosa, cuenta con una pequeña sala y un inmenso baño, hasta tiene bidé. La recámara está en esquina y tiene ventanas en ambos muros: unas dan al jardín posterior y otras a un pasillo que surge entre la casa y el muro colindante del lado contrario a Hermanos Bécquer. En tanto, mi hermana mayor y yo tenemos cada uno su propia recámara, mis otras dos hermanas están ambas en el mismo cuarto y mis tres hermanos están en otro, que es muy amplio. Cada cuarto tiene su baño, con tina y regadera de teléfono. En ese piso hay también otros dos cuartos de estar, así como un pequeño comedor que da hacia la terraza frontal.

La recámara de mamá Coca es pequeña y tiene un pequeño oratorio. El altarcito tiene una imagen de la Virgen de Guadalupe, que ya estaba ahí cuando llegamos.

La más chica de mis hermanas se pasa el día con mi madrina. Una mañana le pregunto:

—Ñeca, ¿qué hace todo el día allá adentro?

La inocente me contesta:

—Juego a la iglesita —y luego me da detalles—: Mamá Coca me enseña a tejer y a coser, hago manteles para el altar, los lavo y los plancho, también le saco brillo a los candelabros y, cuando termino, rezo el rosario.

Me divierten sus inocentes respuestas. Cuando hay invitados, sabiendo de antemano lo que me va a contestar, le digo en voz alta:

—Ñequita, ¿qué va a ser cuando sea grande?

Ella responde sin dudar:

—¡Padra!

Suelto la carcajada. Mi madre me regaña y dice que no se le hace chistoso, aunque a mí me hace mucha gracia.

Mamá Coca me cuenta que su padre, don Francisco González Prieto, oriundo de Monterrey, Nuevo León, comentaba que, en las familias de abolengo, era costumbre que hubiera un militar, un médico y un sacerdote. Auguro que esa hermana mía es la que se irá de monja, creo que ninguno será médico y yo seré el militar.

Pocos días después de entrar a clases ya conozco la ruta a mi colegio. Camino tres cuadras y tomo el tranvía, es eléctrico. La mayor parte de los pasajeros leen el periódico mientras llegan a sus destinos, y tanto hombres como mujeres usan trajes y llevan sombreros. Lo mismo cuando voy a clases que cuando regreso, el transporte público va saturado —tanto que, a veces, ni el cobrador puede hacer su trabajo, dado que el carro está a reventar de pasajeros—, por lo que los hombres permanecemos de pie. Es un premio recibir miradas de agradecimiento de las damas a las que les cedo el lugar.

A lo que no me acostumbro es a que, al levantarme, no haya luz de día, y tampoco a que, desde la tarde —las cinco, o algo así—, ya sea de noche, aunque me comentaron que en verano es todo lo contrario.

En mi colegio no soy uno de los internos, sino solo lo que se llama «medio pensionado». El comedor es inmenso, las mesas largas, interminables. Los alumnos tenemos que guardar silencio mientras comemos y escuchar con atención a un lector, porque nos harán preguntas y, si no sabe uno la respuesta… tendrá que leer el libro completito durante el fin de semana.

Después de inscribirnos, mamá casi se infartó porque toda una mesada se le fue en comprar cubiertos: cada uno de los que comemos en el colegio debemos tener un juego y tiene que ser de plata.

—Para que siempre usen el mismo —dicen los directivos— y evitar así contagios y enfermedades.

Ya en casa mamá comenta:

—El sueldo de su padre no da para estos lujos.

A pesar de eso, entramos a esos colegios exclusivos y comemos a diario con nuestros propios cubiertos. Para mejor identificación, en cada uno de ellos debe grabarse un número, lo que todavía aumentó más el costo de eso que, en principio, no era sino un requisito escolar.

Mis hermanas asisten al colegio de la Bienaventurada Virgen María, de las madres Irlandesas. Cuentan que la primera actividad que hacen después de llegar es rezar el rosario en latín y al mismo tiempo dan vueltas al patio interior, aunque el clima esté helado. Ellas están contentas porque toman clases de inglés y de buenos modales, su uniforme es negro, sobresale el cuello blanco y redondo y la falda les llega a media pierna. En verano usan calcetines blancos y zapatillas negras, en invierno medias de popotillo.

Carolina, la sirvienta, las acompaña y también va a buscarlas. Van y vienen a pie porque su colegio está en la calle de Velázquez, a pocas cuadras de la embajada. Mientras los grandes estamos en clases, la señorita Bertha entretiene a los chicos.

En Madrid hay muchas actividades en las que podemos recrearnos. Vamos con frecuencia al cine, o al teatro, sobre todo me gusta asistir a las funciones de Paco Sanz, un ventrílocuo extraordinario que, por más que fijo la vista en su boca, no veo que la mueva ni un ápice. Ya se nos hizo costumbre por cualquier pretexto salir a merendar en alguna de las hosterías de moda, en las que disfrutamos la paella, los macarrones con chorizo, los cocidos —que serán gazpachos cuando haga calor—, el arroz con almejas, los langostinos y unos bocadillos a los que algunos llaman «pinchos» o «tapas». Muy rico todo, aunque no dejo de extrañar las quesadillas, el chile con queso, los tacos, los chilaquiles, las enfrijoladas, los tamales y las tostadas.

Vivimos inmersos en risas, voces, cantos. Los madrileños son incansables, noctámbulos; mis padres asisten a reuniones sociales un día sí y otro también, sumidos en la agitación de Madrid que parece interminable.

Pocas semanas después de que llegamos mi madre inició con su reposo.

—¿Está usted enferma?

—No hijo, para nada —me dice—.Cholita me recomendó que haga siesta para recuperar energías. Es más: me especificó que la haga sobre un sillón para no caer en sueño profundo.

Una de esas tardes, estando ella en su siesta, llamó alguien por teléfono. La sirvienta informó al que hablaba que la esposa del embajador no podía contestar:

—Doña Esther está echada.

Cuando les comenté a mis padres de lo que había sido yo testigo, reímos a más no poder. Resulta que acá se echa todo el mundo, cuando estábamos acostumbrados, en México, a que los que se echan son los animales.

Las veces que los eventos son en casa, siempre terminan en tertulia. Mi padre toca el piano, el violín y la guitarra; mi madre, el piano. A ella también se le da recitar. Ambos hacen muy buenos duetos porque tienen buena voz, son entonados y tienen ensayadas algunas canciones. Como la fama los precede, los invitados los animan.

Mi padre toma clases de guitarra clásica con el maestro Daniel Fortea, alumno a su vez de otro grande, el maestro Francisco Tárrega, lo que convierte en un verdadero privilegio que tan notable personaje haya accedido a darle clases particulares. Don Daniel es ya de edad, tiene abundante y plateada cabellera, es una persona tímida, callada, pero al tocar la guitarra, sobre todo su *Malagueña*, se transforma, es un genio, nos deja a todos ensimismados.

¡Qué disfrute!

Luego llega el turno de la actuación de mis hermanas. No son muchas las clases que han tomado y ya dominan el flamenco, las sevillanas o las lagarteranas. Su maestra es muy guapa, se llama Asunción Nihl; en casa le decimos Chon. Mamá dice que es una maestra excelente, pero que está opacada por su hermana, que es la famosa Imperio Argentina, la que aparte de bailarina y cantaora es una renombrada artista. Cuando ella estrena alguna obra, sin falta asistimos. Toda España canta sus canciones. A veces viene a la embajada y hacen dueto las hermanas, bailan y cantan. ¡Vaya que son guapas! Esos días las tertulias son de lujo.

Me llaman la atención los piropos españoles, tomo nota de los que más me gustan y los practico acompañándome de la guitarra. Mi padre lo sabe y una noche me avienta al ruedo.

—Yo lo acompaño rasgueando la guitarra, usted dígalos.

Me siento actor, los digo moviendo los brazos, bajando y subiendo de tono la voz, imitando el acento de los españoles.

—¡De todas las flores la más bonita es la rosa y de todas las mujeres vos sois la más hermosa!

—¡Si vuestro cuerpo fuera cárcel y vuestros brazos cadenas, que bonito sitio para cumplir mi condena!

—Mi general —digo a mi padre—, ahora viene el que más me gusta: si la felicidad es agua y el amor es fuego, ¡cómo me gustaría ser vuestro bombero!

A mi progenitor le salen lágrimas de la risa. Los asistentes aplauden. Mi padre me regresa la guitarra, diciéndome.

—Enséñenos que, aparte de buen piropeador, no toca mal las rancheras.

También me gustan las corridas de toros. Recientemente, los toreros mexicanos han tenido problemas para estar en los buenos carteles, por lo que se han hecho varias reuniones provocadas por el embajador. Yo estoy atento a la llegada de los matadores. Eduardo Solórzano, Domingo González, Armillita Chico y otro al que le dicen Carnicerito de México, nos enseñan a dar muletazos.

—Con la ayuda de su padre pronto torearé en Las Ventas —me dice Carnicerito en una ocasión—. Si le sale perfecto el natural, le prometo brindarle un par de banderillas.

—Pero no me sale todavía perfecto…

Carnicerito me anima:

—Hay que practicar, hay que darle duro. ¡Mire así se hace joven Manuel! —el torero me muestra cómo hacerlo, insistiendo en que debo pararme como si estuviera clavado en el suelo.

Generalmente, los fines de semana visitamos pueblos o ciudades cercanas, vamos a los museos, palacios, asistimos a conciertos, teatros o tablados, a funciones de zarzuelas, flamencos o pasodobles. Durante los trayectos cantamos canciones de moda.

Mis hermanas no quieren cantar *Capitán*, que interpreta Angelillo, aunque es mi favorita. Comienza diciendo:

Yo quisiera ser capitán
pa… cambiar la vida del batallón.

Y termina:
Si yo fuera capitán,
mucho vino y mucho pan.

Ellas prefieren la de *Las guindas*, la canta la hermana de Chole:

Échale guindas al pavo,
que yo le echaré a la pava
azúcar, canela y clavo.

También nos divertimos coreando:

Olé cataplum pum, pum

Sin embargo, nuestras preferidas son las mexicanas. Al cantarlas se me arruga la panza, mamá suspira y a veces se excusa, diciendo:

—Son de nostalgia —y las detiene con un blanco pañuelo bordado en azul marino con sus iniciales: EGPT.

En las noches sin luna tenemos nuestra sesión de observar estrellas. Papá coloca su telescopio en la azotea y nos enseña, o pregunta el nombre de alguna de las luminosas. Mi preferida es la Polar, que marca el norte, y en la constelación de Orión ya encuentro sin problema a los Tres Reyes Magos. Cuando es luna llena y hay cielo despejado todos queremos observar los cráteres del queso.

Mamá es feliz. Se le nota. Ella dice que, desde que se casó, es la primera época de su vida en la que mi padre es solo para ella.

Estamos únicamente nosotros, es tertulia familiar. Ella se pone de pie, majestuosa, su pelo negro rizado lo arregla en chongo, con raya en medio, su boca bien dibujada con color escarlata. Se dirige a mi padre, meciéndose, como si bailara. Cuando llega frente a él se detiene, abre el abanico que lleva en las manos, se da la vuelta, se inclina hacia él, le echa aire, le guiña un ojo y le pone sobre la oreja el clavel rojo que ella había tomado de un florero y puesto sobre la suya cuando inició su desfile. El rosto de mi padre se pone púrpura y se le escapa una risa nerviosa; yo trato de ver hacia otro lado, me da gusto pero me incomoda ese coqueteo. Regreso la vista a la romántica escena, ella está ahora subida sobre la mesa, baila y se mece en cámara lenta. Los ojos de mi padre brillan como linternas.

Todo es alegría y felicidad. Así pasan muchos días, semanas y meses. Empero, en abril de 1936, estando yo en el despacho de mi padre, le entregan un radiotelegrama. Lo que lee lo hace ponerse serio, contrae la mandíbula, sale sin decir palabra dejando el amarillento encima del escritorio. Curioso, me acerco a ver lo que dice.

CALLES EXPULSADO DEL PAÍS.
APREHENDIDOS MORONES, LEÓN Y MELCHOR ORTEGA.

¡Híjole! ¡Con razón se puso como piedra, son sus meros amigos!

Pocos días después, escucho que uno de los funcionarios de la embajada le dice:

—Somos privilegiados señor embajador. Qué bueno que estamos tan lejos, porque allá seguramente habría recomendación de… desaparecerlo.

Mi padre levanta la ceja. Es el único movimiento que denota que sí escuchó, pero ningún sonido es contestación al inoportuno comentario. El funcionario seguramente está pensando *«¡trágame tierra!»*

En Madrid seguimos como si nada hubiera sucedido. Apenas tres semanas después de que llegó ese telegrama, mi madre, mamá Coca y mis hermanas se fueron de compras, regresaron con muchos paquetes, con los brazos llenos de mantones, vestidos, blusas, faldas largas, pañoletas, mantillas, peinetas y varios pares de zapatos, unos rojos y otros negros.

Mamá organiza, viene y va, el movimiento normal se acelera, las clases de baile se incrementan, ahora son todos los días.

—¿Qué pasa?

Modesto, el mayordomo me explica

—Tenemos comida en honor del presidente Manuel Azaña. Vendrá también su señora esposa y todo el cuerpo diplomático.

Como consecuencia, a mí no hay ni quien me haga caso. Mis hermanas practican, los taconazos y castañuelas retumban por doquier. Mientras dure el fandango, sé que nadie va a buscarme ni a subir las escaleras. Me acuesto en el suelo de la azotea viendo hacia el cielo, me fumo uno o dos cigarrillos y pienso:

¡Este exilio disfrazado, sí que es vida!

V. Fuenterrabía

Verano de 1936 y terminamos el año escolar. Los planes: ir a la playa.

Mi madre, siempre preocupada porque yo tenga amigos de mi edad durante las vacaciones, me da una sorpresa: me dice que después de un intercambio de llamadas con la abuela de mí amigo Joaquín, la doña accedió a que él pase con nosotros parte del verano.

Le doy tal abrazo y beso que por poco la tiro al suelo y ella me dice, sonriendo:

—Me es agradable Joaquín, es un mozo bien educado, no da molestia alguna, todo lo contrario, evita que usted fastidie a sus hermanos —se queda pensando algo y, finalmente, me hace una pregunta—: ¿Sabe que la abuela de Joaquín tiene título nobiliario? —ante mi cara de asombro añade—: Es marquesa.

—¿Marquesa? —pregunto, azorado—. No, no lo sabía.

Me da un beso, al tiempo que me dice:

—Eso pensé.

Nos vamos a Fuenterrabía, una playa del País Vasco español, en Guipúzcoa, frontera con Francia. Quedé de encontrar a mi amigo en la vecina Irún, la cita es frente al ayuntamiento. Cuando él llega, ya lo estamos esperando. A mí me condujo Mariano, uno de los choferes; a él, su tío Pepe.

Joaquín nota que llama mi atención el hecho de que su pariente no me salude de mano. En cuanto el tío se aleja, me explica:

—Disculpa que solamente te apretó el brazo, le sudan las manos.

Reiniciamos nuestras pláticas como si ayer nos hubiéramos visto. A los dos nos gusta la música, los libros, el teatro, el cine, el futbol, las corridas de toros y, por supuesto, hablamos de chicas.

La madre de Joaquín es mexicana, su padre español y está metido en la industria textil. Viven en Atlixco, Puebla, y está en España a insistencia de su abuela, según para que conozca las costumbres y la acompañe, aunque él pasa con ella solamente los fines de semana. Su abuelo murió hace dos años, él es nieto único.

—Echo de menos a mis papás y a México más de lo que te imaginas, aunque mi madre me escribe seguido. Cuento los días para las Navidades porque ellos vendrán, quiero que los conozcas, entonces podrás visitarnos.

Le contesto que iré con gusto. Incrédulo, me pregunta:

—¿Prometido?

Levanto la mano derecha con la palma abierta, poniendo el pulgar sobre el meñique, como si fuera *boy scout,* y digo con voz seria y circunspecta

—¡Prometido!

En el trayecto a Fuenterrabía le digo:

—Por cierto, mi madre pidió que hicieran tortillas de harina en tu honor.

—¡Qué delicia! —me dice, y añade—: Comentaron ustedes tantas veces durante el viaje de esas tortillas norteñas con o sin machacado que, sin saber a qué saben, se me hace agua la boca.

Opto no anunciarle que también habrá machacado. Dejo esa sorpresa para después.

Joaquín es más delgado que yo. Su pelo, contrario al mío, es lacio; sus ojos son amarillo cafés, los míos oscuros; yo tengo la piel morena, él es de piel blanca, y ahora ya estoy más alto que él. A este respecto, mamá Coca me dijo:

—Usted se ha estirado demasiado. Eso me hace recordar que en Parras, el pueblo en donde vivimos hasta que se casó Esther, la gente les decía a su madre y a sus hermanas «las caballonas» —y añade, sin dejar de reír—: Por la gran alzada, la altura tanto como lo patonas nos viene de los González Prieto.

Es verdad: mamá es alta y sé que le cuesta trabajo encontrar zapatos de su número. Mamá Coca ahora se ve todavía más alta, suele ir a misa llevando mantilla larga sostenida por una peineta de carey.

Los días pasan volando, tenemos muchas actividades deportivas y sociales, asistimos a reuniones o a meriendas organizadas por otros diplomáticos que también veranean. No todos estamos en Fuenterrabía: algunos están en el cercano San Sebastián, al que también llaman Donostia. Día a día aumenta nuestro grupo de amigos.

Disfruto cuando los nativos del lugar nos llevan a pescar. Nos encontramos con ellos en el Arrabal del Puerto y poco a poco adquiero lo que uno de ellos me dijo que me falta: tener paciencia. Estar en silencio un buen rato, esperando solamente que un pez pique, me está gustando, y mucho. Al principio me desesperaba, me aburría; ahora es todo lo contrario, es sensacional cuando está uno en otro mundo y de repente te jala el que mordió el anzuelo, es comparable a la emoción que se siente al montar un potro bruto, aunque menos peligroso.

Visitamos Fuenterrabía y sus alrededores. Vemos museos, callejuelas, iglesias, el faro, la puerta de Santa María, el castillo de Carlos V. También asistimos a conciertos, o simplemente deambulamos por las calles de la ciudad amurallada.

En la playa jugamos futbol o béisbol, aunque nos gusta menos; también le damos al voleibol o al bádminton, que son los deportes de playa que más practican las chicas. También nadamos. Cuando la marea baja, pasamos caminando a la vecina Francia o hacemos competencias de caza de cangrejos. No sé por qué, pero las mujeres siempre juntan más que nosotros. Los animalillos, huidizos, se entierran en la arena, pero son delatados por las burbujas que salen de sus escondites. También nos entretenemos atrapando mariposas, las clavamos en pedazos de cartón, buscamos sus nombres en un libro de entomología y les ponemos letreros para identificarlas. Hasta se sorprendieron mis padres de la cantidad de variedades que ya tenemos seleccionadas.

Ha llamado mi atención eso de las mareas, ya que en México apenas si percibimos que bajen o suban. En cambio, en esta parte de España el mar se aleja, a lo que le llaman bajamar. Cuando es la pleamar o subida del agua es peligroso, por la cantidad de agua que con rapidez vuelve a cubrir grandes extensiones de arena que la marea baja dejó al descubierto.

Joaquín y yo somos muy populares. Día a día aumenta el número de españolitas que se unen al grupo que atrapa las mariposas, sin faltar las hijas de diplomáticos. Entre ellas destaca por su alegría y buen humor una más bien rellenita, que se llama Almudena. A Joaquín lo trae loco y creo que él también a ella. En lo que a mí concierne, hasta hoy, Luchy es la que sigue ocupando mi mente. Joaquín, lo mismo que Santo Tomás, hasta que ve la fotografía del periódico cree en su existencia.

—Tiene pinta de francesa —dice—. Prefiero a las españolas.

Algunos días pasamos a Francia. Allá jugamos *pétanque* y comemos deliciosas *quiche lorraine*. Al caer la tarde regresamos a España cargados de *baguettes, croissants y pain au chocolat*, encargos de mamá.

Así transcurre nuestro verano, pasan los días, nuestra amistad, la de todos, crece y se afianza.

Ya es tarde. Sin embargo, el sol está despierto todavía porque es verano. Nosotros, ya merendados, estamos en la playa jugando futbol. De pronto, a lo lejos escuchamos gritos, noto movimiento, un grupo que poco a poco se agranda, se aproxima a nosotros, uno de ellos levanta la voz y, aunque vocifera como voceador, no trae periódicos. Está más cerca, todavía no comprendo lo que dice. Muchas personas se acercan a él, veo como que intercambian comentarios y después se van de prisa en todas direcciones.

Mi mente comienza a preguntarse.

¿Qué les pica?

El hombre agita los brazos, se nota que está desesperado. Sigue gritando. Cuando se acerca más a nosotros ya entiendo, mas no comprendo.

—¡La guerra…! ¡La guerra…! ¡La guerra…! ¡Bartomeu declaró la guerra a nombre del general Franco!

La palabra guerra golpea mi mente. Aunque no tengo ni idea de quién es Bartomeu, sí sé quién es Franco. Seguramente se refiere a Francisco, el más conocido de los hermanos, al que hace poco incluso le hicieron un homenaje en la embajada. Por si algo faltara, mi madre es muy amiga de doña Concepción Pascual de Pobil, la esposa de Nicolás Franco, el mayor de los hermanos.

Escucho otro grito, éste viene del lado contrario. Es de Joaquín.

—Manuel, ¡cuidado!

Me protejo, me agacho, no sé qué hacer. La voz de Joaquín suena de nuevo:

—Manuel, ¡no seas buey!

Los contrarios festejan, sus gritos son muy claros:

—¡Gooooooooooool!

Es solo el comienzo. Al día siguiente, la señorita Bertha me amenaza con decirle a mi madre que sigo sin aprenderme el *Adelfos*, de Manuel Machado. Yo hago el esfuerzo, leo una frase y luego la repito en voz alta, pero no se me queda porque tengo en mi cabeza bien metida la palabra «guerra» y me impide concentrarme.

Joaquín me dice, en son de broma, que no aprendo la poesía porque no tengo sangre árabe española. Como por sus venas sí corre, por eso él retiene el verso y lo recita, exagerando la actuación y el acento.

Yo soy como las gentes que a mi tierra vinieron.
Soy de la raza mora, vieja amiga del sol,
que todo lo ganaron y todo lo perdieron.
Tengo el alma de nardo del árabe español.

Quiere ponerme de buenas, pero no logra que salga de mi mente esa palabra que, al escucharla, me da escalofríos.

Mi padre envía a Madrid a Francisco Navarro, el primer secretario de la embajada. Su esposa no va con él: ella irá a Lisboa porque el embajador envía, como representante en Portugal al señor de la Parra mientras llega un encargado. Francisco Urquidi y sus hijas son parte del grupo que también va a Portugal.

—Navarro, cada vez que pueda, ¡repórtese!

—Sí, señor embajador, así lo haré.

Regreso entonces a esa vida en la que mi padre está ocupado más horas que las que tiene el día: desde temprano está ya despachando correspondencia o tiene reuniones con otros diplomáticos, o con funcionarios de la embajada. Discuten, salen, entran.

—Manuel —me dice Joaquín, con cierto apremio—, prometí a mi abuela escribirle, pero no tengo en qué.

—No te preocupes, ¡ven!

Entramos al cuarto que ahora se usa como despacho porque sé que por aquí está el lugar en el que Navarro guarda la papelería. Saco dos hojas tamaño carta con un encabezado grabado que dice «Embajada de México».

—¿Cuántas quieres?

—Esas dos son suficientes

Cuando Joaquín se da cuenta que traen membrete, me pregunta:

—¿Crees que el embajador se moleste?

—Claro que no, ni te preocupes por eso. ¿Tienes con qué escribir?

—Sí, pero me hace falta tinta.

No es problema. Abro un cajón, tomo el tintero y se lo paso. En eso nos llaman:

—Manuel, Joaquín, ya llegó el maestro de francés.

—¡Vamos! —me dice, y añade—: Más tarde le escribo.

Mi madre está pendiente de todo. Ahora también ve por los diplomáticos. Supervisa que tengan a la mano café, limonadas, naranjadas, fruta, bocadillos o galletas y que nosotros hagamos nuestras actividades sin faltar a nuestras clases de francés. Como siempre, mamá Coca la apoya.

Ya entrada la noche subimos a dormir y dejamos a los señores comentando, discutiendo. Acostado escucho sus voces, a veces claramente, a veces son solamente murmullos. Me intereso por algunas conversaciones, pero me vence el sueño.

Amanece. Hay mañanas en las que ya se escucha el sonido de las conversaciones a esta hora, quizá porque, desde el día anterior, no han dejado de hacerlo. Por toda la casa hay olor a tabaco. Con el día llega la luz, se abren las ventanas y se limpia el ambiente, pero la expresión de los diplomáticos sigue mostrando el ceño fruncido.

Nosotros permanecemos en Fuenterrabía. Las entradas y salidas de gente se suceden en la Villa Miruzka, una casa de dos pisos, de color arena con techo de teja rojiza. La entrada principal tiene frente al muelle y al mar, está muy cerca de la muralla detrás de la cual se ve la iglesia de Santa María de la Asunción y del Manzano, cuyo único campanario tiene gran altura. Por eso mismo, estemos donde estemos, nunca nos perdemos, nos guiamos por esa torre que sin trabajos se ve desde cualquier parte.

En el primer piso están nuestras recámaras y los baños, el recibidor es ahora una sala de espera, el salón cambia a despacho del embajador y el comedor a sala de juntas

Una noche me despierta un ruido espantoso. Los que estamos en la casa brincamos aterrados, hay truenos y relámpagos por todos lados. Sin previo acuerdo ya estamos concentrados en la recámara principal, incluyendo a Joaquín y a mamá Coca.

Papá y mamá tratan de tranquilizarnos, pero sigue el estruendo. Luces van y vienen iluminando la noche, sombras amenazadoras danzan en las paredes, la palabra «guerra» sigue siendo la primera en mi mente. Unos gritamos, otros están paralizados, los chicos lloran, mi padre trata de calmarnos.

—Tranquilos, es una tormenta eléctrica. Esos son relámpagos, no son disparos ni bombas.

Esa noche es, para todos los que perdimos el aplomo, de preocupación, de pánico, de temor y miedo.

Otra noche no puedo dormir, me levanto y, como alguien ocupa el baño, me voy al de la recámara principal. Cuando entro, mi padre está platicando con mamá. A mi petición contesta distraído:

—Claro. ¡Pásele, hijo!

Él le cuenta que Navarro llegó a Madrid, que está bien aunque tuvo muchos inconvenientes en el camino, que por todos lados están tanto guardias civiles como milicianos y que Navarro llegó a estar encañonado. Sigue platicándole que, aunque al final respetaron su calidad de diplomático, en algún momento dudaron sobre la autenticidad de los documentos, y concluye:

—En el conocimiento del peligro que existe por el desconocimiento de lo que sucede, por el momento aquí seguimos.

Yo entro al baño y pienso que, como no sé lo que significa la palabra «milicianos», le preguntaré a Joaquín.

Cuando estamos en la Villa Miruzka leyendo o estudiando, jugando ajedrez o backgammon, Joaquín y yo hacemos competencias a ver quién abre primero la puerta cuando alguien se presenta. Siempre estamos con el oído avizor. Ya conocemos el ruido que surge cuando alguien sube los peldaños exteriores: al percibir el rechinido, volamos a abrir.

Ese día, Joaquín me ganó, llegó primero. Era Sebastián, uno de los empleados de telégrafos, que entrega un sobre. Esta vez el empleado tiembla y Joaquín, al notar el estado en el que se encuentra el portador del cable, me dice:

—Mejor entrégalo tú.

Ambos sabemos que hay que interrumpir la reunión de los diplomáticos y así lo hago. Se lo entrego a mi padre, lo abre, lo lee y después vuelve a leerlo, ahora en voz alta, rompiendo el silencio en que cayó la concurrencia cuando interrumpí la reunión.

—Es de Navarro.

El ejército se sublevó. Asalto al cuartel de la Montaña.

Al día siguiente llega otro.

Madrid incomunicado por tierra y por aire, situación grave.

Por siempre recordaré la fecha. Es el 21 de julio de 1936. Este mismo día, varias horas después de que recibimos el telegrama, se presenta el mismo al que le sudaban las manos.

—Apúrese Joaquín, empaque —le dice a su sobrino—. Lo espero en el salón, estaré con la esposa del embajador.

Habla tan seco y contundente que el aludido mete sus pertenencias en su maleta a toda prisa y todavía me quiere dar las hojas de papel membretado, que siguen vacías.

—Toma Manuel, ya no le escribí a mi abuela.

—Mejor llévatelas, así tienes prueba de que tu intención era escribirle.

Asiente con la cabeza, toma el Sandokan que le regalé y entre sus páginas mete las hojas dobladas a la mitad. Bajamos las escaleras y entramos a la sala en donde están su tío y mi madre.

Joaquín le hace el besamanos a la que ya le decía mamá Esther, le pide que lo despidiera del embajador y agradece todas las atenciones recibidas. Para mí no sale palabra y yo tampoco sé qué decir. Eso sí, nos damos un fuerte apretón de manos. El sobrino y el tío se encaminan hacia un coche negro junto al que los esperan dos hombres, uno de ellos portando uniforme de chofer, el otro vestido de civil.

Ambos saludan.

—Buenas tardes, señorito Joaquín.

Él contesta el saludo al mismo tiempo que le entrega su equipaje al chofer. En tanto, el que viste de civil deja ver el señor pistolón que lleva al cinto cuando cierra la portezuela, y dentro del coche se aprecia una metralleta.

A partir de ese momento, los días se me han hecho eternos. Duermo mal, no logro retener el mentado *Adelfo* y, para colmo, me incrementaron las clases. Estoy de malas, sé que estoy imposible, traigo un genio de la fregada, ni yo mismo me aguanto, aunado a que, voy a extrañar a la maestra Bertha que regresa a México; llegó telegrama avisando que su hermano se cayó del caballo y está grave, por lo que ella emprenderá el camino de regreso, como destino final, Arteaga, Coahuila. A Catalina, la sirvienta divertida, guapa y pechugona que también vino con nosotros desde México, va también de regreso. Me entero que se tomó esa decisión porque está volada por uno de los allegados a mi padre, el mayor Clavé, y que estando en Madrid lo perseguía descaradamente.

Entre sollozos, la enamorada trata de defenderse:

—Es el corazón el que manda…

—¡Qué corazón ni que ocho cuartos! —exclama mi madre.

La conozco, no hay vuelta de hoja. Seguramente desde que dejamos Madrid existe en la mente de mi madre esa sentencia.

Catalina no regresa a Madrid.

Ambas lloran a lágrima viva mientras escuchan a mi padre.

—Se acompañarán, harán el viaje juntas, ya conocen el trayecto, será igual a como vinimos pero en sentido contrario.

VI. DATIL BADOR

No soy adulto —me guste o no—, y hay momentos en los que me divierto como niño. Justo en este momento, para variar, una de mis hermanas y yo molestamos a la más chica. Es fácil tomarle el pelo a la Ñeca y que ella ni se dé cuenta. Estamos en esas cuando siento una punzada en mi espalda. Volteo.

Así de fuerte es la mirada de mi padre. Me picó como si me hubiera pinchado un cuchillo, y eso que está a varios metros. Camina hacia nosotros, me pongo tenso, seguro que ya viene el regaño. Ahora me dice con voz de mando:

—¡Pérez, lo necesito!

Así, con esas palabras, es que comienzo a suplir al eficiente Navarro.

Es muy variado lo que se le ofrece. A veces me pide que lo comunique por teléfono con tal o tal persona. Contrario a como era antes de la guerra, ahora las centrales tardan mucho tiempo en dar línea o simplemente no sirven, o están cortadas y hay que estar dale y dale a la manija hasta que alguna telefonista contesta. Otras veces mi padre me dicta, pero si los temas son confidenciales, él redacta en clave y yo solamente llevo lo escrito al telégrafo y pago el porte.

También he tratado de escribir a máquina. Es de color negro, con grandes letras blancas que muestran la marca, Royal. Sobresalen las teclas, parece el pulpo de *20,000 leguas de viaje submarino*. Pero, por más que trato de no hacerlo, en todas las hojas dejo las huellas dactilares, porque cada vez que la cinta llega a término, no logro darle al retroceso y tengo que desatorar con mis dedos la de tela de color negro. Ante el éxito no obtenido, mi padre decide que mejor escriba yo a mano. También me enseña a archivar.

—¿Quién le enseñó, mi general?

—Cuando era estudiante, allá en Saltillo, en el Ateneo Fuente, entre otros empleos la hice de ayudante de bibliotecario. Viera que aprendí muchísimo como tal.

Picado por la curiosidad, le pregunté:

—¿Qué otros empleos tuvo?

A sabiendas de que me sorprendería, me dijo, atisbando mi reacción:

—Ahí también fui profesor interino de geometría, y hasta la hice de celador —la sonrisa queda de lado, reaparece el gesto serio y continúa—: Otro día le contaré mis experiencias, en este momento urge que salga un telegrama para Navarro, tome nota.

En cuanto permítanme comunicaciones regresamos a Madrid.

Al siguiente día, mientras desayunamos, mi madre nos informa lo que ya sé. Que en cuanto nuestro padre esté seguro de que podemos hacer el trayecto sin peligro, regresaremos a casa.

Mi hermano Quique dice emocionado.

—¡Vamos a México!

—No hijo —nuestra madre lo corrige—, vamos de vuelta a Madrid.

Y surgen las instrucciones:

—Revisen sus cosas y entreguen a mamá Coca solamente lo indispensable, ella dirá lo que va o lo que no va. Aquí se queda su ropa de playa, imposible regresar con todo lo que trajimos. En Madrid nos alcanzará Juan Francisco, por el momento sus hijas se quedarán en Portugal.

Alguien pregunta —no sé quién:

—¿Y la señora Urquidi?

—Mary estaba en Madrid cuando inició la guerra —mamá aclara— y ya está en Francia. Parece que tampoco se quedarán ahí y es posible que inscriba a sus hijas en un colegio en Londres, porque allá estudia uno de sus hijos.

Una tarde me toca entretener a mis hermanos porque, a falta de Catalina, la hago a veces de nano. Decido sacar mi colección de coches de madera y me despido de ellos porque no puedo llevarlos a Madrid. De todos modos entretengo a los niños y, si me rompen alguno, no me molestaré. Los hacemos subir y bajar por caminos que trazamos en la arena, también construimos montes, puentes y hasta ríos. En esas estamos cuando pasan junto a nosotros varios diplomáticos, entre ellos mi padre, que les dice que está preocupado porque el presidente Cárdenas nombró como encargado de negocios en Lisboa a un señor llamado Daniel Cosío Villegas. Agrega que tiene noticias de que ya llegó a España, pero que no se ha apersonado con él aunque así son sus instrucciones, por lo que les pide estar atentos a cualquier noticia sobre el paradero de ese señor y de su familia.

Desde México nos solicitan una explicación detallada del lugar en el que nos encontramos. Mi padre autoriza a Navarro que conteste con un largo telegrama.

EMBAJADOR CONSEJERO URQUIDI QUEDÁRONSE INCOMUNICADOS ÚLTIMOS ACONTECIMIENTOS TENIENDO INCAPACIDAD MATERIAL SALIR. STOP. EMBAJADORES ARGENTINA, BÉLGICA, ESTADOS UNIDOS, FRANCIA, GRAN BRETAÑA, ITALIA Y MINISTROS JAPÓN, HOLANDA, POLONIA, RUMANIA, EGIPTO, SUIZA ENCUÉNTRANSE IGUALMENTE AUSENTES MISMOS MOTIVOS EMBAJADOR PÉREZ TREVIÑO. STOP. IGNORAMOS PARADERO COSÍO VILLEGAS SUPONÉMOSLO GALICIA. EN ESTA EMBAJADA ENCONTRÁMONOS SUSCRITO GREGORIO NIVÓN, VILA, IBARGUEN, CLAVÉ. RÚBRICA NAVARRO.

Hace calor, estamos en agosto. Estamos tomando torrejas con miel cuando mi padre se une a nosotros.

—Es satisfactorio comprobar que en España se quiere a México.

Y sigue platicándole a mamá, pero en voz baja. Dado que yo estoy sentado junto a ella, agrando la oreja.

—Apareció Cosío Villegas. Está en Santander, andaba turisteando. Por cierto que ni se enteró de que asesinaron a Calvo Sotelo, ni que esa fue la chispa que encendió la mecha. Tuvo desaventuras, pero salió bien librado, le trataron de incautar un Chrysler color verde botella que compró al llegar a España. Ser mexicano lo salvó no una, sino varias veces.

Mi padre trata de parecer tranquilo. Mamá lo conoce más que bien y, por lo mismo, le pregunta.

—Manuel, ¿qué pasa?

El permanece callado. Ella lo toma de la mano, él se la aprieta, le da vueltas al anillo de oro antiguo con chispas de brillantes alrededor de un ámbar rectangular en forma de pirámide, color coñac, que ella lleva en su mano izquierda. Es un gesto que él siempre hace. Ella le dice, en un susurro:

—Manuel, no quiero ni siquiera recordar lo que sufrí en la revolución. No quiero vivir eso de nuevo; menos, quiero que sufran nuestros hijos.

Él le da un beso en la mano, otro en la mejilla y se retira, no sin antes tomarse una prohibida torreja cubierta de miel. Es diabético.

Lo que calla es que México está enviando petróleo y armas a la España republicana. Él está fuera de esas negociaciones porque las están haciendo vía París. Sin embargo, se enteró de que el presidente Cárdenas autorizó la compra de diez a doce aparatos de bombardeo, veinticinco mil bombas de cincuenta kilos, mil quinientas ametralladoras con todos sus accesorios y varios millones de cartuchos. La compra aparece como hecha por México y para México.

Pocos días después, llega otro telegrama de Navarro, también preocupante.

Los socialistas incautando palacios, grandes casas, hoteles particulares y propiedades de la ex nobleza o de la alta burguesía.

En este momento se incrementan en las legaciones y embajadas las solicitudes de asilo. Muchos españoles temen por sus vidas, buscan estar en territorio extranjero dentro de la misma España.

En Fuenterrabía tengo que hacer llamadas, recibir otras y, al mismo tiempo, tomar nota de los telegramas que me dicta. Estoy desbordado de pendientes, mi padre está para irse a reunión con diplomáticos cuando me da un cuadernito con forro negro y me dice.

—¡Pérez, trate de aprendérselo, son las claves!

Resulta más divertido y fácil que aprenderme el de Manuel Machado. La primera palabra que memorizo es *Datil Bador*, que es embajador, *Midog* es presidente y *Kafir* significa España. Muy pronto me hago experto, eso de hacerla de Sherlock Holmes me atrae, en poco tiempo ya no necesito consultar el librito, ya están todas las claves en mi cabeza.

—Pérez, lo felicito. De hoy en adelante, aparte de secretario V, forma usted parte del equipo de inteligencia —una sonrisa le llena los labios cuando me especifica de qué se trata mi trabajo—: La V es de «ve por esto», «ve por lo otro y por lo otro» —después comenta, pero ya en tono serio—: No cante victoria, por el momento es el único elemento operativo que tengo, así que si está usted de acuerdo, seguirá ayudándome en todo. Lo está usted haciendo muy bien. ¿Le gusta?

Sin dudarlo le digo:

—Sí, mi general, me gusta y mucho.

—Sale telegrama para Navarro.

He recibido informes de que ha negado asilo a personas lo han solicitado. Sírvase dar asilo sin pretexto alguno a personas de cualquier nacionalidad que lo soliciten.

El embajador tiene urgencia de estar en Madrid. El presidente Cárdenas aún no da respuesta a la petición hecha por mi padre, en el sentido de que se sirva autorizar que el buque mexicano *Durango* pase por nosotros y nos lleve a Valencia y de ahí por tierra irnos a Madrid. La situación se pone tensa, por un lado quieren que esté en Madrid, pero por otro lado no le dan apoyo.

—Pérez, mañana temprano voy a Francia, ¿me acompaña?

—Sí, mi general.

Me quiero quedar porque a Almudena le llegó una carta de Joaquín. Ella me mandó decir que dentro del sobre viene otro para mí, pero es tan inusitado que mi padre me pida que lo acompañe que por eso dije que sí, aunque ya me arrepentí.

Salimos tan temprano que ni siquiera pude avisarle a Almudena. *¡Híjole qué pena!*, pienso. *La dejé plantada.*

Es extraño pero no nos lleva el chofer. Mi padre maneja. Recién pasamos la frontera, me comenta:

—Vengo por dinero para el viaje y la estancia en Madrid. Aunque estoy convencido de que esta guerra no va a pasar de tres meses, más vale que las pesetas que nos llevemos sean suficientes.

Sorprendido, le pregunto:

—Entonces, ¿ya le mandaron dinero de México?

—No —contesta seco, serio y molesto—. Vamos por dinero mío.

Pasan los kilómetros, interrumpo el silencio que se había hecho pesado.

—¿Por qué esta guerra, mi general? No entiendo lo que sucede.

—Trataré de explicarle, porque sí está complicada la cosa —me dice mi padre, comprensivo—. Este julio pasado hubo un golpe de Estado. O sea que se suscitó una sublevación militar contra el gobierno del Frente Popular. Y los militares se levantaron en armas porque tienen molestias, descontentos… conflictos que se han venido dando desde hace tiempo.

—¿Por qué se dieron esas molestias…?

—Cuando el rey Alfonso XIII se fue de España dejó un vacío de poder, y era lógico: después de cuatrocientos años de gobierno monárquico, la naciente república no se supo gobernar, era un buen botín para toda clase de ideologías e influencias externas —mi padre se interrumpe y voltea a mirarme brevemente—. ¿Me doy a entender?

—Sí, mi general.

—¿Tiene alguna otra duda?

—Sí —confieso—: ¿Qué es el Frente Popular?

—Es una coalición. Esto es, que varios grupos se unen y hacen un frente común, en este caso para gobernar. Se les conoce como «los de izquierdas» y son, por ejemplo, los marxistas y los anarquistas. Este grupo planteó, desde el principio, que quería hacer la revolución tanto en los campos como en las ciudades.

—¿En esos que se llaman «republicanos» están los del Frente Popular?

—Sí, así es, y son los que están con el gobierno legítimo de España. —prosigue mi padre—. Los sublevados, o nacionales, son los que se levantaron contra el gobierno legítimo. Es la Junta de la Defensa, son los de derechas, su ideología es conservadora, están apoyados por los fascistas, la Falange.

—¿Qué es la Falange?

—Es una mezcla de partido político y grupo paramilitar formado por José Antonio Primo de Rivera. Son de ultraderecha y, por lo mismo, su ideología es fascista: son anticomunistas, nacionalsindicalistas, tradicionalistas.

—Con razón me confundo, es un verdadero enredo.

—Sí, lo es, y en cada bando hay militares, hay políticos, hay comerciantes y propietarios y también hay obreros y campesinos.

Me quedo pensando lo que me ha dicho y le comento:

—No me queda claro lo de la persecución religiosa.

—Es verdad —dice, moviendo la cabeza—. Ese es un asunto muy importante. Fíjese: desafortunadamente, los mismos republicanos colocan a la Iglesia católica en un solo bando, el de los conservadores y los fascistas. Yo considero que eso da muy mala imagen a la República, porque persiguen y destruyen todo lo que sea católico. O todo lo que nomás les parezca que es católico.

—Por eso debemos de ocultar que lo somos.

—Exacto, hijo —me dice—: no se pueden venerar imágenes en público ni rezar, solamente el País Vasco está fuera de la furia iconoclasta.

—¿La icono… qué?

—Iconoclasta es el que destruye imágenes sagradas, sean pinturas o esculturas.

—Entonces —cambio un poco el tema—, ¿de qué bando son los que tenemos asilados?

—La embajada está en Madrid y Madrid es zona republicana, pero no por eso los asilados son los contrarios a ellos, o sea, los del bando sublevado: tanto de uno como del otro han pedido estar adentro, algunos francamente identificados como de izquierda o de derecha, pero otros, sin deberla ni temerla, están siendo también perseguidos.

Luego de una pausa, mi padre detiene el coche y me advierte:

—Espero que haya entendido, porque ya llegamos al banco.

—Más o menos, mi general.

De buen humor, me dice:

—Espero que sea más el más y no el menos.

Mientras lo atienden repaso lo que me ha dicho sobre la situación. Mejor no le digo nada, pero creo que es más el menos.

Cuando termina vamos a un *bistrôt*, comemos de prisa, hablamos de cosas banales. Antes de emprender el trayecto de regreso me da un documento con el número de su cuenta, mi nombre, una cifra y su firma.

—Usted sabrá si algún día lo tiene que usar —me dice—. Guárdelo bien, tráigalo siempre consigo, cóselo a su ropa, si algo me pasa, se hace cargo de su madre y de sus hermanos —después de una pausa, continúa—. Apréndase de memoria el nombre del banco —y lo repite dos veces.

Durante el trayecto, de vez en cuanto me hace las mismas preguntas.

—¿El nombre del banco? ¿El número de cuenta?

—International Banking Corporation, el número lo tengo todavía que memorizar.

Antes de pasar la frontera detiene el coche, se orilla en el camino, abre un compartimento secreto en el que mete varios sobres repletos con fajos de pesetas y lo cierra. Regresa el asiento a su lugar y ya sin detenernos seguimos hasta la Villa Miruzka. Estoy petrificado. En un momento dado, cortando el silencio que se establece, me dice:

—El dinero es un buen siervo y un mal amo —un rato después me da un consejo—: Nunca preste dinero a un amigo, porque al dinero no lo volverá a ver y al amigo lo va a perder.

Yo voy pensando que hubiera sido mejor ir con Almudena, no es justo ser el hijo mayor. Estoy frito. No quiero ser huérfano y estar a cargo de mamá y del bolón de hermanos. Tengo miedo, y mucho, pero tengo que aparentar que no lo tengo, quiero hacerme fuerte. Por eso pienso en las palabras tantas veces dichas por mi mamá abuela Candelaria.

—¡Lo militar lo traen en la sangre!

Siento mis dientes castañear, ahora dudo ser el indicado para ser militar.

Los preparativos van quedando arreglados, ya no hay duda. Con el *Durango* no podemos contar, tenemos que hacer todo el trayecto de Fuenterrabía a Madrid por tierra. Varios de los consulados mexicanos en España piden autorización de recibir asilados y por supuesto que mi padre lo autoriza. Ahora ya no me dicta, ahora me dice lo que quiere que se diga. Dios mío, cómo sufro cuando hace eso.

—Tiene que especificar que es imposible darles apoyo monetario de parte del gobierno de México. Nos estamos rascando con nuestras propias uñas.

—¿Pongo eso también, mi general?

—No, Pérez —me contesta sonriendo—. La segunda frase es comentario para usted.

En cuanto puedo voy a la casa en donde veranea la familia de Almudena. Nada más llegar, el jardinero me informa.

—Ya se fueron.

—¿Dejó la señorita Almudena algún recado para mí? Soy Manuel, amigo de Joaquín.

—No buen mozo, no dejó nada.

Ya sé lo que es recibir un cubetazo de agua fría.

Lo dejo un poco de lado porque en cualquier momento se dará la señal de partida. ¡Siempre listos! Es una de las consignas que, sin saber cómo, aprendimos.

Se escuchan ruidos extraños, alguien comenta que son cañonazos y que viene el sonido del rumbo de San Sebastián. Varios de nosotros seguimos a mi padre, que camina hacia la Ciudad Vieja. Subimos a la Plaza de Armas y observamos lo que, de todos modos, no podemos ver. Mi padre tiene en su mano el reloj de bolsillo, algunos reflejos surgen de la cadena de oro. En un momento dado dice en voz alta.

—¡Ahora!

Y señala un punto imaginario, exactamente para donde apunta escuchamos el silbido, el ruido, el estallido.

Hace el ejercicio varias veces, siempre le atina, indica exacto el lugar y el momento. Luego nos explica:

—Ni adivino, ni hago magia. Por el momento no corremos peligro.

Tranquilo, toma el camino de regreso hacia la Villa Miruzka.

Nos quedamos mis hermanas y yo. El chofer y el asistente permanecen con nosotros, supongo que mi padre les dio alguna indicación para que así lo hicieran. Desde hace varios días empecé a notar señales mudas que se hacen entre ellos.

En un momento dado, Lopitos nos dice:

—Su padre es artillero, diseñó cañones para el ejército de don Venustiano Carranza —al notar que tiene toda nuestra atención, prosigue—: En su mente hace cálculos matemáticos, toma el tiempo del disparo y, de alguna forma, cruza esa información con la ubicación y la distancia del lugar en donde van estallando los proyectiles. Como él les dijo, no es mago ni adivina, todo está fríamente calculado —después de un corto espacio de silencio, continúa—: Así le salvó la vida al general Obregón en una batalla. Yo estaba ahí, su papá observaba y hacía cálculos, en un momento dado le dijo: «mejor vámonos para allá». «¿Por qué?», le preguntó el general Obregón. Su padre contestó: «porque el siguiente cañonazo caerá dentro de tres minutos exactamente en donde usted está parado».

Regreso a casa animado por lo que acabo de saber.

Pienso en Joaquín, su suerte me inquieta. Como encuentro a mi padre leyendo unos telegramas, me animo a preguntarle:

—Mi general, la abuela de Joaquín tiene un título nobiliario. ¿Cree usted que corren peligro?

—No puedo decirle si están o si no están en peligro. Lo que sí le puedo asegurar es que España es un caos.

VII. MADRID

—La bandera mexicana ondeará en los coches —nos informa mi padre—. Tomaremos el camino más largo, pero que también es el más seguro, para llegar a Madrid. El peligro es que, si viajamos en línea recta, tendremos que pasar por el territorio que controlan los golpistas, y debemos mantenernos en territorio republicano porque es el gobierno por el cual estoy reconocido como embajador.

Su dedo recorre en paralelo la frontera con Francia y da tiempo para que nos demos cuenta de lo que va a pasar.

—Habrá que hacer un largo rodeo —sigue explicando—. Existe también peligro porque el campo está plagado de milicias, son irregulares, algunos de sus miembros incluso son prisioneros a los que se dejó libres y se les dieron armas, y que por eso mismo no tienen idea de lo que es un código de guerra.

Mamá Coca pregunta, atemorizada:

—Entonces, ¿es como pasar por territorio de Pancho Villa?

La escucho y me estremezco. He oído muchos relatos sobre los asesinatos cometidos por el bandido duranguense, contados con tanto detalle que mi imaginación no dejaba de crear imágenes. Ahora, esas mismas imágenes regresan a mi mente y veo al esposo de una hermana de papá, al tío Miguel Pérez, teniente coronel del ejército de don Venustiano, prisionero de las huestes de Villa. Le quieren sacar información, lo torturan, le pelan las plantas de los pies y mi tío sin decir palabra. Entonces lo amarran a un caballo que primero va al paso, luego al trote y luego al galope, mientras el cuerpo de mi tío golpeaba contra el suelo, contra las piedras, y contra los troncos. Terminó como muñeco desarticulado, pero eso sí, se fue al otro mundo con el secreto que guardaba. Poco tiempo después su esposa, tía María de Jesús, murió de tristeza, y mis seis primos hermanos quedaron huérfanos.

Lo que dice mi madre me regresa al presente.

—En nuestra revolución, tanto los constitucionalistas como los federales hicieron barbaridades: en este viaje debemos de tener cuidado de todo y de todos —y ordena—: Medallas, escapularios, libros y estampas, rosarios: todo lo que muestre que somos católicos, me lo entregan. Y recuerden: ¡los rezos, solamente por dentro!

Después de la explicación que me dio mi padre en nuestro viaje a Francia comprendo lo que nos dice mamá. Debemos de cuidarnos por eso de la persecución religiosa. Somos católicos, aunque considero que no somos tan practicantes.

Después de la instrucción de su sobrina, mamá Coca —que sí es practicante—, dice:

—Entonces, haré una última oración en voz alta —se persigna y hace una plegaria—: Guadalupe, protégenos.

Ella empieza a cantar, algunos nos unimos a ella, la verdad es que yo lo hago porque, al cantar el Himno Guadalupano, como que me entran fuerzas. Con la cabeza en alto, entono

Tomamos hacia el este, hacia Barcelona. Rodeamos los Pirineos, que son las montañas que actúan de frontera natural entre Francia y España. Vamos en caravana y conducen tres choferes; en cada uno de los autos va algún adulto, en el que abre camino va mi padre, en el segundo va mi madre y en el tercero Lopitos y mamá Coca.

Los siete hijos vamos indistintamente en el primero, el segundo o el tercero; cada vez que hacemos algún alto, revisar llantas o radiadores, o para tomar algún refrigerio, beber, estirar las piernas, o cortar margaritas, así dice mamá Coca cuando se refiere a que hay que aprovechar la parada para ir al baño, los hijos cambiamos de automóvil y así disminuye el hastío, se hacen menos fatigosas las horas, los minutos y segundos. Las manecillas del reloj giran, a veces lento, muy lento, sobre todo cuando los caminos son de subida, así también es el ritmo al que rotan las llantas. En esos momentos vamos tan despacio que, si fuéramos a pie, iríamos más rápido. Al llegar a las cimas esperamos ansiosos las bajadas, porque entonces pasamos velozmente junto a los árboles, sembradíos, casitas, riachuelos, borregos, vacas y caballos, y regresamos a rodar a velocidad normal cuando el trayecto es por los valles.

Los kilómetros pasan y el tiempo pasa, poco a poco se incrementa el número de caseríos, de poblados que aparecen frente a nosotros. Entonces comienzan los retenes.

Ahí nos revisan con lupa los pasaportes y leen hasta la última coma de los salvoconductos. Los que nos detienen siempre están armados, preguntan y se van, regresan y se vuelven a ir, viene otro, revisa los documentos de nuevo, todos tratan de encontrar lo que no encontrarán.

Ellos sudan, seguramente por el calorón. Nosotros también, y no solamente por esa razón.

Sorteamos barricadas, se nos ponchan llantas, se calientan radiadores, nos falta agua, nos detenemos aquí y allá para conseguir gasolina; al caer las tardes empieza la labor de pedir posada, pernoctamos en alguna granja, una casa, un hostal. Los campesinos son siempre amables y están dispuestos a ayudarnos, sobre todo al saber que recibirán pesetas contantes y sonantes a cambio de su hospitalidad.

Yo prefiero quedarme en granjas porque nos dan huevos y leche para desayunar. En cambio, cuando nos alojan en casas de pueblo, o en alguna ciudad, nos dan solamente café y pan.

Viajamos cuando hay luz. Recién empieza a clarear y, al son del canto de los gallos, emprendemos la jornada y seguimos, seguimos, seguimos, comiéndonos poco a poco los seiscientos kilómetros que más o menos abarca el trayecto.

Rodeamos los Pirineos por caminos rurales; también recorren esos caminos grupos de hombres y mujeres, la mayor parte van a pie y están armados con herramientas de labranza: hoces, mayales, horquillas y guadañas. Otros llevan rifles o pistolas. Marchan y cantan un himno, retengo un verso que repiten y repiten:

Agrupémonos todos
en la lucha final.
El género humano
es la internacional.

Vamos dejando atrás a los Pirineos y el paisaje cambia. Ahora recorremos distancias de superficie plana, el tránsito se incrementa en cuanto quedan a la zaga los caminos rurales y avanzamos en las rutas pavimentadas.

El chofer en turno del automóvil en el que voy dice en tono solemne.

—Barcelona.

Llegamos a esta ciudad portuaria y nos adentramos en ella como cortejo fúnebre. Los coches marchan a vuelta de rueda, nosotros en silencio, pegadas las caras a los vidrios de las ventanas cerradas viendo lo que no queremos ver, descubriendo lo que es la guerra.

Por aquí y por allá hay personas armadas que se mueven en pequeñas bandas. Los llamados milicianos se identifican fácilmente porque visten monos azules, sus camisas son blancas; en los hombres resaltan los tirantes que sujetan los pantalones —las mujeres no los llevan—, calzan alpargatas con suela de cáñamo y sobre sus cabezas llevan gorros rojos en forma de pico.

Se incrementan los retenes, las barricadas.

Cada vez que nos detienen cortan cartucho a sus armas y dan vueltas alrededor de nosotros. Si hacen alguna pregunta, el que contesta es el adulto responsable de ese coche. Hasta mis hermanos pequeños permanecen quietos.

Las barricadas son de sacos terreros, fardos, adoquines, muebles cubiertos por colchones, mulas o caballos muertos. La mayor parte de los animales tienen las panzas reventadas; me pregunto si habrán explotado por causa de sus propios gases internos o si es por los balazos recibidos. Bestias sorprendentes: están sin vida y siguen siendo útiles, ahora la hacen de escudo.

Pasamos delante de iglesias, de conventos, sus paredes están llenas de pequeños huecos, obra de las balas; los vidrios de las ventanas hechos pedazos, tenemos que sortear vigas de madera que están regadas en el piso, o pedazos de estatuas de santos, de vírgenes. Jirones de sotanas y hábitos sobresalen de pedazos de madera que fueron cruces, todavía de algunos trozos sale humo, veo sangre.

Me llega un olor desagradable, tengo náuseas, me duele la panza, veo borroso, siento que de mis poros sale un sudor frío. Cuando mis ojos ven a un Cristo desmembrado me recorre el cuerpo un potente escalofrío.

Por todos lados deambulan los republicanos, se les ve eufóricos, alegres, la mayor parte son jóvenes, todos van armados. Los pocos ciudadanos comunes y corrientes que llego a ver son mujeres, niños y ancianos que caminan arrastrando los pies. Van con la cabeza baja y la espalda doblada.

Las cortinas metálicas de las tiendas por las que pasamos están bajadas.

Una niña aprieta su muñeca, recarga su despeinada cabeza sobre el regazo de una mujer mayor, probablemente es su abuela; la niña tiene surcos negros que marcan el camino que tomaron las lágrimas que ya no le brotan. La señora de edad tiene la mirada perdida. Ambas están sentadas en los escalones de una casa que fue saqueada.

A pesar de que ya salimos de la ciudad y nos vamos nuevamente a campo abierto, nadie pronuncia una sola palabra, en ese fantasmal silencio recorremos más y más kilómetros. Así llegamos y dejamos atrás Tarragona y Valencia, donde las macabras escenas se repiten.

Ahora sabemos lo que es la guerra.

Mientras más cerca estamos de Madrid, más se incrementa el movimiento. También nos tenemos que detener más seguido porque hay en exceso retenes y, después de muchos minutos que a veces se convierten en horas, reiniciamos el que pienso es un viaje interminable.

Con alguna frecuencia escuchamos ráfagas. Mariano va tenso, agarra el volante como si se le estuviera yendo, se le ven blancos los nudillos de la presión que hace, gotas de sudor humedecen el manubrio de madera, también le escurren de la cabeza. Se pasa un pañuelo sobre la frente, se seca las manos, ve algo porque frena de golpe, con voz temblorosa se le escapa decir:

—¡Están fusilando a unos sacerdotes!

Siento una oleada, algo sube y baja por mi cuerpo, mi corazón late bien fuerte, me da un dolor tremendo, me estalla la cabeza, la carne se me pone de gallina, empiezo a sudar, me tuerzo del retortijón.

A lo lejos escucho una voz.

—Respire, respire hondo, joven Manuel.

Dicen que me desmayé, el ruido de una sirena chillona es lo primero que recuerdo de mi despertar.

—Aguante, ya estamos cerca —dice una voz—. Ya vamos por La Castellana, falta poco.

Entramos en los tres automóviles a territorio mexicano.

¡Al fin!

Don Baldomero, el portero, abre las dos batientes del gran portón. Lleva puesto su uniforme, en el que destacan dos hileras de botones dorados al frente de su largo saco color marino. Se descubre cuando entra el primer coche y hasta que pasa el tercero vuelve a cubrirse.

Mi mente pensó por un momento que el horror recién visto y vivido se iba a esfumar pronto, mas no es así. Como sea, entramos a otra clase de silencio que traduzco como paz, tranquilidad, seguridad.

En España, durante el verano, anochece mucho más tarde que en México. Aunque pronto serán las nueve de la noche, todavía hay luz de día. Apenas estamos bajando de los automóviles cuando ya se manifiestan personas que surgen de la casa. Esta vez no brotan flashes de cámaras fotográficas, ni le entregan a mi madre ramos de flores, solamente se escuchan murmullos.

Tanto los funcionarios como el personal de la embajada se apresuran a saludar, también identifico a algunas personas que son amigos de mis padres o visitantes asiduos. Otros muchos me son desconocidos. Las miradas de todos muestran que se alegran de vernos; sin embargo, nadie brinca o grita de alegría, hoy en día el evento no es social.

Alguien sale de prisa de la casa. Es el primer secretario, que si ha de haber estado dormitando, recuperando fuerzas, tiene grandes ojeras que muestran cansancio, trae la camisa por fuera del pantalón, con premura se faja y como Dios le da a entender se pone el saco. Entonces sí empieza a caminar la atorada fila de personas porque Navarro hace las presentaciones, va pronunciando al oído del embajador los nombres de los que no conoce y estos, al estrecharle la mano, le dicen frases de agradecimiento por permitirles estar adentro. La fila sigue su rumbo hacia mi madre, a ella le sonríen y también agradecen. Ella les dice con tono protector.

—Estamos en México, aquí están seguros, esta es su casa.

Cuando ya todos saludaron, el embajador se encamina hacia nuestro hogar, que ahora es refugio de muchos. Navarro va poniéndolo al día de lo que ha hecho, yo escucho que le reporta:

—Hoy son veinte familias las refugiadas, más los hombres que están solos. De acuerdo a sus instrucciones, señor embajador, doña Concepción tiene ya preparada su recámara, para sus hijos están ya dispuestos colchones en el suelo, ahí están también ya esperándolos unos refrigerios, quesos, embutidos, tapas, limonada y naranjada.

Subo las escaleras, estoy agotado, en mi mente se disparan las desagradables escenas que venimos de vivir así como el molesto pensamiento de que ya no tengo cuarto solo para mí. La molestia me dura hasta que la somnolencia me invade, lo que sucede pronto.

Entre sueños escucho una voz desesperada, que dice.

—Manuel, esto es una locura, estoy angustiada, sufro, estoy muy preocupada, me duele el alma, tengo el mismo sentimiento que cuando mamá nos dejó en el orfanatorio.

No escucho lo que mi padre le dice porque regreso al quinto sueño.

Ya hay luz cuando despierto. Me alimento de lo que queda en la charola, son parte de los refrigerios que mencionó el secretario Navarro. Están sobre una mesa de la salita que es parte de la recámara de mis padres, la que ahora es de ellos y nuestra.

Mientras mordisqueo los que ya no están frescos, mi mente se hace una pregunta.

¿Qué diablos estamos haciendo aquí?

Y pienso en el rancho, en los ponis, en las vacas, en los mezquites, en las nopaleras. Esas imágenes siguen en mí cuando entro al baño.

Un letrero escrito a mano me hace regresar al presente.

AHORRA AGUA. FAVOR LAVARSE CON JÍCARA. NO HAY AGUA CALIENTE.

Estamos en pleno agosto, no hay problema, me bañaré con agua fría, empiezo a desvestirme cuando tocan, pegan y empujan la puerta, escucho la voz de mi hermano Álvaro.

—¡Abre! ¡Abre! Me hago, tengo que hacer pipí

Entra uno y sale, y luego otro, y otro y el otro hermano. Opto por vestirme. Sin querer, obedezco al letrero al pie de la letra.

Hay que economizar agua. Estamos en guerra.

VIII. ESPERANZA

—Pérez, haga rondas y repórteme si algo llama su atención. Sea discreto, recuerde, sin levantar sospechas.

—Sí, mi general.

Inicio mis paseos por los pisos y jardines de la embajada y me entero de que a los primeros asilados que llegaron con familia se les alojó en las buhardillas. Cuando estas se ocuparon, a los que han seguido llegando se les ha ido acomodando por todos lados.

Muebles, cuadros, tapetes, baúles, cajas, triques y otras cosas que estaban tanto en la casa como en las buhardillas se han ido concentrando en los sótanos.

¡Hay que hacer más lugar, abrir espacios, reacomodar!

—Pérez, apoye a Mariano, a Modesto y a Enrique. Todo eso —o sea, los cuadros, los muebles, los tapetes y los adornos— es propiedad de la Nación. Revisen que esté bien empacado y acomodado.

—Sí, mi general.

Terminamos esa tarea y reanudo mi ronda.

Subo al piso de buhardillas. En una de ellas está una señora con una panza que revienta. Al notar que mi vista se detiene más tiempo de lo normal en la parte de su cuerpo que sobresale, me dice:

—¿Podría por favor buscarme una caja, preferentemente de madera, que sea lo suficientemente grande para meter al crío?

Palidece mientras se lleva la mano a la frente, gotas de sudor surcan su cara, le sale un hilillo de voz cuando comenta:

—Estoy a término.

Bajo de prisa, brinco de dos en dos los escalones, busco a mi madre en los diferentes pisos, en los cuartos, en las oficinas, la encuentro en la cocina, rodeada de personas, reparte quehaceres a unos y otros.

—Mamá Esther, mamá Esther, mamá…

Ella habla con una señora bajita, regordeta, que se cubre la canosa, abundante y larga cabellera con una pañoleta.

—Olimpia, que Zeus le ayude a levantar un listado de los alimentos, en cuanto lo tengan llévenselo a don Antonio Rey Soria…

Zeus es un español espigado, alto, de prominente nariz, que cubre su calvicie con una boina. Al escuchar el nombre de la persona a la que deben de entregar el listado, Olimpia pregunta.

—¿El dueño del café María Cristina?

—Sí, es él. Está a cargo del almacén, lo apoyan doña Plácida de Spottorno y doña Carmen de Reyes.

A otro señor alto, robusto, de pelo lacio y negro que suda a mares, le da también instrucciones.

—Platón, vea con Modesto lo que necesite para organizar equipos que pelen papas y limpien ejotes.

—¿Quién es Modesto? —pregunta al que ha llamado Platón

—Es el mayordomo de la embajada —le explica mi madre, que decide entonces llamarlo ella misma—: Modesto. Modesto, venga por favor.

Modesto es alto, delgado, de escaso cabello castaño, viste uniforme.

—Platón, le presento a Modesto —de inmediato hace la otra presentación—. Modesto, le presento a Platón.

Con voz firme les indica.

—Armen sus equipos. Tenemos muchos voluntarios, si tienen dudas o necesitan algo, me avisan.

Yo sigo tratando de llamar su atención.

—¡Mamá Esther! ¡Mamá! ¡Mamá Esther!

Por fin me hace caso. Me pone una mirada inquisidora mientras le digo:

—Una señora necesita ayuda, va a tener un bebé.

Sorprendida me hace varias preguntas, salen a borbotón de sus labios.

—¿En dónde? ¿Quién? ¿Cuál de ellas?

—En la segunda buhardilla —contesto, aliviado porque ahora si logro captar su atención—, subiendo a la derecha.

Todavía no termino la frase cuando ella ya va para arriba. Entonces yo me dirijo a los sótanos, bajo y me encamino directo a uno que sé que es bodega, voy a buscar la caja. Por mi frente, brazos y espalda me escurre el sudor, muevo unas cosas, cambio otras de lugar, finalmente encuentro una que pienso que es apropiada. Debe de llevar ya guardada un buen tiempo porque tiene telarañas. La sacudo, reviso que esté libre de bichos así como de astillas, quedo satisfecho. Me dirijo a una cocina, la lavo, la limpio y la seco.

Cuando termino subo, brinco los escalones de dos en dos, entro deprisa a la buhardilla y, para mi sorpresa, ambas señoras están despreocupadas, plática y plática.

La que pidió la caja extiende sus brazos, invitándome a dársela, la revisa dándole vueltas y me dice.

—Perfecto buen mozo, es exactamente lo que necesito, usted es la mar de amable.

Mi madre se dirige a mí

—Hijo, me llevé un buen susto, creí que María Teresa ya estaba en trabajo de parto.

—Yo también pensé eso —le contesto, respirando todavía agitadamente. Los tres sonreímos, yo me sonrojo.

Así pasan los días. Cuando tengo tiempo libre subo a saludar a la embarazada. Ella me cuenta que su esposo es republicano, militar y auditor, y que entraron a la embajada porque corren peligro: como su esposo tenía un buen empleo, lo quieren fusilar.

—Estoy contenta porque aquí él está ocupado, hace lo que le gusta —ante mi cara de desconcierto, aclara—: Es el que lleva las cuentas.

—¿Don José? —le pregunto, sorprendido.

Ella asiente con la cabeza.

A veces me dice que sería maravilloso si le encontrara tal o tal cosa y a mí me da gusto conseguirle lo que pide. Mamá Coca me ayuda a buscar y a encontrar exactamente lo solicitado. Si no es exacto, le llevo algo parecido.

Con pedazos de diferentes telas, ya sean de faldas, o de camisas, de blusas o de sábanas; unas de un color, otras de otro, o madejas de estambre, pedazos de mantillas, más hilo y aguja, forra la caja y logra tener un moisés con colchón, sábanas y cobijita. También hace cuatro muñecas con pedazos de trapo. Hasta pelo les pone, es de estambre. Dos son para sus hijas y dos para mis hermanas menores: ellas son las que estrenan el moisés jugando a las muñecas. Para los varones hace un balón, casi redondo, y me pide que le ayude:

—¡Jale duro joven Manuel, las capas de tela deben ir bien apretadas!

Ahora que hay balón, los niños juegan futbol. Yo soy el portero y también la hago de entrenador.

A veces, sin saber por qué, me pregunto:

¿Qué estará haciendo Joaquín?

—Pérez, vamos a salir. Al doctor Emilio Morejón dígale que esté pendiente de nuestro regreso. Busque a Pericles, necesitamos espacio para dos personas.

Sin duda van nuevamente a sacar a alguien de alguna cárcel. Han de saber que uno de esos está herido, o a la mejor los dos, por eso que piden que esté el doctor atento a su arribo.

Ya no me hago bolas: ya sé quién es Aristóteles, o Platón, o Cicerón, Séneca, Olimpia, o Zeus, pero al tal Pericles no lo identifico. Tendré que preguntar. De muchos asilados solamente conozco sus nombres ficticios, no sé de quién fue la idea de ponérselos, aunque lo que sí sé es que lo hacen para pasar desapercibidos. Otros asilados, los menos, usan sus nombres verdaderos.

Unos llegan por su propio pie a la embajada, a la que le dicen *El Refugio*. A otras personas las traen familiares, conocidos o amigos, y la mayoría llega en automóviles. Se escuchan chirridos de frenos, ni siquiera paran el motor, se abren portezuelas y brincan de los coches. Baldomero tiene instrucciones de estar siempre pendiente y abrir de inmediato alguna de las pesadas puertas del portón, porque rondan cerca los milicianos y tratan de impedir que ingresen los que buscan refugio. Los que los conducen parten presurosos, los que llegan entran deprisa.

Otras veces arriban en alguno de los automóviles de la embajada, ya sea el Mercedes, el Cadillac, o el Lincoln. Los tres son fácilmente identificables porque ondea al frente nuestro lábaro patrio, que como lanza se abre camino por las calles madrileñas entre pedazos de vidrio, maderos, ladrillos, animales muertos, coches descompuestos o destrozados, y con dificultad sortean las barricadas y un sinfín de obstáculos. Antes de ir por las personas se prepara un plan, porque hay días en los que se hacen varios viajes, y a veces desde México llegan las instrucciones de ir a buscar a tal o tal persona, aunque las más son solicitudes desde la misma España. Los que reciben asilo llegan escondidos en la maleta, que es como llaman los españoles a las cajuelas.

Aunque Madrid es territorio republicano, tenemos asilados de todos los bandos. Algunas personas ni siquiera saben qué ideología tienen. Como diríamos allá, les pasó eso de que «los agarró la revolución». Lo que sí tienen todos en común es que corren peligro sus vidas. Unos son de posición social baja, otros mediana, otros acomodada, otros no tienen riquezas pero sus apellidos son rimbombantes. Están asilados militares tanto nacionales como republicanos y, por supuesto, también hay varios miembros pertenecientes a la extinta realeza.

Hay muchos hombres solos porque sus esposas e hijos se quedaron en sus pisos o se mudaron con familiares o amigos, o pudieron salir y ya están fuera de la España en guerra. Varios están asilados no sólo con sus familias sino con todo y personal de servicio.

Sin cesar llegan para muchos de ellos mensajes, cartas, llamadas, visitas. Estas últimas disponen de tan corto tiempo que, desde que se anuncian, dicen que van en visita «de doctor».

—¡En este instante dejan de discutir! —ordena la voz de mi madre, que retumba en las paredes de lo que en tiempo de paz era el comedor principal. Cosa rara, la sacaron de sus casillas.

Los que estaban con los ánimos tan caldeados que ya se empujaban, se insultaban y estaban a punto de llegar a los puños, se contienen y comienzan a ofrecer las disculpas de rigor a doña Esther. Una mujer que es parte del alboroto, por cierto, de reciente ingreso, se le pone al brinco a mi madre. Pienso en mis adentros

¡Híjole, ésta no sabe con quién se mete!

La maja es alta, joven, delgada, de ojos y cabello castaño. Su vestido de mangas cortas es color beige claro, en el que destacan bolitas más oscuras que la tela del vestido, la falda es larga, sus zapatos son negros. Toda ella tiembla, las fosas de su fina nariz suben y bajan al mismo ritmo que su llamativo pecho.

Mi madre, que se calmó tan pronto como echó su grito, pasea la vista a su derredor, se detiene en un señor alto, fornido, joven y le dice con voz que no deja lugar a dudas:

—Aristóteles, hágame el favor de mostrarle el camino a la señorita —y añade con voz calmada, pero firme—: Por supuesto, que recoja sus cosas antes de que la ponga en la acera.

El alboroto arrecia porque la que dio como nombre Rosalba se tira al piso y grita que no se va, jalonea y patea al que trata de obedecer la orden dada por mi madre. Al mismo tiempo, de la boca de Rosalba salen toda clase de improperios, haciéndome recordar el cuento de Perrault, de esa que, al hablar con majaderías, de la boca le salían sapos, ratas y víboras. Pienso.

¡Qué molesto es escuchar a una mujer decir palabrotas!

Al instante cambio de opinión. Siempre recordaré este día, mas no por el vocabulario obsceno.

¡Qué espectáculo más maravilloso!

Mis ojos se abren, y bien grandes, porque es la primera vez que veo las partes íntimas de una mujer. La Rosalba se debate en el suelo, patalea sin ton ni son, levanta unas bien moldeadas piernas y muestra todo porque no lleva bragas.

Quedo fascinado.

Llamados por los gritos y sombrerazos se apersonan el embajador y el secretario Navarro. La Rosalba se le va encima a mi padre, le suplica que no la saquen, se agarra desesperada de su pantalón, Navarro trata de impedirlo, tanto él como ella jalonean.

Yo sigo encantado.

Soberbio espectáculo. Desafortunadamente, a ella se le acaban las fuerzas, cambia de táctica, ahora pide perdón, entre lloros promete que no volverá a suceder.

Mi padre voltea a ver a su esposa, sus miradas se hablan. Entonces, el embajador le dice a un joven al que le pusimos el mote de, *El Ponchado.*

—Petrarca, apoye a Aristóteles, hagan lo que indicó doña Esther.

A la teatrera la llevan casi en vilo, está medio desvanecida, solloza y gime. Lo último que veo de ella son sus firmes muslos.

Mi madre, como si nada hubiera pasado, se encamina a la despensa, mi padre a la puerta que da al jardín posterior. A medio camino se detiene, voltea hacia las estatuas presentes y dice:

—Necesito diez voluntarios —lo que hace que más de diez suban tras él.

Esa misma tarde colocamos unos letreros que dicen:

ESTRICTAMENTE PROHIBIDO HACER APUESTAS

Modesto los detiene contra la pared y yo martilleo los minúsculos clavos. Mientras hacemos nuestra tarea, me cuenta que la tal Rosalba no tenía dinero, pero como tiene el vicio del juego, apostó que, si perdía, se daba en prenda y que dos "caballeros" se peleaban el premio. Al decirme eso, por poco le machuco un dedo.

—¡Claro! —le digo—. Algo más tenía que encerrar tanto barullo.

Está ya declinando el día y el movimiento dentro de la embajada se acrecienta. Unos suben, otros bajan. En la cocina se apuran a prender el carbón que se estuvo economizando para este momento. Por las escaleras baja una persona, supongo que viene de la buhardilla, trae un maletín negro en la mano, me pregunta que en dónde está Navarro, le doy la indicación, deduzco.

¡Ahora sí, llegó el momento!

Sigue el movimiento, piden que dos hombres fornidos suban y entonces ayudan a bajar, casi en vilo, a la que ahora sí está a punto de parir, le ayudan a subir a uno de los coches y parten.

Don José, el marido, se queda mirando varios minutos el portón cerrado, da media vuelta, toma de la mano a sus dos hijas, se encamina lentamente a la entrada principal, sube los dos peldaños, entra a la casona y emprende el camino hacia su buhardilla. Va encorvado, camina lentamente, como si en cada pie llevara cadenas. Él no puede salir de la embajada, es libre pero también es prisionero.

Horas después regresa el chofer, me comenta que condujo a la señora a un hospital en donde ya la estaban esperando, que él escuchó que uno de los cuñados de la futura madre era doctor y que todo estaba previamente arreglado.

Mamá Coca también sube, supongo que a la capillita, lo que me hace recordar que, estando nosotros en Fuenterrabía, cuando apenas había estallado la guerra, falló la luz en la embajada, había un corto circuito. Navarro relató que llamó a un técnico que entró a arreglar el desperfecto y se topó con el altarcito. Cuenta el secretario que, cuando el hombre vio la imagen de la Virgen de Guadalupe, enfureció. Agitaba los brazos, con la mano en la que tenía unas pinzas amenazaba con delatarlos, luego quiso destruir la imagen, después trató de golpear a los que estaban presentes, echaba pestes y más pestes.

Navarro hizo su confesión viendo de frente a mi padre.

—Fueron dos botellas, señor embajador: una de blanco y la otra de tinto —especificó—. De Rioja, las tomé de la cava.

—Así que lo toreó usted con capote y muleta — le dice sonriendo mi padre, al tiempo que le da unas palmadas en el hombro—. Buena faena, Francisco.

—A estas alturas ya hubiéramos recibido varias alternativas —concluye Navarro.

Ahora ya no se tiene que llamar a alguien de fuera cuando hay desperfectos eléctricos. Uno de los asilados, el ingeniero Rafael Spottorno, se encarga de que se haga lo debido.

A lo largo de los días, las reservas de la cava han ido bajando. En los coches siempre se llevan botellas por lo que pudiera ofrecerse. Dicen, de hecho, que es lo más efectivo para sacar a la gente de prisión o de las checas. Arturo Allsopp Vila, José María Clavé, Leobardo C. Ruiz, Nivón López y Francisco Navarro son los expertos y su récord es excelente. ¡Vaya que tienen poder de convencimiento!

No sé cuánto tiempo pasa. De todos modos retornamos a las tareas: unos a vaciar bacinicas, otros a limpiar, o barrer, o a sacar colchones a ventilarse, otros a las cocinas. El agua que guardamos para la llegada del bebé se utiliza para cocer patatas, que es como les llaman a las papas.

A pesar de que todo el día se limpia todo, todo el día todo se ve sucio.

Es temprano, me despiertan lloridos que salen del piso de buhardillas. Como resorte me levanto de mi colchón, noto que mamá no está en su cama, mi padre en el baño tararea una melodía, mis hermanos y hermanas siguen dormidos. Me visto de prisa, decido descender dado que no me atrevo a subir. Abajo, los asilados siguen acostados, pero sé que están despiertos porque sus ojos están bien abiertos y tienen la expectación en la mirada, escuchamos fascinados y ensimismados ese peculiar llanto.

Poco a poco primero de una, después otra y después de muchas gargantas salen vivas. De los ojos brotan lágrimas, son de emoción, de alegría. De prisa se visten, acomodan colchones, los recargan sobre las paredes, hacen espacio. Los pies brincan, se inician danzas espontáneas. Círculos de hombres, hombro con hombro, dan vueltas y vueltas regocijados. Las mujeres hacen otro círculo alrededor del de ellos y todos bailan, aplauden, cantan, tararean. Me invitan a entrar al círculo, lo hago con gusto.

Como es costumbre, todo se detiene cuando hace su entrada mi madre. Esta vez ella ingresa al gran salón que hoy volvió a ser lugar de fiesta. Su mirada denota sorpresa al ver que tan temprano todo está ya levantado y acomodado. Como sabe que están pendientes de ella, con tono de ceremonia anuncia:

—Tengo la alegría de comunicarles que están en perfecto estado de salud tanto la mamá, que ingresó al hospital como mexicana, así como la primera mexicanita hija de españoles nacida en Madrid.

Mientras mi cerebro registra que no es crío, sino niña, la algarabía llega a su apogeo. Los que tienen hijos o nietos comentan detalles de cuando los suyos nacieron y muestran a ton y son fotografías, se abrazan, se congratulan, bailan, lloran, gritan. ¡Es la locura! Se olvidan clases sociales e ideologías, todos celebramos el arribo de esa nueva vida con el ánimo que trajo la bebita a la que yo imagino acostada en un moisés que, en realidad, es una caja de madera.

Por la noche, ya acostado, escucho que mamá le dice a papá:

—La pequeña llora, llora y llora porque parece que su madre no podrá dejarla satisfecha y porque no le gusta el agua endulzada que le están dando. Es comelona.

—Parece que en la embajada de Suiza tienen leche condesada —dice mi padre—. Haremos lo necesario para conseguirla.

Cuando aminoran los lloridos, empezamos a extrañarlos. Mi madre aprovecha y le comenta a su tía:

—Esperanza ya queda satisfecha, las vacas suizas la alimentan.

Así me entero que su nombre es Esperanza.

Mejor aún:

ESPERANZA.

Estamos mis padres y yo desayunando pan y un café que es más bien agua pintada, cuando mi padre nos avisa de una decisión que recién ha tomado:

—Aparte de crema, mantequilla y quesos, también elaboraremos en la cremería leche condensada.

Mi mente se transporta. Mis ojos ven sin ver esas piezas inmensas, redondas, que son los quesos que se elaboran en el rancho y se envían por tren a la Ciudad de México. Imagino los aparadores de la Cremería Ideal, propiedad de mi padre, saturados de mercancía: aparte de los quesos blancos y amarillos hay crema espesa, así como cientos de rectángulos de mantequilla perfectamente alineados. Se me hace agua la boca. Opto por regresar a la cruda realidad porque dicen que, si uno no puede satisfacer un antojo, le salen granos en la lengua.

Doña Carmen Morales de Reyes está nerviosa, mamá la acompaña. Su esposo, don Rodolfo, mi padre y el capitán Leobardo C. Ruiz se fueron una vez más a la Cárcel Modelo, porque en estos últimos días han estado negociando sacar a uno de los hijos del matrimonio Reyes que está ahí preso.

Antes de irse, el embajador comentaba con el capitán Ruiz:

—Hoy lo tenemos que traer, ni un día más de negociaciones; ya es muy alto el riesgo de que lo maten.

Para liberarlo argumentan los nuestros que es mexicano por ser hijo de mexicano, aunque recuerdo que don Rodolfo comentó una vez.

—Yo soy un bipartida, aun cuando digan aquí en España que soy extranjero; según la ley, cuando oigo las mismas canciones en las cunas que las que a mí me cantaba mi madre, cuando leo los mismos epitafios en las tumbas, cuando veo que tenéis nuestros propios defectos y nuestras mismas cualidades, entonces yo me enfrento con la legalidad y le digo: no es verdad, yo no soy extranjero en España.

Mi madre trata de tranquilizar a la del prisionero diciéndole.

—Carmen, créeme, si Manuel dijo que hoy lo traen, lo traen, ya no te angusties.

Fernando Reyes Morales nació en España, es arrebatado falangista, lo apresaron porque gritaba en las calles del Madrid republicano «¡Viva Franco!».

Lo peor —para él, por supuesto— es que fue testigo de la matanza de agosto en la Cárcel Modelo.

La espera fue larga, pero satisfactoria. Es emotivo ver a la madre y al hijo caer uno en los brazos de la otra. A partir de su arribo a la embajada, no sólo él sino también su hermano Roberto, con molestia de muchos, gritan ya no en las calles, sino dentro de este refugio:

—¡Viva Franco! ¡Viva la Falange!

También portan aquí adentro, descaradamente, el distintivo falangista, lo que desata pasiones y provoca todavía más complicaciones que las que ya había antes de que él ingresara como asilado.

Un mexicano al que le decimos Gonzalitos odia a la familia Reyes, lo que hace que se refuerce la teoría de que él tiene preferencia por los republicanos, a los que se les llama también «rojos», como les dice la mayoría. El tal Gonzalitos fue enviado directamente de México, llegó de huaraches y con un vocabulario que deja mucho que desear. Se le han dado infinidad de clases, desde la manera correcta de comer y de comportarse, hasta decirle qué palabras no debe de utilizar al hablar y cómo debe vestirse. El tipo llegó de sopetón, casi sin avisar, fue una imposición de México al embajador. Da problema tras problema, como si no fuera suficiente con los que surgen a diario.

IX. ASILADOS

Generalmente, el trato es igual para todos los asilados. No se hacen distingos. Decimos que son como los tamales, porque hay de todas las variedades: unos de pollo, otros de res, sin faltar los de puerco, unos son de rajas, otros de elote, también hay de dulce, hasta de coco, de acitrón o de nuez y unos simplemente de masa. Sean como sean son tamales a fin de cuentas.

Todos son bien acogidos, reciben cobijo, protección, están resguardados, a salvo de cualquier peligro de muerte. Sin embargo, por razones políticas, de salud o de tiempo, y como excepción, se ha tenido que dar lugar privilegiado a algunas personas. Claro, cuando se ha podido.

La recámara de mi hermana mayor, por ejemplo, pasa a ser del matrimonio Iglesias. Él dejó de ser embajador de España en México hace pocos meses. Mis papás los conocieron cuando ellos vivían en México y se le dio ese cuarto porque hubo una petición específica hecha desde México.

Pasa de medio día, hace calor. Camino lentamente frente a la puerta de los Iglesias que se dejó abierta, seguramente para que corra el viento. Don Emiliano está sentado, pensativo. Al verme, me hace señas de que me acerque.

—Joven Manuel, ¿qué hace?

—Tengo encargo de mi general de que esté pendiente por si algo se les ofrece.

—Gracias. Pero, ¡pasa, pasa! —al notar que con la mirada busco a su esposa, me dice—: Lina bajó con doña Esther. Ya sabes, cosas de señoras.

Me invita a sentarme y comienza a platicar. Lo que siento es que no se dirige a mí, sino que habla para sí. Supongo que trae muchas cosas atoradas.

—No debo quejarme —me dice—, ustedes son la mar de amables.

Se hace el silencio. Me da la impresión de que ha terminado y me levanto de la silla. Con la mano me indica que siga yo sentado.

—Apenas duermo —prosigue—. Cada noche, mi mente repasa todo lo que nos pasó —salen más palabras y más palabras de sus labios—. Cuando regresamos de México, tenía la esperanza de que me mandaran de embajador a otro país y, en vez de alquilar un piso, nos hospedamos en el hotel Palace. Ya sabe, joven Manuel, es un hotel con novedades y comodidades, tiene todos los servicios que pueda uno imaginarse, cada habitación cuenta con teléfono, inodoro e interfono. Pero pasó el tiempo —dice, abatido— y no llegaba el esperado nombramiento. Y ahí seguimos. Y entonces estalló la guerra.

Levanta la vista y me mira a los ojos. Solo entonces sé que sí se me habla a mí. Y prosigue:

—Creí que el *maître d'hôtel* era buena persona, pero él fue el judas. Nos vendió, nos traicionó. Desayunábamos cuando entraron unos milicianos al comedor principal y a la fuerza nos metieron en uno de los dos coches estacionados frente al hotel.

Su plática se hace más pausada que al comienzo de su relato. De vez en cuando seca su frente, veo sus iniciales en el pañuelo —EIA, Emiliano Iglesias Ambrosia—, las palabras brotan con cierta cadencia.

—Eran obreros, de la CNT. Nos llevaron al antiguo palacio de la calle de Luna que era uno de sus lugares. Ya sabe, joven Manuel, en donde ellos se reúnen.

Asentí con la cabeza, aunque no tengo ni idea del lugar al que se refiere, ni quiénes son esos de la CNT.

—Nos metieron a un cuarto y, después de varias horas en las que no pasó nada, llegó un empleado y nos dijo que nos fuéramos, que no teníamos nada que hacer ahí. Supe que mentía, seguro que era una trampa, y así fue. Salíamos cuando otro miliciano nos obligó a meternos en un coche. Adentro había varios mozos altos, armados de fusiles y entonces nos llevaron. Reconocí que pasamos por la Gran Vía y llegamos a la plaza de Leganitos. Mi mujer incluso vio a un amigo cuando pasábamos por el Cine Coliseum, trató de abrir la portezuela y pedirle ayuda, pero tuvo que desistir porque uno de aquellos tipos le dijo, al mismo tiempo que levantaba el cañón de la pistola y mostraba amenazadoramente la cacha, que lo único que iba a conseguir era un buen golpe.

»Ella obedeció. Nos llevaron a ese lugar al que llaman «la Casa de Campo». Llegamos ahí bajando por la Cuesta de San Vicente. Mi valiente mujer me dijo: «¡Ánimo, moriremos juntos!» Sus palabras me quitaron el miedo. Como fuera, yo no estaba dispuesto a que la mataran a ella ni a morir yo, por lo que le dije al que creí que era el jefe que en nuestro cuarto del hotel había dinero y joyas. Mis palabras surtieron efecto, porque de inmediato nos regresaron al hotel. Bajamos del automóvil, llegamos hasta la habitación y, como el muy ambicioso quiso registrar él solo el cuarto, dejó de custodiarme.

»Aproveché para regresar donde estaba mi esposa rodeada por los otros y les dije a esos tres que su jefe los esperaba. Para convencerlos, les di el número del cuarto. Los tipos se olvidaron de nosotros, que sigilosamente salimos del hotel por una puerta lateral y nos dimos a la fuga. Corrimos sin rumbo, lo único que queríamos era alejarnos lo más posible. Cada vez que pasaba un coche le hacíamos señas, esperanzados, desesperados de que se detuviera el que conducía, rogando a Dios que nos ayudara. Yo sabía que los fulanos, furiosos, vendrían detrás de nosotros y ya sentía que nos encontraban, nos alcanzaban y disparaban, y que en cualquier momento las balas me llegaban. Yo trataba de correr detrás de mi mujer, cubriéndole las espaldas, pero era muy complicado. Finalmente y después de minutos que se me hicieron horas, un samaritano se detuvo, abrió la portezuela, subimos a su auto. Lo único que pensé fue en que el general Pérez Treviño, mi amigo, su padre, era el embajador de México y que sin duda nos daría asilo. Y por eso fue que al desconocido le pedí que nos trajera aquí.

Hace una pausa mientras pasa el pañuelo por su abundante cabellera, se seca las tupidas cejas, se levanta, guarda el húmedo con iniciales y me dice:

—¡Venga!

Lo sigo, subimos a la azotea, confirmo que es más bajo que yo, su pelo es negro azabache, rizado, abundante, el bigote largo, las puntas hacia arriba le llegan a los cachetes. Estoy tentado a preguntarle porqué usa bastón si no tiene edad para eso, pero cuando voy a hacerlo me ordena, al mismo tiempo que él lo hace.

—¡Agáchese!

Después levanta con suma precaución la cara y me hace señas de que me acerque a la orilla del muro. Señala hacia abajo, veo que hay cuatro policías apostados en la acera que queda sobre el frente de la embajada, sobre la calle Hermanos Bécquer. Con voz entrecortada me explica.

—A esos cuatro los turnan: hacen guardias mañana, tarde y noche, tienen la orden de fusilarme, están esperándome —su tono de voz demuestra angustia, miedo, temor.

—Entonces —le pregunto—, ¿no fue suficiente con las joyas y el dinero que estaban en su cuarto del hotel?

— Ahí no había nada, ni joyas ni dinero —me dice, sin darse cuenta de la confesión implícita en sus palabras—. Lo que tengo está en otro lado.

Algunos de los que lo conocen de antes dicen que no hay que fiarse de él. Por lo pronto, ahora tengo indicios de por qué el matrimonio Iglesias pasa encerrado los días en la que fuera la recámara de mi hermana mayor.

Muy de vez en cuando la señora baja a platicar con mi madre.

Mi recámara se la dieron a doña María Martínez de Irujo y Caro. Es una gran dama, tiene un poco más de cincuenta años de edad, es muy elegante, llegó con varios sirvientes, ellos van y vienen, suben y bajan.

—Doña Esther, dígame si algo se le ofrece. Cuenta usted con el apoyo de toda mi gente.

—La verdad sí, doña María, estoy desbordada.

Mi madre comenta de ellos:

—Hacen lo que se les pide en un santiamén y lo hacen magníficamente bien.

Los cuartos de mis hermanos y de mis hermanas son para personas de edad o para casos especiales. Por ejemplo, en uno de ellos está alojada la señora Morenés de Álvarez de Toledo. Todos notamos su angustia, su sufrimiento, y a pesar de su embarazo cada día se ve más delgada. Su esposo es noble y sólo por esa razón es que está prisionero en la Cárcel Modelo. Mi padre ha tratado de hacer algo pero dice que está canijo sacarlo, que seguramente hay instrucción de muy arriba, porque por nada lo quieren dejar salir. De todos modos, sé que seguirán tratando.

En el ático hay un pequeño cuarto. Desde que llegamos a Madrid, mi padre determinó que es de él, por lo que lo nombramos *La Guarida del General*.

Antes de irnos a Fuenterrabía, subí por curiosidad, me intrigaba lo que ahí había. El cuarto es pequeño. Una de las paredes tiene empotrado un librero y también hay una caja fuerte que descansa sobre el piso: mide aproximadamente metro y medio de alto, es grande, estorbosa, pesada. En una esquina está un escritorio sobre el cual reposa una fotografía de mi madre, de cuando era joven. Solamente hay un sillón, es de piel, sobre él está recargada la guitarra de mi padre.

¡Madre Santa!

Me digo al escuchar pasos que suben, busco en dónde esconderme, no hay de otra, me meto entre el sillón y el librero, me hago lo más chiquito posible. Alguien entra, toma la guitarra, se pone a tocarla.

Es mi padre.

Trato de contener la respiración, pasa un rato, rasga y rasga, practica más y más, repite y repite las mismas pisadas, mis piernas empiezan a dormir, pasa otro rato, ya no las siento, él sigue y sigue.

Mi padre suele decirnos que uno no nace sabiendo: que todo lo tenemos que aprender y que, para dominar algo, hay que practicar.

Quiero gritar.

¡Ya deje de tocar!

Al fin mis deseos son escuchados. Mi padre se incorpora, a la guitarra la deja recargada en el sillón. Yo contengo la respiración porque está a centímetros. Sigo sus movimientos en la imaginación, percibo que sus pasos se dirigen a la salida, abre la puerta y empieza a cerrarla.

Mis piernas y yo decimos al unísono

¡Al fin! ¡Ya era hora!

De pronto vuelve a abrir. No siento las piernas. Ya no entra, desde afuera dice solamente:

—Pérez, cuando quiera entrar, avise —hace una pausa y concluye—: En quince minutos ya no le hormiguearán ni le dolerán las piernas. Ahora estírelas, aunque le duela —termina diciéndome, muerto de risa—: Cánteles *Las Mañanitas*, para que despierten.

Hoy, que ya estamos en guerra, ese cuarto sigue siendo su guarida. Ahí sigue practicando las pisadas. La caja fuerte guarda, aparte de documentos de mi padre, joyas de mi madre y lo que queda del dinero que trajimos de Francia, junto con documentos, dinero y joyas de algunos de los asilados. Sin embargo, *La*

Guarida del General, desde que regresamos de Fuenterrabía, está siempre cerrada con candado.

Mi madre también tiene un lugar especial para ella. Es en una de las cocinas, donde mandó poner una mesa y varias sillas cerca de una de las ventanas. Tiene vista al jardín posterior y ahí pasa la mayor parte del tiempo. Diariamente y a todas horas tiene reuniones con los que son «Cabeza de Pirámide»; o sea, los que son los responsables de cada tarea, y cuando termina de hablar con ellos recibe a quien la requiere. Le piden consejos, le platican sus alegrías y penas; ella escucha, ríe o llora con ellos.

Como si no faltaran problemas, desde México siguen los puyazos. Los contrincantes políticos de mi padre atizan el fuego, siguen diciendo que en la embajada se da refugio solamente a los azules o sean a los del bando nacionalista, a personas acaudaladas y a ex miembros de la realeza, lo que a todas luces es falso, aunque lo que sí sucede es que los asilados del bando republicano son menos que los nacionales.

Esa es la razón por la que encuentro molesto al mayor Clavé, que me dice:

—Su padre es militar. Para él y para doña Esther, esta es la segunda revolución a la que se enfrentan, y si alguien puede sacarnos de ésta son ellos —guarda silencio unos momentos y después me pregunta—: ¿Conoce esa frase tan trillada que dice «en el momento justo y en el lugar indicado»?

—Sí, mayor —le contesto.

—Pues ahí está —concluye, dolido—. El que estorbe o no lo crea, que se vaya a la chingada.

X. REFUGIOS

Nuestro cónsul, Arturo Allsopp Vila, extiende un mapa de España sobre la mesa de juntas y me pregunta.

—¿En dónde está la casa de la abuela de Joaquín?

—En Asturias —y le especifico—, entre Oviedo y Gijón. Es todo lo que sé, es lo único que me comentó.

Pacientemente me explica, señalando la región con una regla, y marcando con círculos imaginarios, la localización de esas dos ciudades.

—Esa zona está en grave conflicto, es campo de batallas. Oviedo está tomado por los franquistas, Gijón es republicano; entre una y otra ciudad hay solamente veinticinco kilómetros —mueve la cabeza como muestra de preocupación y concluye—: Con razón no contestan el teléfono ni los telegramas, han de estar cortados los cables.

Días después me dice mi padre.

—Pérez, las noticias no son buenas. Conseguimos hablar con una persona que conoce a la abuela de Joaquín y nos dijo que hace poco pasó por la propiedad: fue víctima del pillaje, está vacía.

Sé que a donde debo ir es con mamá Coca. Le pido rezar por Joaquín y por su abuela. Ella me dice:

—Le propongo que recemos ambos, seguramente nos escucharán mejor.

Se apoya en mi brazo y despacio nos encaminamos a la capillita. O al oratorio, como también le llamamos.

Sin saber bien cuándo, así, de repente, pasó el tiempo y ya no solo las recámaras y los cuartos están ocupados: ahora también los recovecos de la casa, las escaleras, incluso los baños sirven de dormitorios en las noches. Cuando se libera un espacio es un problema porque muchos lo quieren. Se decide entonces que se determinará a quién dárselo mediante un volado y levantamos una lista de interesados. A partir de ese momento, cara o cruz es una decisión salomónica.

Los meses pasan, el calor ya no agobia y las noches son agradables. Son pocos los friolentos que, en las madrugadas, empiezan a sacar, no sé de dónde, frazadas.

En la lejanía se escuchan ruidos nuevos, extraños. Son motores de aviones. La piel se me enchina como respuesta al aullido de las sirenas que avisan del bombardeo. Ahora sí, todos lo sabemos, es el primero. Y es real.

Al ser Madrid republicano, sin duda son los aviones de Franco los que llegan. A lo mejor son alemanes, o italianos, porque sé que Hitler y Mussolini apoyan a los nacionales.

El capitán Leobardo C. Ruiz Camarillo, el comandante Somuano —otro de los ayudantes de mi padre— y yo subimos a la azotea. Cuando llegamos nos damos cuenta de que ya están arriba mi padre y el cónsul Allstopp Vila.

—Son Junkers alemanes —dicen—. Bombardean al sur. Todo indica que no vendrán por acá.

—¿Traen bombas? —pregunto

—Sí —me responde alguien—. Cada uno de esos aviones, a los que se llama *Stukas*, trae una bomba de 500 kilos y tres ametralladoras de 7.9 milímetros. Van dos adentro: el piloto y otro, que es el que se ocupa de las ametralladoras.

Mi imaginación trabaja. De las panzas de los que vuelan salen liberadas bombas, las que se enfilan en línea recta a la tierra, provocando un largo silbido que termina con un ruido ensordecedor que surge cuando las construcciones estallan, vuelan vidrios, ladrillos, pedazos de ventanas, ocasionando desolación, heridos, muerte. El que dispara la ametralladora coopera todavía más con la destrucción.

De pronto llega a mí un singular olor, de madera quemada junto con algo más. Mi mente recuerda y ahora sé que ese olor nauseabundo que llegó a mis narices cuando pasamos por Barcelona, y cuando perdí el conocimiento en Madrid, era de carne humana. Carne humana quemada.

Siento frío recorrerme por el cuerpo, me dan náuseas. Trato de controlarme y, por suerte, tengo éxito.

El embajador inspecciona el lugar en el que estamos, lo que resulta en que ordene ponerle más color a la bandera mexicana que está pintada sobre el piso de la azotea de la embajada, espacio que corona el techo inclinado.

Es el aviso a los que vuelan de que aquí es suelo mexicano.

El embajador está pensativo. De pronto hace un gesto de afirmación y lanza una propuesta a los que estamos con él:

—Hoy no bombardearán esta zona. Por lo tanto, sería bueno aprovechar el momento y hacer un simulacro para estar preparados cuando realmente caigan bombas.

—Excelente idea, señor embajador —dice Ruiz, tomándole la palabra.

—¡Ocúpese del ejercicio! —le ordena mi padre al capitán—. ¡Todos a los sótanos!

Vamos bajando cuando escucho el ring, ring del teléfono. Me apresuro a contestar, escucho la voz del mayor Clavé.

—Tengo suerte, con todo y el jaleo la línea sigue viva. Ponga a su padre en la bocina, me urge hablar con él.

Llama del Palacio Béistegui, otra casa que también es suelo mexicano y que, por lo tanto, también es refugio. Está cerca de esta en la que estamos nosotros, aunque para llegar a ella se tiene que cruzar la Castellana.

Mi padre y él hablan de si allá pintan o no la bandera. Afino el oído y escucho lo que mi padre contesta.

—Es demasiado arriesgado, José María.

El mayor Clavé le comenta algo.

—Estoy de acuerdo con usted —responde mi padre—, no debemos mostrar a los aviones la ubicación porque entonces sabrán que colindando con ustedes está ese cuartel.

Más frases de Clavé, de las que no me entero.

—Sí, exacto, es muy alto el riesgo. Si ponemos la bandera fácilmente lo identificarán y sin duda lanzarán bombas, y no sólo explotarán los depósitos de pólvora que están junto a ustedes, sino que también ustedes volarán.

Están por terminar la conversación.

—Considérelo un acuerdo: no se pinta, ni se pone el verde, blanco y rojo, ni el nombre de México en la azotea del Palacio Béistegui.

Yo pienso.

¡Que la Virgen Morena los proteja!

Me sorprendo porque me doy cuenta que ahora rezo seguido y recito las mismas frases que dice mamá Coca.

Ahora se vuelve a escuchar la voz del capitán Ruiz.

¡A los Sótanos!

Obedecemos, unos con pánico, otros preocupados. Los motores de los aviones alemanes siguen escuchándose a la distancia, lo mismo que las explosiones.

Me parece que el ejercicio es útil porque el resultado es de horror.

En los sótanos, que ya también se tienen que usar como dormitorios, huele a orines y bien fuerte. Hay colillas y ropa sucia regada por doquier, los colchones estorban el paso, da asco sentarse en ellos.

Dados los tristes resultados de nuestra experiencia, se tienen que tomar medidas drásticas.

Primero, un sinnúmero de colchones y mantas van al fuego, a pesar de la desesperación de sus dueños. A los que se salvaron de la quema se les tendrá que sacar a orear con frecuencia. También se forman equipos de acomodadores, junto con otros que supervisarán que se lleven a cabo en tiempo y forma las tareas.

La práctica hace al monje, dicen. Para motivarnos decidimos hacer concursos, lo que es una actividad productiva y también emotiva. Solo así poco a poco se logra que en menos tiempo se preparen los sótanos para el gentío que debe resguardarse ahí cada que aparece la posibilidad de que lluevan bombas.

También a partir del simulacro la limpieza se hace con más cuidado. El lavado de pisos deberá de hacerse dos veces al día, aunque sea con solamente agua, porque el poco jabón que hay, cuando lo hay, no es para eso. Además se norma la frecuencia de vaciado de bacinicas, o de latas que funcionan como bacinicas, porque a falta de suficientes recipientes para el mismo fin se ha tenido que disponer de lo que se tiene a mano. Alguien trata —sin éxito— de prohibir que se fume dentro de la casa, algunos, pocos lo hacen a escondidas, y se instituye pasar revista varias veces al día. La última ronda generalmente se hace antes de que se den los partes por la radio, lo que sucede al caer la noche.

Cuando hay un bombardeo nos cortan la electricidad. Ese es otro problema: hay que conseguir un titipuchal de velas y que quede bien determinado en dónde se pondrán para que iluminen lo mejor posible y, lógicamente, para que no se provoque algún incendio ni que se prendan la ropa o los colchones o el cabello de los ahí presentes.

Para colmo, al día siguiente del simulacro brota una plaga de piojos a la que se le tiene que dar tanta atención como al bombardeo.

—Lo mejor es el aceite de oliva —recomienda doña Vicenta, una señora mayor que es líder de un grupo de voluntarios y que cubre uno de sus ojos con un parche negro—. La vaselina también puede servir.

—Veremos qué es lo que se puede conseguir —le responde mi madre.

El señor Rey Soria, mexicano y empresario exitoso, que recibiera en su famoso café madrileño a tantas personalidades, al que fueron a sacar de la Cárcel de Porlier, consigue el aceite de oliva. Pocos días después de suscitada la emergencia llega el cargamento.

Un olor raro brota cuando abren las primeras botellas. Rey Soria intenta disculparse.

—Un poco pasado, pero a muy buen precio.

A partir de entonces, un día sí y otro también nuestros cueros cabelludos son motivo de aceitada y revisiones.

Pericles, uno de los peluqueros voluntarios, trata de consolar a una joven que tiene el pelo largo, le llega a media espalda.

—Si para mañana sigue plagada tendremos que cortar. Claro que no será a rape, no se preocupe.

Por las mejillas de ella corren lágrimas. Él le dice, consoladoramente:

—Todavía hay tiempo de hacer algo. Todavía.

Dos días después llegó lo inevitable

—Lo siento Maja, no hay de otra.

Al cabo de pocos días, los cortes de cabello, más las untadas con ese aceite, acaban con la plaga como por arte de magia. Tanto con los piojos como con las liendres.

Los sótanos, a pesar de esas medidas emergentes, siguen oliendo a orines y a mí me sigue dando asco estar cerca de los colchones y de las mantas que ahora tienen, aunado a los otros desagradables olores, el del aceite rancio.

Ya está anocheciendo. Hoy se ha destacado porque desde el amanecer, por una razón desconocida, todos estamos de mal humor. Al paso del día los incidentes desagradables se incrementan, hasta que uno de los asilados —que sólo sé que se llama Rodrigo—, un cincuentón de manos grandes, prominente estómago y gruesa nariz, se sube torpemente a un banco, medio tambaleándose se pone las manos sobre la boca —como si fueran un cucurucho— y empieza a gritar, tan fuerte que se escucha por todos lados:

—Con todas las incomodidades, hambre, insalubridad, estoy mejor aquí —y luego pregunta—: ¿Alguien prefiere estar afuera?

La respuesta es unánime.

—¡No!

Es suficiente. Todos cambiamos el mal humor por uno bueno.

Cuando estoy hasta la coronilla recuerdo lo dicho por Don Rodrigo y mejor ni me quejo. Después de todo, soy privilegiado: utilizo el baño de la recámara de mis padres, no tengo que hacer largas colas ni hago en bacinica y menos en lata. En mi dormitorio no hay ni hubo piojos y, aunque mi colchón está en el piso, es sólo mío y mis sábanas de vez en cuando se lavan. Cualquiera de los cientos de personas que duermen en los sótanos, en los escalones de las escaleras, en los vestíbulos, salones, baños o pasillos sin duda quisiera cambiar lugar conmigo.

XI. VIDAS SALVADAS

Uno de los asilados me regala un cigarrillo. Me escabullo y subo a la azotea, ansioso, pero al llegar arriba me doy cuenta que mi plan se trunca. Ahí están mis hermanos.

—¿Qué hacen? —pregunto, molesto. Álvaro me contesta:

—Competencias, gana el primero que vea honguitos.

—¿Cuáles honguitos? —le pregunto.

— Los que brincan de los aviones —me explica, paciente.

Por más que trato de que comprendan que corren peligro estando arriba, ellos siguen haciendo competencias de *honguitos*. No lo niego: es espectacular verlos bajar mecidos por el viento. Han de ser parte de las que llaman «tropas de asalto». Sin embargo, cuando toma uno consciencia de que pueden disparar durante ese lento descenso, o que pueden caer sobre nosotros, la cosa deja de ser simpática, aunque eso es, precisamente, lo que mis hermanos no comprenden.

Mientras tanto, en México, el presidente Cárdenas consolida su poder poco a poco. Al iniciar el mes patrio anuncia a los mexicanos lo que nosotros sabemos desde hace un tiempo, que México vendió a la República Española armas por más de ocho millones de pesos y que existe la posibilidad de que le vendan también garbanzo.

Pienso. Pensamos.

¡El garbanzo nos urge, pero armas, ésas que ya no mande!

Pocos días después festejará nuestra independencia. Saldrá al balcón central del Palacio Nacional y jalará el cordón para que se escuche el tañer de la campana de Dolores, igual a como lo hizo Miguel Hidalgo y Costilla. Tronarán *cuetes y palomas* en el Zócalo, algunas personas aventarán anilina y otras serpentinas y confeti. Se deleitarán comiendo tacos, flautas, quesadillas, nopales y beberán aguas frescas de diferentes colores y sabores. ¡Horchata! ¡Jamaica! ¡Tamarindo!, gritarán las marchantas. Grandes trozos de hielo flotarán en las coloridas aguas, presentadas a su vez en vitroleras transparentes. Para los mayores correrá el pulque, el tequila o el mezcal. Sonarán las trompetas, guitarras, marimbas y tambores. Dentro de Palacio se servirán canapés y bocadillos y, para los que tengan el privilegio de asistir a la cena de gala, habrá camarones, langosta, se brindará con vino y con champán. Allá es fiesta, todo es alegría. Aquí, todo lo contrario, corremos peligro y mucho, aunque seamos mexicanos y estemos en territorio mexicano.

Escucho que de golpe cierran una portezuela y encienden el motor de un automóvil. curioso voy al jardín de la entrada, alcanzo a ver que uno de los choferes sale manejando, lleva la consigna de ir a buscar a una persona.

El canciller Urquidi, que llegó de Portugal hace unas semanas, lo apura:

—¡Vuélele! Enrique! Calle de Ferraz #19, cerca del Cuartel de la Montaña, ¡Apúrele! Que ya están girándole orden de arresto. Empuje fuerte el acelerador, tiene que ganarles, que no se lo lleven a alguna checa.

Otra vez esa palabra. La escucho tan seguido que me intriga el significado. Como sé que don Gregorio Olea Córdoba estuvo en una, y que está asilado con sus dos hijas, voy en su búsqueda. No tardo en ubicarlo y, después de saludarlo, le pregunto:

—Don Gregorio, ¿qué es una checa?

A mi pregunta, palidece, le brota sudor, confiesa:

—No quiero recordar, ni pensar en eso, trato de olvidar esos momentos —luego recapacita y entonces me dice, intranquilo—: Por ser usted le contestaré. Estuve ahí, no me lo contaron, lo viví en carne propia. Fui detenido el 2 de septiembre, por lo que le puedo decir, joven Manuel, que las checas son prisiones, cárceles, carcelillas, en donde expresamente acaban con lo humano de la persona.

Seca con la manga las gotas que ahora chorrean y le cubren la cara y el cuello. Me siento incómodo por haberle hecho esa pregunta, pero no hay cómo echarse para atrás. Él respira hondo y continúa:

—Son edificios incautados por las milicias y los partidos del Frente Popular. Ahí se instalan tribunales especiales de represión, antiguos conventos y palacios son convertidos en cárceles transitorias, los transforman en ateneos y radios socialistas, comunistas, anarquistas.

Permanezco callado, atento a lo que dice.

—Son copia de las cárceles de la policía política creada en la Unión Soviética por Lenin en 1917. ¿Sabe por qué, joven Manuel?

—No, don Gregorio. No sé.

—Aquí en España algunos quieren instaurar el comunismo. Para lograrlo, acaban con todo el que piensa diferente a ellos. Me metieron en un calabozo de la checa de la calle San Bernardo, frente a la calle de Quiñones. El edificio había sido convento y, dentro de él, mi calvario fue de veinticuatro horas. El día fue largo, la noche eterna, ni un minuto pude cerrar los ojos. En la madrugada escuché unos lamentos que me metían en el cuerpo un miedo indescriptible. Ya amanecido, un cabo de guardia me dijo:

»—De la que se libró: usted iba a ser uno de los que anoche se llevaron al paseo —y me hizo una pregunta—: Seguro que los escuchó, ¿o no?

»Apenas si pude asentir con la cabeza.

»Lo que me metía espanto, miedo en el cuerpo, eran los lamentos, los quejidos, los ruidos que hacían mis coterráneos, mis hermanos españoles. Hoy están muertos, tuvieron peor fortuna que yo.

Don Gregorio toma aire y prosigue:

—Estar en una checa es saber que te van a exterminar. Si te llevan ahí, solamente te salva un milagro. A mí se me hizo el milagro —me da un apretado y fraternal abrazo al tiempo que me dice—: Cada uno de los que llegamos aquí estamos salvando nuestras vidas. Un paso afuera de la embajada mexicana y nos fusilan. La vida de todos nosotros peligra, aunque por razones diferentes: no somos bandidos, somos solamente españoles perseguidos. Cuando me dijeron que el embajador de México era militar, con grado de general, tuve miedo, por poco y decido no entrar aquí. Hoy sé que fue lo mejor que pude hacer, su padre es un general humanitario y para su señora madre, mis respetos.

Creí que solamente metían en las checas a los hombres, pero no es así. Me enteré de que doña Carmen Moreno Martínez estuvo prisionera en una de ellas, pero nunca habla de eso. Ella es la esposa del doctor Francisco Astigarraga Luzón y, en cuanto se enteró mi padre de que estaban en peligro, puso todo lo que estaba a su alcance y logró que entraran a la embajada ellos y sus hijos.

¿Quién es el doctor Francisco Astigarraga Luzón? Me remonto varios meses atrás, a un episodio sucedido antes del inicio de la guerra.

El doctor Astigarraga operó a cinco de mis hermanos, supongo que obligado por las circunstancias —me refiero a que ellos estaban siempre enfermos, tosiendo, mocosos, calenturientos—. Mi hermana mayor y yo quedamos fuera del martirio. A todos los demás les sacó las anginas. Los operados gritaban espantosamente, a cada uno lo fueron amarrando y entre varios lo detenían y le abrían la boca y para afuera, de un jalón. Así pasaron al patíbulo, uno por uno.

Mamá Coca y mi madre se volvían locas. Mis hermanos se quejaron varios días y noches, lloraban, vomitaban, en sus cuartos y baños había sangre por doquier. Dicen que así es como se opera en España. ¡Vaya salvada! Cuando mis hermanos ven a su verdugo, se esconden, no lo quieren ni ver en pintura.

Cada día que pasa me sorprendo más por las informaciones tan exactas y oportunas que se tienen en la embajada, me pregunto.

¿Cómo es que pueden saber aquí que están por llevarse a una checa al señor que fue a buscar el chofer?

Urquidi regresa al despacho de mi padre, yo subo al piso de buhardillas, quedé con la madre de Esperanza que voy a vigilar el sueño de la niña, porque a ella le toca turno de lavada. Hasta hace unos días le ayudaba una sirvienta, pero hace ya más de una semana que no se aparece. La señora me comenta:

—Es preocupante que ya no venga Justina porque necesita las pesetas. Un día o dos puede ser normal por los bombardeos, pero ya pasaron días desde la última vez que vino —hace una pausa y añade—: Rezo porque ella esté bien, y mejor ni pienso en lo que pudiera haberle pasado, porque me vuelvo loca. Aunque estoy practicando eso de poner un muro en los pensamientos.

La mirada que le lanzo es interrogante, por decir lo menos. María Teresa lo nota y me explica:

—Cuando tengo un pensamiento y me produce miedo, temor, angustia o preocupación, trato de quitarlo y de llenar ese espacio con la imagen de las caras felices de mis hijas, o me pongo a pensar en que mi marido está aquí conmigo, con nosotras; o trato de recordar mi feliz juventud, a mis padres, los días de vacaciones, el de mi boda, a mis amigos… En fin, momentos felices, y si tuve una tercera hija y no llegó el varón, no me preocupa, estamos vivos, y juntos, es lo que cuenta.

Voy a hacer lo mismo que ella. Me refiero a dejar de imaginarme toda clase de desgracias que nos pueden pasar a nosotros, o que le pasan a Joaquín. Desafortunadamente, los horrores que me vienen a la mente no son invento, los he visto con mis propios ojos. Precisamente ayer, cuando entraba un automóvil y estaba abierto el portón, un camión pasó enfrente de la embajada. Iba atestado de cadáveres de hombres, mujeres y niños, encimados unos sobre otros. Esa imagen es demasiado, se ha clavado en mi mente y no me deja dormir. Y creo que, frente a ella, será imposible que logre yo hacer ese ejercicio del muro.

La madre de la bebé toma un hato de ropa sucia y me dice:

—Esperanza acaba de comer y ahora duerme. Como estará dormida por mucho rato, sin duda regreso antes de que despierte.

Pero, si despierta, en ese caso, le pido joven Manuel que baje a avisarme.

Cierra la puerta y me quedo solo con la niña. Me siento extraño en este diminuto hogar, me le acerco, me le quedo viendo, pienso que así deben ser los angelitos. Me río de mí mismo porque me encuentro diciendo los cursis piropos que tantas primas y tías, primos y tíos, le dicen cuando la llevan al jardín.

Al notar que ya está muy justa en la caja, hago trabajar mi imaginación y trato de tener una buena idea de qué hacer para que ella duerma en algo más amplio.

No queda más: hay que construirle una camita.

¡Vaya que ha crecido!

Y pienso en el tiempo que ha pasado desde que empezó esta guerra.

Aquí arriba todo está tranquilo. Se desprende uno de lo que sucede abajo, en esta buhardilla corre el viento porque está abierta la pequeña ventila que da a la calle de Hermanos Bécquer. Veo un libro que está sobre una cama, lo tomo y empiezo a leer, me voy a ese otro mundo, a uno en donde no hay guerra, me transporto a la paz del campo, mi mente y mi cuerpo se desprenden de la vida real y, después de días de insomnio, finalmente me duermo.

Despierto cuando alguien entra y pregunta.

—¿Continúa Esperanza dormida?

—Sí, don José, y yo también.

—Sigue, aprovecha, abajo el ruido es tremendo. Yo necesito un descanso, tengo que refrescar la mente, por eso subí, cada día somos más y las cuentas más pobres.

Hace un silencio y prosigue:

—No se cobra por entrar, ni por la permanencia. Como ayuda para el pago de alimentos solicitamos solamente tres pesetas por día, por persona, lo que realmente es una cantidad simbólica. Lo malo es que, del total de asilados, ni siquiera la tercera parte aporta: unos realmente no tienen pesetas y otros son unos aprovechados, desvergonzados.

Sumamente molesto, dice:

—Esos tales por cuales, pelmazos, ni eso quieren dar, dicen no tener y bien que se las arreglan para surtirse de cigarrillos. Y espero que no se escandalice, joven Manuel, pero sabemos que varias mujeres están cobrando por ya sabe qué, ¿no?

—Sí, don José. Una de ellas se me ofrece seguido —pienso si debo o no decir lo que tengo en mente, decido que sí lo haré, continúo—. Un señor también se me insinúa.

Pienso que está tan metido en sus pensamientos que no escuchó lo que le dije. Qué más da. En eso oigo unos claxonazos.

—Ya llegó Enrique —me dice—, conozco bien la forma como avisa de su arribo.

Me entra prisa por bajar, tengo curiosidad de lo que está sucediendo. Enfilo hacia la puerta, pero primero le pregunto:

—¿Estará usted aquí todavía un rato?

—Sí, joven Manuel, gracias, mil gracias, yo cuido a mi hija.

Estoy por cerrar la puerta cuando me dice.

—Vaya con el comandante Daniel, a él dele los datos —y me especifica—: Los datos de la que y del que se le insinúan.

—Sí, señor.

Bajo brincando los escalones, pensando en el amable y atento oaxaqueño Daniel Somuano López, el asistente del agregado militar, que es con el que tengo que ir a hablar.

Cuando llego al jardín de la entrada, Baldomero ya abrió el portón. Me encuentro con el consejero Urquidi, que también se encamina ya hacía allá.

Tal y como dijo don José, es Enrique el que ingresa. Se estaciona y abre la que nosotros llamamos cajuela, de donde surge un señor distinguido, delgado, de cara afilada. Me pregunto cómo habrá hecho para caber en el hueco: es altísimo, mide por lo menos un metro con noventa. Su mirada es triste, se nota apesadumbrado, tiene el pelo castaño oscuro —lo mismo que el bigote— con grandes entradas, cejas rectas y pobladas.

Mientras se estrechan la mano, ellos mismos se presentan.

—Gonzalo Fernández de Córdoba, teniente de caballería retirado, para servir a usted.

—Bienvenido don Gonzalo, Juan Francisco Urquidi a sus órdenes. Soy el canciller; disculpe que no esté presente el embajador para recibirlo, pero hay reunión emergente de embajadas y legaciones.

Después de una breve pausa, el mexicano prosigue:

—Tenemos lugar para usted en otra casa que igualmente es propiedad de la embajada. Allá estarán juntos usted y su hermano, también don Rafael Calleja Gutiérrez, así como don José García Cernuda y sus dos jóvenes hijos. Solo estamos esperando aviso del mayor Clavé de que está libre el camino porque, aunque es muy cerca, por su seguridad lo llevarán en coche, y nuevamente tendrá que hacer el trayecto en la cajuela. Por lo pronto —Urquidi hace un ademán—, pase por favor al despacho del embajador.

—Soy materia dispuesta —dice Fernández de Córdoba—. No puedo sino agradecerles, no solo que me den asilo, sino también el que haya mandado por mí, por poco no la cuento.

—¿Qué resolvió para su familia? —le pregunta nuestro canciller.

Una sombra pasa por la cara del recién llegado y, preocupado, responde:

—Hice todo lo que pude por permanecer con mi esposa y mis tres hijos hasta que, como usted sabe, hoy ya fue imposible, escuché los pasos de la muerte —por un momento deja de hablar, luego continúa—: Imagínese lo que siento, dejarla sola con los tres niños y embarazada de seis meses. Ella me insistió en que no debo de preocuparme porque en los tres partos no ha habido ningún problema, me suplicó que me asilara aquí, que les llamara, piensa que es mejor saberme vivo aunque no nos veamos. Ella está cierta, segura, no pierde la esperanza de que nos volveremos a ver.

Sin duda, tanta preocupación lo hace seguir hablando. El consejero aprovecha una pausa y se dirige a mí:

—Joven Manuel, por favor muéstrele el camino a don Gonzalo, voy a registrar su ingreso y a coordinar su traslado a Fortuny —termina la frase presentándome—: Manuel es hijo del señor embajador.

Ahora es a mí a quien le platica:

—Si no es porque van a buscarme, a estas horas ya me hubieran llevado a dar un paseo —hace un alto a sus comentarios y me pregunta—: Disculpe la indiscreción, ¿cuántos somos?

—El número varía: unos van y otros vienen —le digo, porque es lo que sé—. Muchos cambian de embajada y otros arreglan que los lleven fuera de España. Por ejemplo, don Luis Carrero Blanco estuvo aquí (también estaba su hermano) y ya pasó a la embajada de Francia. Es un interminable ir y venir de refugiados de embajada en embajada —como lo veo atento, prosigo—: El número aumenta, o se reduce. Esta semana el corte mostró que en Fortuny, al que también llamamos Palacio Béistegui, son seiscientos ochenta, y aquí en Hermanos Bécquer estamos un poco más de quinientos.

Mientras me da un fuerte abrazo exclama.

—¡Ah, bárbaros! Entre los que estamos y los que han pasado por aquí sin duda somos ya más que mil quinientas vidas salvadas. ¡Gracias, México!

Pasa todavía un buen rato para que vengan por él, finalmente regresa el canciller.

—Vámonos, don Gonzalo. Todo indica que tenemos media hora, es más que suficiente.

Se encaminan a la salida, llegan al auto y el que pronto habitará el Palacio Béistegui se enrolla con dificultad en la amplia cajuela.

XII. Derecho del hombre

El que el barco *Durango* salga de Barcelona con dirección a México llevando a bordo repatriados aminora en parte la pesada carga que tienen el embajador y su equipo. Desde que inició la guerra hay reuniones periódicas del cuerpo diplomático para encontrar solución a los problemas, que son muchos. El decano es el embajador de Chile, Aurelio Núñez Morgado, y el secretario de actas es el primer secretario de nuestra embajada, Francisco Navarro.

Me dirijo al despacho de mi padre, donde haciendo guardia está nuestro agregado militar, Leobardo C. Ruiz, quien me advierte:

—El embajador de Chile está adentro. Cerraron la puerta, por lo que le recomiendo que no entre.

Todavía esta él pronunciando esa frase cuando la puerta se abre desde adentro y salen ambos embajadores.

Don Aurelio es un poco menor que mi padre, aunque de la misma alzada. Es de frente ancha, su nariz es recta, tiene escaso cabello castaño y usa lentes de aro dorado; contrario a lo que acostumbra, hoy no sonríe. Está serio y tenso, pero como siempre amable y atento.

—Cómo está, Manuel, gusto en verlo.

—Lo mismo digo, señor embajador.

—Está usted más alto, se ha estirado —se dirige a mi padre—: ¿Cuándo fue la última vez que lo vi?

—Antes de las vacaciones de verano —le dice mi padre—. Estábamos por irnos a Fuenterrabía.

El chileno muestra un atisbo de sonrisa, no más, y comenta:

—La playa le hizo bien.

Para cuando dice esto último, ya estamos al lado de su automóvil. Su chofer abre la portezuela trasera y entonces él se despide, diciendo:

—Queda en sus manos entonces, don Manuel. Me voy tranquilo sabiendo que usted está a cargo. En cuanto el panorama esté propicio, regreso.

—Lo estaremos esperando, don Aurelio, su seguridad es lo primero.

—La de usted también Manuel, cuídese.

Se pone el sombrero, recuerda algo y se lo quita unos momentos, mientras dice:

—Mis respetos a doña Esther.

Mi curiosidad es mucha, por lo que le pregunto a mi padre:

—¿Qué sucede?

El general lo piensa unos momentos y después me dice:

—Es recomendable que don Aurelio salga de Madrid. El gobierno republicano está molesto: no les gustó que levantáramos la voz, todo indica que lo hicimos demasiado fuerte —me confiesa—: Fue por la matanza en los trenes de Jaén, llevaban prisioneros de derechas que fueron masacrados ya llegando a Madrid. Nosotros, los diplomáticos, seguiremos teniendo reuniones y haremos todo porque cesen las sacas, los asesinatos, las matanzas. No nos quedaremos de manos cruzadas.

Un rato después, me dice:

—Pérez, dígale a don Rodolfo Reyes Ochoa que venga a mi despacho.

Contrario a sus escuetas primeras instrucciones, ahora me hace comentarios, me explica el o los motivos de sus exigencias. A mí me da gusto porque sé que lo hace para aleccionarme:

—Don Rodolfo es la persona indicada en este caso. Voy a pedirle que nos ayude profesionalmente a profundizar sobre el tema derecho de asilo —y enfatiza—: Aún en las guerras debe de haber una mínima ética. Él es abogado y podrá asesorarnos sobre los contenidos de la Declaración los Derechos del Hombre y del Ciudadano, decretada desde la Revolución Francesa.

Don Rodolfo vive exiliado en España desde hace muchos años. Es uno de los que comulgaban con las ideas de Victoriano Huerta y, además, es hijo de Bernardo Reyes Ogazón, el que murió en la Decena Trágica.

Cuando recién lo conocí —cuando llegamos de México—, se me dificultaba hablar con él porque él y su padre se levantaron en armas contra el presidente Madero, que por cierto era primo hermano de mi madre, de la misma familia González. Prueba superada. Ahora somos amigos. Incluso me platicó que tiene muchos hermanos porque su padre decía «más baratos por docena».

—A sus órdenes, señor embajador.

—Don Rodolfo, como usted sabe, las circunstancias nos son adversas para salvaguardar a los asilados y a las mismas sedes diplomáticas. Nuestras embajadas son refugio: los que están en nuestros territorios están bajo nuestra protección por ser suelo de nuestros países.

Don Rodolfo permanece en silencio, atento a lo que viene. El embajador prosigue:

—Considero que usted es la persona indicada para realizar un estudio jurídico en los derechos del hombre y del ciudadano relacionado al derecho de asilo.

—Gracias por la confianza, don Manuel —dice Reyes, serio.

—El equipo de trabajo puede conformarse —prosigue mi padre—, si usted lo considera conveniente, con su hermano Alfonso: siendo embajador, será un excelente consejero, aunque la comunicación será un poco complicada porque nosotros estamos en un país en guerra y él está hasta Brasil.

Reyes hace un gesto e indica que lo va a pensar. El problema no es menor.

—Asimismo —le dice el embajador—, puede apoyarse en miembros del cuerpo diplomático de otros países que estén aquí en Madrid. Un magnífico elemento, por ejemplo, es Manuel

Serafín Pichardo, también abogado y ministro consejero de la legación de Cuba.

—Sus deseos son órdenes, don Manuel.

Los abogados iniciaron investigaciones, estudiaron y se prepararon sobre la materia.

Temporalmente, y dada la ausencia de don Aurelio, mi padre es el decano del cuerpo diplomático. La mayor parte de las reuniones entre los embajadores y sus asistentes se siguen llevando a cabo en la embajada de Chile, pero algunas se hacen en la de México.

—Pérez, hay sesión diplomática aquí en Hermanos Bécquer —me dice— y es necesario que nos apoye. Navarro estará ocupado levantando el acta.

—¿Qué es lo que tengo que hacer?

—Es sencillo —responde—. Deberá pedirle a los asistentes que firmen el acta de la sesión anterior, proporcionarles hojas de papel, lápices con punta —especifica—. Además, verá que haya jarras con agua, que todos tengan vasos y, durante la junta, tendrá que vaciar los ceniceros. En caso que pidan algo específico, ya veremos —termina preguntándome—: ¿Podemos contar con usted?

—Sí, mi general.

Los diplomáticos empiezan a llegar, conozco a la mayor parte de ellos. Chacón y Calvo llega temprano, él es cubano.

Como es la primera vez que tomo parte en una reunión de tanta relevancia, estoy emocionado.

Al inicio tratan el problema de la inseguridad en las legaciones o embajadas y acuerdan que el decano, o sea mi padre, firme un oficio solicitando guardias especiales para la embajada de Venezuela, y también queda asentado que mi padre toma a su cargo la de Uruguay. Navarro comenta que nuestra embajada recibió respuesta de parte del director general de Seguridad, informando que va a poner orden para que los Guardias Exteriores vigilen como es debido.

—¿Cómo le fue Pérez, agarró el hilo?

—Más o menos, mi general.

—Siga echándole ganas para que no lo pierda.

En otra junta, todavía siendo mi padre el decano, acordaron enviar un nuevo escrito, solicitando dejen de asesinar españoles y que tampoco se les encuartele. Frente a ambos problemas, mencionaron que los hombres nacen libres, con iguales derechos, entre ellos el de la libertad de expresión, así como el derecho a la seguridad y a la resistencia contra la opresión.

Mientras, Franco va ganando terreno. Los nacionales se acercan por el sur, miles de evacuados llegan a Madrid, el número de asilados crece. El decano Núñez Morgado regresa a Madrid.

Estamos en el despacho de mi padre. Don Rodolfo Reyes y el cubano Manuel Serafín Pichardo reportan al general y al decano que les fue muy bien en una reunión que tuvieron con el gobierno republicano. Los dos abogados explican a detalle lo que sucedió en esa junta.

—Logramos tirar el sustento en el que se basaba el gobierno republicano para negar el derecho de asilo —informa Reyes, y especifica—: Ellos desconocen lo que se reglamentó al respecto en las Conferencias Americanas de la Habana y Montevideo. Sustentaban el punto porque no asistieron a dicha reunión.

Mi padre asiente, satisfecho. Pichardo, el otro abogado del equipo de expertos, comenta:

—Nuestra postura fue que el derecho de asilo se ha ido creando a través de los siglos y es derecho consuetudinario, el cual fue reconocido y reglamentado, mas no creado, por esas conferencias, y que España ha sido uno de los países que contribuyó a la creación de dicho derecho reconocido ahora internacionalmente, tal y como ha hecho con otros principios del derecho internacional.

Núñez Morgado los felicita, todos están eufóricos. Mi padre propone:

—Esto tenemos que celebrarlo. Es un triunfo lograr que el ministro Augusto Barcia Téllez haya dicho que su gobierno tolerará el asilo —se dirige a don Rodolfo y le dice—: Organizaremos una reunión, deben estar presentes todos los que trabajaron en este proyecto. Me atrevo a decir que encontraremos una o dos de tinto aunque tengamos que entrar hasta lo más recóndito y negro de algún lugar.

Eso sí ya lo entiendo bien: se refiere a conseguir las botellas en el mercado negro.

Llega el día de la celebración. Todavía no se apersonan los convocados y yo estoy ayudando con la preparación cuando veo que mi hermano Ricardo viene corriendo hacia mí.

—¡Nene, Nene, venga, venga, venga a decirnos cómo se llaman!

—¿Cómo se llaman quiénes?

—Los aviones, ahora sí se hicieron grandes los puntitos.

Pongo atención, escucho motores, subo de prisa, y sí, efectivamente ya están sobre nosotros y apenas empiezan a avisar las alarmas.

—¡Córranle, a los sótanos! ¡Apúrenle!

—¿Son alemanes o italianos? —me pregunta Álvaro—. ¿Cómo se llaman?

Por supuesto que ni le contesto. Por un lado por la prisa y por otro porque no sé. Mejor les ordeno nuevamente:

—¡Para abajo! ¡A los sótanos!

En vez de celebración diplomática, nos caen bombas y metralla.

Tenemos que permanecer muchas horas abajo, en el sótano. El bombardeo sigue, sigue y sigue. Trato de distraerme, mi mente hace sus preguntas habituales.

¿Qué pasa por la mente de la gente en estos momentos?

Invento respuestas al observar a cada persona, sus expresiones, sus movimientos, su proceder. Unos lloran, otros aprictan sus manos, en algunos hasta se ven los nudillos blancos por falta de irrigación, otros murmullan, posiblemente son rezos, unos dormitan, algunos sollozan, otros permanecen quietos, algunas madres tratan de entretener a sus hijos.

¿Cómo estarán Joaquín, Luchy, Almudena?

Me empiezo a sentir mal, después fatal. Trato, pero sin éxito, de construir el muro del que platiqué con la señora María Teresa.

Justo cuando observo que unos traen ropa raída y otros de excelente calidad, algo jala mi vista. No creo lo que veo, pongo toda mi atención y lo compruebo, lo que pensé sí es.

En pleno bombardeo, en medio de cientos de personas, mujeres, hombres, niños, bebés, medio cubierta por una sábana, una pareja hace el amor.

Navarro también se da cuenta y le hace señas a Urquidi, pero la que capta la señal es mi madre, que de inmediato se pone en movimiento. Va a gatas, silenciosa, hacia los que proceden con la técnica del avestruz: si no veo, no me ven.

¡Vaya que dan espectáculo!

Mi madre va con calma, esquivando a los que encuentra en el camino, tratando de pasar desapercibida. Varios metros antes de llegar a los prendados, da marcha atrás porque la pareja dejó de hacer movimientos rítmicos, ya no llaman la atención, las bombas siguen explotando.

Vuelvo a sentirme mal, me falta aire, estoy mareado, creo que me está dando lo que mi madrina llama el patatús. También quiero salir, me está dando claustrofobia. En eso llega a mis oídos el llanto de Esperanza. Lo conozco a ojos cerrados, la busco, la encuentro, está muy lejos, me encamino hacia ella, ahora yo soy el que va a gatas. Su madre la tiene en brazos, a pesar de que la mece y la arrulla la pequeña no para de llorar. Al verme llegar me dice angustiada.

—Con las prisas dejé la leche arriba.

Abro los ojos incrédulo, mi mente, muy molesta, se pregunta.

¿Y yo qué? ¿Qué hago?

Pienso que esto no es igual que buscarle cosas cuando todo está en calma. Ahora estamos en medio del bombardeo. Como sea, estoy metido en un lío y nuevamente ese frío extraño recorre mi cuerpo. Es pánico. Trato de evitar que crezca, me digo una y otra vez

¡Contrólate Manuel!

Poco a poco empiezo a pensar. Recuerdo entonces las subidas y bajadas de mi padre, que sin duda tienen que ver con sus matemáticas. Me fijo y noto que cuando él está en el sótano es cuando se escucha que explota muy cerca la bomba.

Me voy hacia la salida y lo espero junto a la escalera, tarda un rato en bajar. Le digo que tengo que ir a la buhardilla y le explico el porqué, él cuenta y cuenta y sigue contando:

—¡Tres! ¡Dos! ¡Uno! ¡Cero!

Apenas termina de decir cero cuando explota la bomba, entonces me dice:

—¡Córrale Pérez! Tiene cinco minutos, son más que suficientes

Regreso rozando los cuatro minutos. Mi padre me espera inquieto a la entrada del sótano y me dice, más como regaño que como pregunta:

—¿Por qué tardó tanto?

Le contesto con la verdad:

—Porque aproveché y fui al baño.

—En momentos así se perdona si se zurra —me dice—, no ande paseando mientras caen las bombas.

Vale la pena el regaño. Esperanza devora su leche y yo no haré en lata ni enfrente de todo el mundo.

Aunque las bombas siguen cayendo, la niña duerme satisfecha. Me pregunto si llegará a salir de ésta, si cuando joven o adulta tendrá algún sentimiento de miedo, de angustia, algún trauma. Hoy deseo que para siempre ignore que vivió tan cerca del horror y de la muerte, que no sepa que su vida ha peligrado a mañana, tarde y noche.

Del frío paso al calor. Poco a poco se ha hecho silencio. Afuera, el sonido de las explosiones se percibe cada vez más lejano y con más tiempo entre una y otra; en cambio aquí adentro se escucha cada vez más el llenado de bacinicas. El olor vuelve a ser insoportable. Pienso que es extraño: unos se orinan de miedo y otros lo hacen cuando el peligro ya pasó.

Los del Palacio Béistegui están viviendo lo mismo que nosotros, pero sin el escudo que proporciona la bandera.

A partir del bombardeo pasamos más tiempo en los sótanos que en los pisos debido a que los ataques se incrementan. Por lo pronto, las ventanas se protegen con cartones para evitar que vuelen pedazos de vidrio.

Lo mismo que la nuestra, la mayor parte de las misiones extranjeras tienen asilados. Así es en las de Francia, Panamá, Rumania, Chile, Bélgica, los Países Bajos, Bolivia, Cuba, Checoslovaquia, Grecia, Japón, Paraguay, Polonia, Suecia, Suiza y Uruguay.

—Señor embajador…

—Sí, Navarro, dígame…

—Julio Álvarez del Vayo acaba de ser nombrado en lugar del ministro Barcia Téllez.

—Avísele a Reyes —mi padre frunce el ceño—. Este movimiento me dice que habrá marcha atrás en los resultados de las negociaciones sobre el derecho de asilo.

Las matanzas, las sacas y los paseos se multiplican, lo que hace que aquí adentro se propaguen la angustia, el miedo, la desesperación.

—Pérez, Navarro está ocupado, ¿le dicto un telegrama?

—Sí, mi general.

—Es para Hay. ¿Ya sabe, verdad? Secretaría de Relaciones Exteriores. Eduardo Hay.

—Sí, mi general.

Pienso.

Ojalá y me dicte despacio.

—¿Listo?

—Sí, mi general.

ATAQUE MADRID QUE MILICIAS SIGUEN DEFENDIENDO CON GRAN TENACIDAD HA ADQUIRIDO CARACTERES INTENSAMENTE TRÁGICOS CON BOMBARDEO AÉREO Y TERRESTRE QUE DEVASTA IMPORTANTES ZONAS CIUDAD Y OCASIONA MILES DE VÍCTIMAS POBLACIÓN CIVIL. STOP. CUERPO DIPLOMÁTICO EN REUNIÓN HOY ACORDÓ UNÁNIMEMENTE QUE CADA JEFE MISIÓN DIRÍJASE SU GOBIERNO EN SUGESTIÓN PUEDA CONTEMPLARSE POSIBILIDAD DE DIRIGIRSE A SOCIEDAD NACIONES O ALTOS TRIBUNALES INTERNACIONALES PARA CON URGENCIA CASO PROCÚRENSE EVITAR BOMBARDEOS CIUDADES.

Recibimos días después respuesta de México a ese telegrama. Contesta el general Hay, el amigo de mi padre que usa un parche negro porque perdió un ojo en Casas Grandes, Chihuahua, en una batalla de la revolución. Le informa que ya tomaron cartas en el asunto y que iniciaron ya gestiones ante la Sociedad de Naciones.

Un día, don Antonio Ballesteros y Beretta cede su biblioteca a México. Firma como testigo su esposa, Mercedes Gabois. Decidido, aunque apesadumbrado, le dice a mi padre al mismo tiempo que le entrega el documento firmado:

—Tengo que cederla para que no sea destruida.

—Haremos lo que podamos por salvarla, don Antonio.

Estoy solo en el despacho. Encima del escritorio hay una carta que hace varias semanas mandaron los diplomáticos al gobierno de España. La tomo y vuelvo a leer el párrafo que llama mi atención:

Frecuentemente se ven en Madrid, en baldíos y carreteras, cadáveres de hombres y mujeres que, abandonados a la intemperie por manos ignoradas, exhiben todo el horror de la truculencia de los procedimientos de que han sido víctimas. Tales hechos, el Cuerpo Diplomático, inspirado en sentimientos puramente humanitarios y consideraciones de orden social, los deplora y los señala con justa alarma.

Vuelve a mi mente esa imagen de los cadáveres que llevaban en el camión abierto que pasó frente al portón de la embajada. Por más que quiero borrarla la tengo grabada, puedo describir la macabra escena como si estuviera nuevamente frente a mí.

Miedo, horror, pavor, insomnio.

¿En dónde estás, Joaquín?

XIII.   A DISCRECIÓN

Vuelve el rancho a mis pensamientos. Quiero estar allá, pero no puedo salir, no puedo irme. Deduzco que soy otro asilado más.

Leo que Indalecio Prieto, el ministro de Guerra de la República, expide un decreto que establece el estatuto legal de las Brigadas Internacionales.

Somuano está arreglando documentos en el escritorio de mi padre. Aprovecho que estamos solos y le pregunto:

—¿Qué son las Brigadas Internacionales?

Deja lo que está haciendo para contestarme:

—Son el resultado de una llamada de ayuda de la República Española a países democráticos. En respuesta se formó un cuerpo militar que agrupa a personas de diferentes nacionalidades, aunque de los que más hay son franceses, también hay alemanes, búlgaros, húngaros, yugoslavos, italianos, en su mayoría con ideología antifascista. Todos son voluntarios.

—¡Voluntarios!

—Sí, voluntarios y son muchísimos.

—Oiga Somuano, ¿y los soviéticos?

—Eso no lo sé joven Manuel.

—Leí un documento —le platico— en el que Stalin le dice a José Díaz, secretario del Partido Comunista de España, que liberar España de la presión de los reaccionarios fascistas no es un asunto privado de los españoles, sino la causa común de toda la humanidad.

—Eso yo no lo sabía joven Manuel. Lo que sé es que los soviéticos están apoyando a los republicanos y que, por eso mismo, mandaron aviones modelo Polikarpov, de esos a los que aquí les llaman *Chato*. Todo indica que van a llegar más, unos son bombarderos y otros de asalto y reconocimiento —el Comandante termina de arreglar los papeles y continúa contándome lo que sabe—: También llegaron tanques, morteros, ametralladoras, vehículos blindados, fusiles, proyectiles, balas, bombas y lanchas torpederas.

Desde adentro me sale decirle:

—Y nosotros en medio de todo eso. Entre alemanes, italianos, soviéticos, franceses, búlgaros, húngaros, y tantos otros de otros países esto ya parece más bien guerra mundial que guerra entre españoles.

—Tiene usted razón —me dice—. Aquí ya están demasiadas naciones peleando.

En México siguen también los ataques directos a mi padre, por lo que le dicta a Navarro una carta en la que explica —nuevamente— que, contrario a lo que dicen allá, él sí está en Madrid y es el único diplomático, de entre todos los que estaban veraneando, que regresó a la ciudad capital de España.

Unos días después llama a Urquidi y a Clavé y les muestra un documento que acaba de recibir de México. El canciller lo lee en voz baja y lo turna a Clavé. Una vez que ambos terminan dice el primero:

—¿Será que tenemos asilados de los sublevados y eso molesta a nuestro gobierno, o esto es resultado de que el gobierno republicano presionó a Cárdenas?

—Sea por lo que sea —dice mi padre—, y a fin de cuentas, por decisión directa o indirecta, me quita esta embajada y me manda a Chile.

—Todo indica que a Hay también le están pegando —añade Clavé—. Últimamente nuestro presidente, en vez de dirigirse, como tendría que hacerlo, a Eduardo, que es el secretario de Relaciones Exteriores, lo hace con Ramón Beteta, que es el subsecretario.

Uquidi vuelve a intervenir:

—Es una pena. Debe ser porque don Eduardo está convencido, como nosotros, de que la prioridad es salvar vidas sin importar preferencias políticas.

—Entonces… señor embajador…

Ese entonces queda en veremos. Ese nuevo nombramiento dado por el presidente de México a mi padre queda sin atención inmediata, hecho a un lado por el pánico que provocan los asesinatos en España del duque de Veragua y el de su cuñado, el duque de Vega. A partir de ese momento se requiere de toda la atención del embajador y de su equipo, así como del cuerpo diplomático que todavía está en Madrid, debido a las repercusiones que se suscitan.

Es temprano. El mayor Clavé está en el despacho de mi padre. Estamos solamente él y yo. Le pregunto:

—¿Por qué los mataron? ¿Por qué al descendiente de Cristóbal Colón?

—Solamente porque sí —me contesta, sumamente intranquilo—. No hay razón alguna. El duque de Veragua era un hombre de edad avanzada, nunca tomó parte en alguna actividad política. Los interceptaron solamente para robarlos, pero al saber quiénes eran, los secuestraron y los llevaron a una checa. Por más que el cuerpo diplomático intervino, demostrando que no representaban ningún peligro para la República; por más que como cuerpo diplomático suplicamos a Álvarez del Vayo que garantizara su vida, los sacaron de la checa y los asesinaron en la carretera de Fuencarral.

—Dicen que le cortaron un dedo para quedarse con su anillo.

—Sí, joven Manuel, y también parece que a Veragua lo torturaron para que firmara un documento al jefe de la checa, transmitiéndole la propiedad de una finca en Toledo.

Es terrible. Clavé termina:

—Esto no puede seguir sucediendo. Por ello, me pongo manos a la obra, ya no me quite el tiempo.

Como consecuencia de esos asesinatos se desata el pánico. Automáticamente aumenta el número de los que solicitan asilo y, por lógica, la comida empieza a escasear de forma alarmante. Se tienen que reducir las raciones, yo no tengo tiempo ni para respirar.

Como complemento llega a la embajada un ejemplar del *Boletín Oficial de la Junta de la Defensa Nacional*, que dice entre otras cosas:

Artículo primero. Se declaran fuera de la ley todos los partidos y agrupaciones políticas o sociales que han integrado el llamado Frente Popular.

Artículo segundo. Se decreta la incautación de cuantos bienes muebles, inmuebles, efectos y documentos pertenecieren a los referidos partidos o agrupaciones, pasando todos ellos a la propiedad del Estado.

Artículo quinto. Los generales jefes de los ejércitos de operaciones, o los de columna o unidad a quienes estos hayan dado instrucciones al efecto, podrán, en las plazas ocupadas y que en lo sucesivo se ocupen, tomar medidas precautorias encaminadas a evitar posibles ocultaciones o desaparición de bienes de aquellas personas que, por su actuación, fueran lógicamente responsables directos o subsidiarios, por acción o inducción, de daños y perjuicios de todas clases, ocasionados directamente o como consecuencia de la oposición al triunfo del movimiento nacional.

La reacción es inmediata. Los republicanos se van contra todo y contra todos, los pocos que todavía tenían automóviles ahora ya no son sus propietarios y los coches ahora son manejados por milicianos. Las ya muy destruidas calles de Madrid se convierten en paseíllos de autos incautados que portan banderas rojinegras, mostrando también las siglas de quienes se los adjudicaron: UHP —Unión de Hijos del Proletariado—, CNT —Confederación Nacional del Trabajo—, FAI —Federación Anarquista Ibérica—. Se incrementa la quema y destrucción de iglesias, conventos, palacios, casas, pisos. A nuestra embajada dejan de llegar automóviles llevando personas para ser asiladas: ahora estas llegan a pie, agotadas, temerosas. Adentro, como es natural, se multiplican los ataques nerviosos. Asimismo, se incrementan en un mil por ciento las solicitudes para que se reconozcan propiedades como si fueran de ciudadanos mexicanos, lo que en la embajada llamamos «anexos».

Recién iniciada la guerra, mi padre dijo que España era un caos. Hoy está todavía peor. La reacción republicana al comunicado da libertad absoluta a quien quiera y como quiera para hacerse de lo ajeno.

Estoy en el despacho del embajador cuando le dice a su secretario:

—Navarro, reporte por escrito a México que estoy expidiendo certificados provisionales de nacionalidad, así como pasaportes para salir de España, a personas que han solicitado documentación como mexicanos y que discrecionalmente hemos estimado que lo son.

—¡Pérez —me dice—, apoye al Cónsul!

—Sí, mi general.

—Oiga, Navarro —pregunto en cuanto puedo—, ¿qué quiere decir «discrecionalmente»?

—Que está otorgando todos los que considera deben darse.

Supongo que mi cara expresa que algo más tengo que escuchar porque no comprendo y entonces me dice al oído.

—El señor embajador sabe que si alguien está en peligro de muerte, por tener el pasaporte mexicano deja de estarlo. Por eso estamos expidiendo pasaportes mexicanos a españoles.

—¡Ahhhhhh! Comprendo.

Quiero hacerle otra pregunta, pero se me adelanta y me dice.

—El cónsul Allsopp Vila está en reunión. Para no perder tiempo, yo le digo cómo hacer lo que le pide el señor embajador.

Y al mismo tiempo que lo hace, me explica:

—Pegue aquí la fotografía, moje el sello, cuide que no sea ni mucha ni poca tinta, haga unas pruebas en este papel y, cuando esté seguro de que queda bien, ponga el sello sin que se embarre. Así, mire, exactamente así, en este lugar.

Queda el sello ESTADOS UNIDOS MEXICANOS.

—Usted haga eso, joven Manuel. Yo voy a ver lo de expedición de documentos reconociendo anexos como si fueran de ciudadanos mexicanos.

—¿Pero en realidad son de españoles?

—Sí, así es: la mayor parte son de españoles.

Se incrementa la expedición de documentos de anexos a la embajada. Son interminables las listas de las casas y los pisos que ahora también son refugio.

Súbitamente tenemos que hablar de nimiedades porque viene hacia nosotros el también secretario Gregorio Nivón López. Cuando él está cerca, la instrucción es «¡A cambiar el tema!».

Hace tiempo me dijo el mayor Clavé:

—Posiblemente, aparte de Gonzalitos, también hay otro espía aquí dentro. Nosotros sospechamos de Nivón. Sea quien sea, siguen alimentando con informes tendenciosos a los periódicos en México y también al presidente Cárdenas, lo que ha hecho que se incremente el odio hacia tu padre. Por eso —me recomendó—, si algo te preguntan esos dos, diles que no sabes.

Para cambiar la conversación, lo primero que se me ocurre es preguntarle a Navarro por Joaquín. El secretario me contesta pronto:

—Joven Manuel, cuando eso suceda, usted será el primero en saberlo. Bueno —añade—, después del embajador.

Yo sigo poniendo fotos y sellos y más sellos y más fotos, a discreción, bajo la mirada curiosa e inquisitiva de Nivón López.

Es un día agradable. Las bombas nos han dejado en paz, Doña María Teresa va al jardín con Esperanza, pasa por donde estoy y me explica:

—Para que tome unos minutos de sol, así tendrá mejores huesos.

Me uno a ella. Como siempre, Esperanza causa sensación, es la princesa. Desde que se escucharon sus primeros lloridos es la adoración, todos son sus parientes, tíos, tías, primos, primas, lo que a mí me parece simpático.

Una mujer le dice a otra.

—Mira Julia, está despierta.

—Vaya que está divina mi sobrina.

—Le empieza a salir el cabello, lo tiene lacio.

—Me sonrió, a mí me sonrió —dice otra.

—Tiene los ojos cafés, del mismo tono que los de mi nieto.

—Es muy blanca, parece muñeca de porcelana.

Esperanza tiene estrella y brilla. Mujeres y hombres de todas las edades entran y participan en la escena, muchas niñas se acercan y le hacen caricias. Pasado un rato, la mamá, con la niña en brazos, se levanta de la banca de cemento que se encuentra en la parte baja del jardín grande.

—Discúlpenme, creo que ya es suficiente. A Esperanza se le pusieron los cachetes como manzanita: debe de tener sed.

Dirige su mirada hacia mí y me dice:

—Por hoy se terminó la asoleada, joven Manuel. Usted, que siempre es tan servicial, ¿me ayuda con las cosas? —y emprende la retirada, diciendo—: Yo subo a mi niña.

Ya en su buhardilla, y mientras acuesta a la pequeña, me explica:

—Las gitanas dicen que los niños reciben el mal de ojo por las envidias. Me preocupa que llame tanto la atención, de ninguna manera quiero que se enferme, o que surjan contratiempos.

Me alegra que haga todo por evitar complicaciones, porque ya son muchos los problemas que tenemos. Cada día entra más gente a la embajada, más mujeres visten de negro, las raciones son más parcas, la guerra sigue, no hay trazas de que pronto termine, esto se está alargando y mucho.

A mi madre la veo cansada. De día no para. De noche duerme mal. Sinceramente, no sé de dónde saca fuerzas: desde temprano está ocupada y, a pesar del esfuerzo de ella y de muchos, todo es un desastre.

Es la hora de comer. Mi familia y yo estamos en la pequeña salita que también está en el piso de recámaras y que ahora es nuestro comedor. Abajo comienza la gritería y crece con cada segundo que pasa.

—¿Qué es eso?

Después de escuchar unos momentos más el jaleo que hay abajo, afirmo:

—Así ha de haber sido el barullo durante el motín en el *Bounty*.

Mis hermanos me ven con cara de «¿qué dice este loco?», por lo que les explico:

—En uno de sus libros, Julio Verne relata una rebelión en un velero inglés, un barco llamado *Bounty*. Estos ruidos me hicieron pensar en que así se ha de haber escuchado cuando sucedía el motín.

—Sigan comiendo —dice mi padre, al tiempo que se levanta—. Yo me encargo.

El griterío está en todo su apogeo. Poco tiempo después se hace el silencio.

De repente regresa el escándalo, aunque ordenadamente. En vez de gritos, golpes y sombrerazos, ahora escuchamos cánticos. Primero unos, después los otros y luego hay repetición: los que fueron segundo turno son primero y los que fueron primero lo hacen al final.

¡Y va de nuez!

Son los himnos de la Falange —*Cara al Sol*— y el republicano —el *Himno de Riego*—. Tanto los han cantado al paso de los días, semanas y meses, que no solo los identificamos, sino que nos los sabemos y también unimos nuestras voces a la de los asilados.

Cara al sol con la camisa nueva
que tú bordaste en rojo ayer,
me hallará la muerte si me lleva
y no te vuelvo a ver.

Formaré, junto a mis compañeros
que hacen guardia sobre los luceros,
impasible el ademán,
y están presentes en nuestro afán.

Si te dicen que caí,
me fui al puesto que tengo allí.

Volverán banderas victoriosas
al paso alegre de la paz
y traerán prendidas cinco rosas:
las flechas de mi haz.

Volverá a reír la primavera,
que por cielo, tierra y mar te espera.

Arriba escuadras a vencer
y en España empieza a amanecer.

Y luego los otros, los republicanos, cantan el suyo:

Soldados, la patria

nos llama a la lid,

juremos por ella

vencer o morir.

Serenos, alegres,

valientes, osados,

cantemos, soldados,

el himno a la lid.

Y a nuestros acentos

el orbe se admire

y en nosotros mire

los hijos del Cid.

Blandamos el hierro

que el tímido esclavo

del fuerte, del bravo

la faz no osa a ver;

sus huestes cual humo

veréis disipadas,

y a nuestras espadas

fugaces correr.

Mi madre comenta:

—Pensar que se han despedazado infinidad de familias porque unos hijos son de un bando y otros son del otro —y dirigiéndose a mí, dice—: No puedo entender que no hayamos tenido antes de hoy un motín, gracias a Dios estaba aquí su padre.

Seguimos escuchando, seguimos coreándolos.

A su regreso, mi padre se nota satisfecho. A la par que retoma su lugar, comenta:

—Estupendo el concurso, salieron por las bocas muchas cosas guardadas en los cuerpos. Afuera se tiran a morir; aquí adentro hoy hubo también batalla, cantante y sonante.

—¿Quién ganó? —pregunta Álvaro.

Nuestro padre responde, ufano:

—Ni unos ni otros, todos ganamos

Como si nada hubiera pasado, come su ración de fideo y de ejotes, aunque ya está fría.

—¿Me busca Navarro?

—Sí, joven Manuel —dice el secretario—. Fíjese que creo que de México nos piden encontrar a su amigo Joaquín. Mandan solamente los datos de él, pero piden que se busquen a dos personas: el apellido no es del Campo, sino Campoamor.

—Sí —le digo emocionado—, es él. Su abuela es la marquesa de Campoamor.

En son de burla me dice:

—Le ha de haber dado pena dar su apellido completo.

—Sí —afirmo—, se ha de haber quitado el amor porque sabía que me iba yo a burlar de él.

—La única diferencia —comenta Navarro, retomando la seriedad— es que ahora lo buscaremos a solicitud de Relaciones Exteriores.

Ya hay medio centenar de niños en la embajada, de todas las edades. Los horarios son estrictos para salir a los jardines, dependiendo de si hay ráfagas o cañonazos. Cuando se puede, salimos en desbandada mientras unas mamás tejen, otras zurcen, los señores caminan o se reúnen en pequeños grupos, los menos leen o escriben, la mayoría fuma. A nosotros se nos abre la válvula cuando estamos al aire libre, recibimos mucha energía.

A mis curiosos hermanos alguien los tiene bien informados y, a causa de ello, acaban de llevarse santa regañada. Esta vez sí bajaban los paracaidistas y, como si fuera teatro, abrieron las cortinas, acomodaron sillas frente a los ventanales y se sentaron cómodamente a verlos descender.

Me dijo Quique:

—Nene, es que queremos ver cómo son los máusers.

Menos mal que no cayó sobre el terreno de nuestra embajada el paracaídas con el descuartizado que aventaron de un avión: para su mala pata, el hombre aterrizó en campo enemigo, lo mataron y volvió a bajar también en paracaídas, pero esta segunda vez lo lanzaron cortado en pedazos.

Tengo bien identificados a los asilados que no hacen nada; más bien, sí hacen: despotrican por todo y contra todo. Sin embargo, día a día los que mucho hacen relegan a los que no, por lo que sin problema hago y entrego mi reporte una vez por semana al comandante Somuano López. Por cierto, hace varios días que ya no he visto al que se me insinuaba.

Un día queda prohibido abrir cortinas o persianas y acercarse a las diez y siete ventanas de la casona que dan a la calle Hermanos Becquer, que incluyen las de los sótanos. La novedad es que ahora les ha dado por disparar desde autos fantasmas y también lo hacen francotiradores que solamente están esperando ver que algo se mueve adentro para disparar. También es reciente que nos lancen grandes piedras con resorteras, lo que ha hecho que llevemos una semana sin poder salir al jardín. Todos comprendemos que es por nuestro propio bien, nadie repela, a todos nos falta el aire.

Los días pasan. De Joaquín o de su abuela, nada de nada.

XIV.   PALACIO BÉISTEGUI

Es tan extensa la superficie que ocupa el Palacio Béistegui que tiene tres frentes: uno a la Calle Jenner, otro al Paseo de la Castellana y otro a la calle Fortuny. Esa es la razón por la que unas veces lo llamamos Fortuny y otras Palacio Béistegui.

El palacio fue invadido al inicio de la guerra civil por seguidores de la República. Al ser propiedad de mexicanos, nuestra embajada hizo todo lo posible por que lo desalojaran y al final lo recuperamos. Una segunda vez lo invadieron y nuevamente los nuestros lograron sacarlos.

Lo más interesante de la propiedad es una casona andaluza, que seguramente fue suntuosa. Su primer propietario y constructor fue don Manuel de Mariátegui Vinyals, conde de San Bernardo. En tiempos de don Porfirio y del rey Alfonso XIII, sus propietarios fueron el matrimonio formado por Juan Antonio de Béistegui —que era representante del gobierno mexicano ante España— y de su esposa Dolores Yturbe y Aristain, quienes la acondicionaron a su gusto. La propiedad cuenta con una extensa superficie que en otros tiempos fue un parque, aunque hoy los estanques están secos y sucios. Al pasear por la tierra que en otros tiempos debió de tener pasto, madreselvas y otras muchas flores, se tropieza uno con pedazos de estatuas mitológicas que han de haber mirado estáticas a los que disfrutaban pasear por ahí.

Hoy en día todavía hay vestigios de la joya que una vez fue la mansión. El vestíbulo es imponente, lo mismo que un salón biblioteca desprovisto de libros por motivos del pillaje sufrido, como vacío de muebles está el amplio comedor con sus muros de piedra. Dicen que al gran salón lo llamaban el Carlos IV.

El mayor Clavé, que estuvo a cargo de los desalojos, le propone a mi padre que la utilicemos nosotros como residencia y así, estando ocupada por el embajador mexicano, se impedirá que sea nuevamente tomada.

Mi padre lo piensa y le dice:

—Sin duda estaríamos más cómodos en el Palacio Béistegui, la propiedad es imponente. Su idea, José María, es excelente. Sin embargo, mi familia y yo nos quedamos en Hermanos Bécquer

El embajador hace una pausa para ver la reacción del mayor; no hay tal reacción. Satisfecho, sigue:

—Considero que es tan buena su idea de que el Palacio esté habitado y sea considerado como embajada que le hago una contrapropuesta: que lo habiten usted y su familia. Ese estará a su cargo.

—¿Lo abriremos a los asilados?

—Por supuesto —le dice mi padre a Clavé—, también será refugio. Pasaremos algunos asilados de Bécquer para allá porque, como usted bien sabe, ya caemos en el hacinamiento.

Así se hace. El matrimonio Clavé y sus hijos —Manuel, que tiene la edad de mi hermana mayor, y Eduardo, que es como mi hermana menor— se mudan al Palacio. Sin embargo, poco les dura el gusto de tenerlo más o menos para ellos solos: antes de que nos demos cuenta, se llena de asilados, a tal grado que también se alojan personas en las caballerizas localizadas al fondo del parque.

Dicen que este segundo gran refugio mexicano, en sus días de gloria, recibió a condes, duques y marqueses. También comentan que, ahí, los Béistegui dieron un banquete en honor de don Porfirio cuando vivía en el exilio.

Estoy en el palacio con el mayor José María Clavé, que desde hace muchos años es amigo de mi padre. Incluso participaron juntos en la revolución mexicana.

—¿En dónde nació, mayor Clavé?

—Mis documentos fueron expedidos en México, pero tengo un acta de nacimiento de Piedras Negras, Coahuila.

—¿Nació usted en Piedras Negras?

Siempre que toco ese tema cambia la conversación bruscamente, no responde. Esta vez, para variar, me cuenta sobre sus antepasados:

—Soy nieto de un pintor muy famoso, su nombre fue Pelegrín Clavé.

—¿A poco así se llamaba? —le pregunto, asombrado—. ¿Es broma?

—No se burle del nombre de mi abuelo, joven Manuel —me dice, serio—. Yo considero que fue muy atinado, fue excelente que le hayan dado ese nombre, porque así todos lo recordamos fácilmente. Fíjese nada más: él hizo historia.

Me mira fijamente. Como no muevo ni una pestaña, continúa:

—Antonio María Pelegrín Clavé y Roque era Catalán. Nació y murió en España, aunque vivió unos años en México. En ese tiempo fue director de la Escuela de Pintura de la Academia de San Carlos —me pregunta a bocajarro—: ¿Sabe quién fue Maximiliano?

—Sí, mayor —le contesto—, el de Carlota.

—Exacto. Mi abuelo vivió en México en ese tiempo, pintó a mexicanos y a extranjeros que formaban parte de la aristocracia. Se casó cuando ya estaba entrado en años, imagínese: cuando iba a cumplir cincuenta se casó con mi abuela Francisca Florencia Carmen Arnaud, ella era su modelo y era veintisiete años menor que él.

Ya ha conseguido asombrarme. Ahora prosigue con su relato:

—El emperador Maximiliano le regaló una flauta.

Lentamente deletrea.

—¡De… cristal!

—¡Cristal! ¿Como los floreros, las copas?

—Exacto. Es obra de un francés llamado Claude Laurent.

No sé si habla en serio o no. Supongo que nota que dudo, porque dice:

—En cuanto salgamos de esta se la enseño.

Cuando veo a mi padre le pregunto y me confirma que es verdad. No puedo imaginarme cómo es ni cómo suena una flauta de cristal.

Al mayor le decimos Tío Regalos. Su hijo Eduardo me contó que, desde que él era niño, su papá le da un regalo cada día. Ahora que estamos en guerra, él los hace, inventa, crea. Lo compruebo un día que estoy con él, al mismo tiempo que platicamos envuelve un cuarto de cebolla con un pedazo de tela.

—¿Qué hace?

—Hoy tenemos cumpleaños —me dice, animado—. Esta cebolla es el mejor regalo, doña Ramoncita ni se imagina que tendrá doble ración.

Luego, con la misma tela que envuelve, hace el moño.

Clavé es alto, atlético, fuerte, de cabello abundante, nariz recta. Dicen que es muy bien parecido y supongo que es verdad porque he notado que las señoras se ponen nerviosas cuando él pasa y bien que traía chiflada a la sirvienta pechugona que regresaron a México. En la pared de su despacho tiene colgada una espada, lo mismo que su gorra de militar. Es distinguido, elegante, refinado.

Al paso de los días, debido a los bombardeos, se nos dificulta ir al Palacio Béistegui, y últimamente se ha añadido el peligro de los francotiradores. Echo de menos las largas e interesantes pláticas del mayor Clavé.

Hoy voy a poder volver allá. Hay viaje y se me autoriza acompañar al chofer que llevará unas cajas. Por su parte, mi padre me encarga llevar un sobre a don Gonzalo Fernández de Córdoba. Al llegar, el mayor me informa que el que busco, junto con otras ocho personas más, ocupan una casita de una sola recámara que está en el fondo del jardín.

Me encamino hacia allá y veo al del otro laredo muy ocupado y atareado, barre y barre, por lo que deduzco que ahora está bajo la lupa del mayor Clavé.

Al fin encuentro al que busco.

—¿Cómo está, don Gonzalo?

—Los malos ratos son mayores que los buenos —me contesta—. Hay días que paso hambre y, aparte, son muy numerosas las humillaciones, aunado a que extraño demasiado a mi esposa y a mis hijos —después de una pausa, continúa—: Para un militar como yo, aunque sea retirado, escuchar el ruido del combate y tener que permanecer en esta forzosa inactividad bélica cuando afuera está a todo lo que da, es ¡de los mil diablos! —hace un ademán brusco y prosigue—. A los de mi familia no los quito de mi mente, no sé de ellos, ¡no sé cómo están! Por las fechas, sé que pronto tendré mi cuarto hijo, debe nacer a fines de diciembre y me angustia desconocer quién asistirá a mi mujer. ¿Cómo le hará?

Tiene profundas ojeras. Se le nota más delgado que el día en el que lo vi meterse con dificultad a la maleta del Lincoln. Con todo, su voz es la misma.

—Espero que le llegue a mi mujer un recado que le mandé. Le decía que quiero que mi hijo lleve como nombre propio Enrique, en honor a mi primo Enrique, de apellido Parrella —fuera de sí, exclama—: ¡Malditos! Lo sacaron de la checa igual que a un montón de prisioneros y los llevaron a Paracuellos de Jarama, solamente para asesinarlos

Sus venas se hacen visibles. Trata de controlarse y después de un rato lo logra. Ya más tranquilo, continúa:

—En caso de que no sea varón, espero que le ponga Enriqueta. Aunque —especifica— eso no se lo mandé decir —y al fin esboza una sonrisa.

Como él toca el tema de esos asesinatos, le comento, esperando levantarle el ánimo:

—Los diplomáticos trabajan para que se suspendan las ejecuciones y que la Liga de las Naciones presione. Hay gente trabajando sobre los derechos del hombre.

—Sus palabras, joven Manuel, me llenan de esperanza —guarda silencio un momento y después me dice—: Sé que debo de poner atención en las cosas buenas que pasan, pero es tanto lo malo que me pega y fuerte. ¡Imagínese la impotencia! Escuchar, saber que están asaltando el Oratorio de Lourdes que está a menos de dos cuadras de aquí y no poder hacer nada por las religiosas, lo mismo con el asedio al Alcázar, me da rabia, me desespera no poder actuar, ir, tomar parte, apoyar a España. Y luego —agrega, desesperanzado—, aquí mismo, algunos de mis compañeros de infortunio están en el vicio y, sobre todo, en el pancismo. A diario veo gente que, con tal de comer un poco más, o de disfrutar algunas ventajas materiales vedadas, no vacila en cometer toda clase de bajezas.

Lo interrumpo para decirle que el comandante Somuano es el encargado de investigar esos casos:

—Deme los nombres y los casos —finalizo.

Don Gonzalo piensa unos momentos antes de contestarme. Levanta los hombros y solo me dice:

—No tiene caso.

Un instante más tarde se anima y me cuenta, con otro tono de voz:

—Hay otros nombres que sí quiero darle. ¿Dónde se podrá reunir un grupo de hombres como algunos de los que aquí están o han estado? —y empieza a enumerar un largo listado—: los marinos, hermanos Carrero Blanco, Almagro, Alvar, González, Gamboa, López Diegues. Después, los militares: Méndez Parada, López Blanco, Meer, Lossada. Para terminar, los que considero que son muchachos sobresalientes: Tordesillas, Piqueras, Curull.

Otro de los refugiados se acerca y aumenta la lista.

—No olvide a Martín Artajo, a Bastos, a Herrera, a Martín P. Prats, a Carlos Roca, a Muñoz Cobos, al señor Pardo y hasta a sus agentes de seguridad.

Don Gonzalo termina nombrando a otros más:

—Y también a Rafael Calleja, así como a Fernando y a José, hijos de José García Cernuda.

Su cuerpo se va enderezando al ir recordando la valía de sus compañeros y, al mismo tiempo, va subiendo el tono de voz. Su espalda ya está derecha, su frente en todo lo alto, su mirada brilla, su voz es ahora fuerte, sonora. Con ella prosigue el discurso:

—Nunca he visto tal cantidad de nobleza, desinterés, amor a España, moralidad y tantas otras cualidades.

Animado, me cuenta sus planes:

—En cuanto pueda salir de aquí, voy a alistarme, me urge tomar las armas.

Estamos en eso cuando el chofer interrumpe:

—Joven Manuel, ¡apúrele! Ya debíamos haber regresado, llevo un rato buscándolo, ya empieza a anochecer.

Me levanto de un brinco. Con la charla, por poco olvido entregarle el sobre. Se lo doy y, sin más tardanza, me despido del respetable militar retirado.

—¡Hasta la próxima!

Don Gonzalo dice, gallardo y fiero, en señal de despedida:

—¡Arriba España! ¡Arriba México!

XV. Esperanza Guadalupe

Don Pedro Rico López solicita asilo. Se le concede y, pocos días después, pide que lo lleven a un determinado lugar.

—Con gusto lo llevamos —le dice el capitán Ruiz, y añade—. La única forma es dentro de la cajuela.

El que hasta hace poco era el alcalde republicano de Madrid es ahora un perseguido. Es bajo de estatura y, a sus cincuenta años de edad, tiene una avanzada calvicie. Su cara es redonda, y sus ojos y su boca casi no se ven porque sus inflados cachetes lo impiden. Es obeso.

Para entrar en el hueco lo tienen que ayudar entre varios. Más bien, lo tienen que cargar entre muchos, y así finalmente entra. El capitán Ruiz cierra la maleta, don Baldomero abre el portón y el automóvil se aleja.

Apenas si se han salido cuando se escucha un claxon. Son ellos mismos. Tuvieron que regresar de emergencia porque el pasajero entró en pánico, le dio claustrofobia. Ahora se nos presenta otro problema. Sacarlo.

La anécdota corre por todos los rincones, en toda la embajada se escuchan risas a tambor batiente. La pequeña historia sirve para que se propague el buen humor. Don Pedro permanece en la embajada y, sin duda, esperará hasta encontrar otra forma de salir menos angustiosa.

Busco a mi madre porque tengo un encargo que darle. Me encamino a su rincón y, al llegar a la cocina, veo que salen de ella dos de mis hermanas y las dos hermanas mayores de la pequeña Esperanza.

Ellas, como otras jóvenes, se encargan de pelar papas, cortar puntas a los ejotes, extraer chícharos de las vainas o lo que se ofrezca en relación con la preparación de los alimentos.

—¿Qué tendremos de comer? —pregunto. Pachis, que es la mayor, me contesta:

—Lentejas con carne.

—¿Carne? —pregunto, extrañado.

—Sí —me explica—: Nos tardamos horas en ponerla adentro de cada lenteja.

No creo nada. Mejor me cercioro:

—¿Cómo dijiste?

Ellas ríen, hasta que una de mis hermanas confiesa:

—Comeremos lentejas con carne porque están llenas de gorgojos.

Al escuchar eso grito que no, que es asqueroso, que a ver quién se lo come. Pachis me interrumpe:

—Más vale que se las coma. Total, estarán bien cocidas —y añade, riendo a carcajadas—: Recuerde que hoy no es vigilia. Las lentejas son muy bellas, algunas son lunas llenas con sus cráteres a la vista y otras son lunas crecientes.

Cuando me siento enfrente de mi plato, trago. Mis hermanas ríen al notar que bebo agua en demasía.

Yo trago, todos tragamos.

Y todo porque la comida que se consigue ya es solamente de segunda. O de tercera.

Viene a mi mente la anécdota de los huevos. El suceso pasó cuando no estábamos en guerra: mis padres estaban de viaje y mi hermana mayor también, porque ella solía acompañarlos. Mi madre expidió un telegrama pidiendo que prepararan 1 o 2 docenas de huevos duros porque tendríamos invitados y quería servirlos estilo Mimosa. El del telégrafo puso los números juntos y el que recibió la orden en la embajada cumplió al pie de la letra la instrucción de la patrona: prepararon 102 docenas de huevos. Sin duda fuimos la comidilla de los madrileños, los locos de la embajada de México que compraron, el mismo día, 1,224 huevos.

Por cierto que hace meses que no como un huevo. En aquella ocasión, meses atrás, con nuestros estómagos saturados, los regalamos.

Me dirijo a la buhardilla. Esperanza está feliz, lo mismo que su mamá. La pequeña ya estrenó cama, la hicimos de madera, me ayudó Modesto.

—Ya no se golpea en la cabeza, ¡mírela joven Manuel! Ha crecido muchísimo desde que tiene espacio, nada más la puse en esta camita y se estiró.

La mamá nota que me le quedo viendo a una hilera de medallitas que tiene sobre una caja. Seguramente nota mi mirada de extrañeza, porque me dice

—¿Cómo ve? No sé cómo le hacen, pero a veces, entre la ropa de mi niña, encuentro las medallitas. La primera vez me asusté, luego solo me extraño porque quién sabe de dónde las sacan y se las ponen, hay de varios santos y de diferentes vírgenes.

—Usted sabe —le digo—: Aunque ya nacieron más niños y niñas hijos de asilados, ella es la primera. Pienso que también su nombre significa mucho para todos nosotros, eso marca la diferencia.

Pocos días después de esa plática, en la embajada es la locura. Después de poco más de dos meses, el asedio al Alcázar de Toledo termina. Los azules lo celebran.

En Toledo está la fábrica de armas en poder de los sublevados. Para ambos bandos, el alcázar es un símbolo y su posesión también es cuestión moral, por lo que es una sacudida tremenda a los republicanos el hecho de haberlo perdido, y poco les interesa pensar que los que lo asediaban, milicianos y guardias de asalto, eran muchos más que los que la defendían.

En la embajada, los asilados republicanos no lo creen. A pesar de que la radio ya lo dijo, le preguntan a mi madre y ella lo confirma. A estas alturas ya estamos ciertos de que Gonzalitos, Nivón y la señora Urquidi tienen preferencia por los rojos. Ellos apoyan a la República abiertamente y, como muestra, el primero dice, apesadumbrado:

—¡Estoy de luto, jamás pensé vivir este día!

Nivón López guarda silencio, se le nota contrariado. En tanto, doña Mari Urquidi, con el pretexto de que tiene que visitar a sus hijos, inicia planes para partir de Madrid.

El caso contrario son Roberto y Fernando Reyes, además de otros muchos asilados que apoyan a los nacionales. Hoy no hay quien los calle, gritan eufóricos por horas y horas:

—¡Arriba España! ¡Viva Moscardó! ¡Viva Franco!

Me llama mi padre:

—Pérez.

—Sí, mi general.

—Solicite al señor Muño–Yerro que suba.

Mientras busco a la persona que me ha indicado, voy pensando que es inusitado que mi padre solicite que alguien suba al piso de recámaras, porque ahí es nuestro refugio dentro del refugio. Del personal de servicio, Asunción continúa haciendo el aseo y Clemente sirve los alimentos en el pequeño comedor; además, ya no hay horarios de clases, los maestros solamente se presentan muy de vez en cuando.

También acceden a nuestro refugio algunos niños y niñas hijos de asilados que juegan con mis hermanos o hermanas. Mamá Coca hace lo que puede y los pone a dibujar, a pesar de que los lápices de colores ya son solamente pedacitos. De vez en cuando viene Eduardo Clavé a Hermanos Bécquer y entonces ensayan obras de teatro. Como ya tienen escenarios dibujados, los usan y los vuelven a utilizar, los montan, los quitan.

Eduardo es de la edad de mi hermana Ñeca: ella siempre es la princesa y él es el que hace de príncipe. Es un tímido galán que no se atreve a besar ni la mano de la princesa, aunque así lo indique el guion.

Ahora paso por donde están ensayando porque mañana habrá representación. Sigo buscando al señor Muño–Yerro, pero no lo encuentro. Entonces desciendo a los salones y hasta a los sótanos y tampoco ahí está. Regreso a la planta baja y salgo al jardín trasero, ya lo veo: un pequeño grupo lo rodea, seguramente hablan del tema Alcázar de Toledo que tiene a todos con la adrenalina a más no poder.

Es más o menos de la edad de mi padre, debe de tener unos cincuenta años, es tranquilo, afable, amable, de cabello lacio, castaño, su cara es alargada, los ojos son pequeños o se ven pequeños por el grosor de los vidrios de sus espejuelos. Por encima de los aros sobresalen pobladas y rectas cejas. Sin mostrar sorpresa por la petición del embajador, me dice.

—Sí, claro, con gusto voy, guíeme.

Es un individuo alto. Hay varias personas en la puerta de la recámara de mamá Coca, entre ellas mi madre que, al vernos, viene a nuestro encuentro y besa la mano del que viene conmigo. Me quedo boquiabierto.

Mi madre me dice:

—Usted también, hijo, pásele.

Están reunidos ante el altarcito mi madrina, mi hermana mayor, los padres y las dos hermanas de la bebita.

Estoy pasmado. Van a bautizarla.

Viene a mi mente que mamá Coca me contó que, durante la Guerra Cristera en México, siendo mi padre gobernador de Coahuila, y a pesar de que como todo político era perteneciente a la masonería, y amigo del presidente Calles, mi madre y varias señoras amigas y parientes de ella, se disque reunían a jugar bridge en el pueblo de Parras, Coahuila, pero lo que realmente hacían era montar planes y estrategias porque salvaban a sacerdotes que eran perseguidos. En esa conversación, a mi pregunta de si mi padre estaba enterado, ella me contestó:

—Claro que tu padre lo sabía, no hubieran salvado a tantos sin su ayuda.

—¿Ya saben cómo le van a poner a la niña?

La voz del sacerdote —o sea, la del señor Muño–Yerro— me regresa al presente. Instintivamente volteamos a ver a los progenitores, el papá contesta:

—Sí, padre, cuando le puse las aguas del socorro la nombré Esperanza.

—¡Excelente elección! En estos momentos es lo que debemos de tener, Esperanza, que significa confianza, certeza. Por ella velará siempre la Virgen de la Esperanza, será su patrona.

La mamá de la niña se ve ausente, distraída, no escucha lo que está diciendo Muño–Yerro: tiene la vista fija en la imagen de nuestra patrona. Sin percatarse de que interrumpe al sacerdote que está por iniciar el rito del sacramento, murmura algo… después alza la voz y repite lo anteriormente dicho. Ahora sí la oímos:

—Esperanza Guadalupe, padre.

Cruza mirada con su esposo, esperando su aprobación. Él asiente con un movimiento de cabeza, a lo que Muño–Yerro dice:

—¡Excelente! Así será —y pregunta—: ¿Los padrinos?

Mis padres dan un paso adelante. Entonces, la mamá entrega la bebita a mi madre, que la toma en sus brazos. El sacerdote le da a mi padre una vela encendida y pronuncia la fórmula bautismal:

—Esperanza Guadalupe, *ego te baptizo in nomine Patris et Filii et Spiritus Sancti* —prosigue—: Que la Virgen de la Esperanza, patrona de esta nueva cristiana, nos ayude a salir airosos de esta difícil prueba y que la Guadalupana nos cubra con su manto a los que estamos en Madrid en suelo mexicano.

Los presentes respondemos, al unísono:

—¡Amén!

XVI.   JOAQUÍN

Estoy de portero. Dos árboles hacen de postes, el suelo está falto de pasto, tantas pisadas y la falta de riego se lo acabaron. Nos interrumpe Mariano.

—Joven Manuel, el embajador pide que vaya a su despacho.

Cuando hago acto de presencia, los que están ahí dentro dejan de hablar.

—¿Interrumpo?

El que contesta es el Capitán Leobardo C. Ruiz:

—¡Pásele! Lo estamos esperando.

Siento cómo mi cuerpo automáticamente se prepara para recibir un golpe. Pregunto extrañado:

—¿Qué sucede?

Al notar que llegué, mi padre se levanta de su silla y viene hacia mí, pone cariñosamente su mano en mi hombro y al mismo tiempo que me aprieta, tratando de darme ánimos, de que yo sea fuerte, me dice:

—Se trata de Joaquín: está en Madrid, hospitalizado. Su estado es grave.

Cuando me llegan las primeras palabras siento una gran alegría, pienso.

Sensacional, Joaquín está vivo y en Madrid.

Pero el temor me invade cuando comprendo el sentido de la segunda parte de la frase.

Su estado es grave.

Sin duda nota que palidezco, mi boca se seca, no me sale sonido alguno. Mi padre continúa:

—Ahora sabemos por qué no dábamos con él, no trae identificación.

Al fin me sale un hilo de voz y pregunto.

—¿Cómo lo encontraron?

—Más bien, él es el que nos encontró. Un doctor que no quiso dar su nombre notó que, entre el cuerpo de Joaquín y el camastro, había algo. Parece que por semanas logró esconderlo, pero ahora está tan débil que es una suerte que alguien con buenos sentimientos haya encontrado el libro y nos haya avisado.

—¡El Sandokan! —adivino, más que hacer una pregunta.

Mi padre me dice:

—Sí, el mismo, con dos hojas adentro…

—Con el membrete de la embajada —completo la frase

— Exacto —asevera mi padre—. Por eso vinieron.

Por mi mente pasan las imágenes del momento en el que le doy las hojas, estando ambos en Fuenterrabía. Mi padre continúa:

—Hoy en la mañana, muy temprano, vino una mujer de parte de ese galeno. No quiso dar ni su nombre ni el del médico, pero sí nos dio detalles del muchacho, y también del lugar en donde se encuentra, en qué piso, la ubicación del camastro, todo lo necesario para localizarlo. Lo primero que nos vino a la mente es que era Joaquín.

Hace una pausa para ver cómo me lo tomo y sigue:

—Vengo de verlo, está en el hospital provisional republicano que se armó en lo que era el Hotel Ritz. Es él, no hay duda —dice, sin que yo haga la pregunta—, pero no pude hablar con él, prácticamente está inconsciente.

Sigue informándome, con todo el tacto posible:

—En el hospital no tienen ni idea de que es el heredero de la marquesa de Campoamor. Es más, creen que es un joven miliciano. Por una enfermera supe que un grupo de personas armadas lo abandonó a las puertas del edificio. Fue registrado como desconocido y, cuando se pudo, lo pusieron en un camastro. Ya está ahora asentado su nombre y especificada su nacionalidad mexicana. Por cierto, hijo, ¿tendrá usted alguna fotografía de Joaquín?

—Sí, mi general —digo—, tengo la que nos tomó usted cuando fuimos a Saint Jean de Luz: si la recorto, queda su cara.

—Perfecto, désela al cónsul Allsopp Vila, vamos a hacerle nuevos documentos.

Estoy por salir corriendo e ir por la fotografía cuando mi padre añade:

—El doctor Marañón va a hacer favor de pasar a verlo, en cuanto pueda nos dará el parte médico.

—¿Está herido?

—Todo indica que no —me contesta mi padre—. Ni herido, ni golpeado. Eso sí, está enfermo, débil, se ve fatal. Esperaremos el diagnóstico y, dependiendo de lo que diga Marañón, veremos qué hacemos.

—Tengo otra pregunta en mente y la aviento así, como va:

—¿Y sus padres?

—Qué bueno que piensa en ellos. Ya dicté un telegrama, espero que se pueda mandar y recibir, porque el servicio está peor que nunca. Navarro tiene indicaciones de insistir hasta que estemos seguros que llegó el aviso a México.

Alcanzo a pronunciar un «gracias» con la voz quebrándoseme. Al mismo tiempo le doy un abrazo.

Cuando salgo siento que ya no resisto. Subo las escaleras, falto de aire llego a la recámara, me tiro sobre mi colchón. Tengo algo atorado en la garganta, me impide respirar, no me muevo, no hago nada, estoy petrificado. En eso entra mi madre, me ve y dice, aliviada:

—Menos mal que lo encuentro, lo estoy buscando.

Se agacha, se sienta sobre mi colchón y me abraza. Solo entonces empiezo a llorar de forma incontrolable. Mamá me aprieta, me acaricia, me besa, después de un rato y cuando ya estoy más tranquilo, vuelvo a pensar y recuerdo que tengo que llevar la fotografía.

Esta tarde estoy más que nunca pendiente del reloj. Dan las tres, las cuatro, las cinco y las seis, la espera se me hace eterna, sé que el doctor Gregorio Marañón Posadillo es una eminencia: atiende a mi padre desde que llegamos a Madrid, también sé que fue médico del que fuera rey de España, Alfonso XIII. Me convenzo de que hoy ya no va a venir porque, aunque es republicano, también corre peligro: a estas horas, solamente los que matan circulan por las calles.

Ya es la mañana siguiente. Los chavales tienen solamente media hora para jugar en el amplio espacio que una vez fue jardín y, mientras eso sucede, espero que hoy sí venga el doctor. El tiempo sigue pasando. Termino goleado, lo que los hace muy felices.

A media tarde, don Baldomero me avisa que ya llegó el galeno. Deprisa voy al despacho, entro cuando el recién llegado está diciendo:

—Disculpe que venga hasta hoy señor embajador, he tenido problemas con los míos.

Tengo tiempo de mirarlo mientras mi padre y él platican. Es fuerte, fornido, llama mi atención lo recto de su nariz, su pelo negro corto, peinado hacia atrás, dejando ver una amplia frente. Tiene cejas pobladas y boca grande. Por lo general viste traje oscuro. Mi padre le pregunta:

—¿Con los suyos? ¿Con quién?

—Con el gobierno republicano —se queja—. Algunos tomaron de forma errónea unas declaraciones que hice en la radio y están molestos. Todo indica que están a punto de ponerme en la lista. En la negra.

—Tenga mucho cuidado, Gregorio. Aunque sobra decirlo, sabe que esta es su casa.

—Sí, don Manuel, lo sé, estamos ya finalizando detalles con otra embajada. Si esto sigue así, tendré que salir de España. Con todo, le agradezco su ofrecimiento.

Me quedo en el umbral hasta que me ve el doctor y me saluda. Cuando estrecha mi mano, me dice:

—Joven Manuel, ¿cómo está?

—Muy preocupado por mi amigo Joaquín.

—Sí, lo sé. Su padre me encargó que fuera yo personalmente a verlo y de ahí vengo.

Tarda un poco en hablar. Permanece unos segundos sin pronunciar palabra, buscando por dónde empezar. Mi padre y yo estamos expectantes. Finalmente comienza.

—El joven Joaquín tiene una enfermedad llamada Addison, que es una insuficiencia de las glándulas suprarrenales —hace una pausa para preguntarme—: ¿Sabe cuáles son, joven Manuel?

—No, doctor Marañón, no tengo idea.

—Trataré de explicarles de manera sencilla: hay unas glándulas que se localizan en la parte superior de los riñones. Ellas producen hormonas imprescindibles para la vida, como es el cortisol, que procesa el estrés causado por los golpes emocionales, lo que ayuda a que el cuerpo aguante. ¿Me explico? ¿Voy bien?

—Sí, doctor.

—Joaquín no produce cortisol, por lo que no tiene protección contra el pánico, horror, miedos, sustos, preocupaciones que sin duda, ha tenido que pasar en estos meses de guerra. Eso ha hecho que pierda el apetito, tenga fiebres altas, náuseas y vómitos. Su cuerpo tiene problemas, le fallan los riñones, tiene hemorragias y otras complicaciones más.

Ya lo ha dicho todo. Solo falta lo último:

—Su estado es grave. Muy grave.

Mi mundo se derrumba. Creí que las noticias serían buenas, pero son todo lo contrario. Mi padre pregunta:

—¿Qué podemos hacer? Más bien, ¿qué debemos hacer?

Don Gregorio contesta:

—Antes que nada, debemos estar conscientes de su gravedad —se dirige a mí y dice—: Siento mucho decirle, joven Manuel, que es difícil, prácticamente imposible, que se cure.

Mi mente me está ayudando a escuchar, entender y poner el muro para que yo aguante los embates de sus palabras. Si mi ser me anunciaba que Joaquín estaba en peligro, ahora sé que es una realidad.

El doctor sigue explicando:

—Hay un elemento llamado osmio que ya traté de conseguir y no hay. De cualquier forma, ya di la instrucción a varios hospitales de buscármelo, aunque es costoso. En caso de conseguirlo, ya veremos la forma de pagarlo.

Desafortunadamente —agrega—, el osmio tampoco es la solución, porque por experiencia sé que es poco efectivo.

Hace un corto silencio y vuelve a su explicación:

—Hay algo que si se puede hacer —me le quedo viendo para que comprenda que estoy pendiente de cada una de sus palabras—: Estar con él, darle ánimo, acompañarlo, que reciba cariño y tratar en lo posible de conseguir algunos alimentos que pueden ayudarle a estar menos débil, les daré una lista. Tendrán que conseguirlos en el mercado negro, ya veremos cómo reacciona.

Entonces dice una frase que me pareció que dictaba sentencia:

—Vivir no es sólo existir, sino existir y crear, saber gozar y sufrir y no dormir sin soñar. Descansar es empezar a morir.

Como puedo me repongo de las palabras tan crudas que acabo de escuchar y le pregunto.

—¿Puedo ir a verlo?

—Sería magnífico para su amigo; sin embargo, el señor embajador es el que debe decirlo. Yo no lo recomiendo porque usted es joven, alto, fuerte y, si algún loco se cruza en su camino, se lo llevan. Luego de eso, puede ser que lo utilicen para pedir rescate por usted, o lo obligarán a ingresar a las milicias —y añade—: Aunque usted no tiene la edad, parece mayor y ahora es obligatoria la militarización a partir de los veinte años —ante nuestra sorpresa, guarda silencio un momento y prosigue—: Sin duda es lo que le pasó a su amigo, lo metieron a sus filas, él estaba con ellos y sabemos que no era por su voluntad, ha de haber tirado su carnet de identificación o su pasaporte para pasar desapercibido. Pero, si hubieran sabido quién es, ni al hospital llega: lo hubieran asesinado. Hasta ahora, ha luchado por su vida, esperemos que logre tener éxito. Por nuestra parte, haremos todo lo que esté a nuestro alcance.

Termina diciendo:

—Es mejor no tentar al diablo. Si a usted se lo llevan, no sé cuánto tiempo tardemos en encontrarlo.

Ante ese comentario, mi padre responde:

—Traeremos a Joaquín lo antes posible y aquí estará usted con él, hijo —después, dirigiéndose al doctor, le dice—: Nos ponemos en sus manos, don Gregorio.

—Usted ya tiene casa más que llena señor embajador. En mi opinión, es importante que Joaquín esté aislado y creo que aquí ya no tiene espacio.

—Aunque haya que mover cielo, mar y tierra, le haremos sitio.

—Por cierto, don Manuel, me comentó una enfermera que tiene pesadillas y, por lo que dice en ellas, adivinan que frente a él mataron a su abuela.

—Con más razón lo traemos aquí —mi padre parece más que contrariado—. Todo indica que aquí, en España, solamente nos tiene a nosotros. ¿Cuándo podemos ir por él?

—Déjeme hacer varias llamadas y arreglar algunos trámites administrativos, yo firmo la salida y usted firma recepción.

—¿Estamos?

—¡Estamos!

El doctor Marañón se despide, mi padre y yo nos quedamos solos. Esta vez mis ojos están secos, no tiemblo, estoy frío, pero tranquilo, mi mente está despierta. Lo que me preocupa es ayudar lo antes posible a mi amigo.

Estoy pensando eso cuando me dice:

—Pérez, póngase a estudiar la situación y traiga la solución. A ver qué se le ocurre para que, cuando tengamos luz verde de Marañón, esté todo preparado. Supongo que eso será mañana mismo, a más tardar pasado mañana.

Salgo apenas de su oficina cuando me da otra instrucción:

—Vea con su madre cuáles religiosas pueden hacerla de enfermeras. Necesitaremos dos o tres para que se turnen la atención, de día y de noche.

—Sí, mi general.

Me pongo a la tarea. Vaya dificultad. Todos los espacios están saturados. Desde que Franco llegó a las puertas de Madrid se incrementaron las sacas y las matanzas a pesar de esfuerzos diplomáticos, por lo que recibimos a más y más gente. Mi madre me ayuda a pensar: ella cree que Fortuny no es lo indicado porque nosotros y Joaquín debemos de estar en el mismo lugar:

—Tiene que ser aquí, en Hermanos Bécquer, porque aquí es donde estamos nosotros y aquí es en donde están las religiosas que lo atenderán.

Estamos en la cocina, en la guarida de mi madre. Yo dibujo croquis como los que he visto hacer a mi padre y a Navarro cuando trabajan ubicando a distintas personas en los espacios de los que llamamos «anexos diplomáticos».

Platico con mi madre para ver si habrá algún lugar en los anexos. Sé que, en las últimas semanas, se ha alojado en ellos, bajo la custodia de México, a más de setenta personas. Mi padre lo dijo bien claro cuando dio la orden de otorgar documentos para los que en ellos se acomodaron:

—Nuestro deber y objetivo es salvar vidas.

Mi madre me dice que no, que ahí tampoco es el lugar indicado. Modesto ronda a nuestro derredor, escucha la problemática y propone:

—En el área de servicio, al final del pasillo, se puede acondicionar un espacio, un cuarto, aunque sea minúsculo. Existen ya tres paredes, solamente hay que hacer la cuarta, que puede ser una cortina, y habrá espacio para un catre.

Modesto toma mi lápiz y se pone a la tarea de dibujar su idea, en el papel muestra su solución. Mi madre, animada, propone.

—¡Vamos, Modesto, muéstrenos el lugar!

Estando en el sitio, mi madre exclama, entusiasmada:

—¡Ni mandado hacer, hasta algo de luz le llega por la pequeña ventana que da al jardín!

Sonríe, estrecha la mano del que dio tan buena solución y a continuación me dice:

—Creo que Modesto le ayudará a conseguir material y poner la cuarta pared

—Con gusto, a sus órdenes —el aludido está entusiasmado—. En cuanto el joven Manuel me diga, comenzamos.

Mi madre termina diciendo:

—Hijo, creo que ya puede ir con su padre con la solución. Modesto le atinó al blanco en el mero centro.

Sacamos del sótano una caja alta que servirá de buró y una lámpara, que no tiene pantalla pero que prende. Mamá Coca y las religiosas, como Dios les da a entender, arman un camastro con cajones y tablas y confeccionan una especie de colchón que cubren con telas que harán las veces de sábanas. Como de milagro llegan dos cobijas, regalo de un asilado. Mi madrina dice:

—Se le va a colar frío por debajo.

—De eso no se preocupe —Modesto interviene nuevamente—. Tenemos algo de periódico, será suficiente.

Cuando el doctor Marañón ve el dormitorio improvisado, aprueba.

—Perfecto. Ahora, a traer a su amigo.

Ya fueron por Joaquín, de un momento a otro llega. Estoy intranquilo, impaciente. Cuando lo veo, se me arruga el corazón. Sin pensar, exclamo:

—¡Dios mío! ¿Qué te han hecho?

Está color de cal, se le salen todos los huesos, tiene costras de mugre en la cabeza y en los brazos, su mirada divaga. Noto un destello, un pequeño brillo en sus pupilas, cuando mi madre le dice, tocándole la frente y acariciándole la cara:

—Descansa hijo, estás en casa. Cuidaremos de ti.

Casi desmayado deja ver una mueca que pudiera haber sido una sonrisa.

Lo visito más de veinte veces al día. Aunque no sé si me escucha, le platico, también le leo algún libro o le canto alguna canción o tarareo alguna tonada. A ratos pienso que va mejor, otros no. A mi madre la llaman seguido porque él se pone muy nervioso y balbucea:

—¡Mamá! ¡Mamá! ¡Mamá!

Lo único que lo tranquiliza es que la mía esté con él, platicándole y apapachándolo.

Hoy me dijo sor Jacinta que cree que deben de ungirlo con los santos óleos, porque ese sacramento es también para los enfermos y no solamente para los moribundos. Le comento esa idea a mamá, que me dice:

—Sor Jacinta tiene razón. Nunca sobra y no debe faltar.

Acto seguido me pide que vea el asunto con el padre Muño–Yerro.

Estamos mis padres, dos religiosas, el sacerdote y yo. Hace meses lo vi bautizar a Esperanza Guadalupe. Hoy le da la unción de los enfermos a mi amigo Joaquín. Me surge en la mente una pregunta.

¿A cuántos habrán ungido aquí?

El enfermo mejora un poco. Aunque sea por cortos momentos empezamos a platicar. Los días siguen pasando. Joaquín ha estado bien, yo me animo.

Estoy leyéndole cuando noto que empieza a sangrar.

—¡Sor Ana, sor Ana de Jesús, venga, rápido!

Para cuando llega a la habitación la monja que estaba de guardia, un charco colorado ya cubre a Joaquín

—¡Córrale! Joven Manuel, traiga a alguno de los doctores, ya tienen instrucciones del doctor Marañon.

Salgo volado, dos de los médicos asilados están platicando, apenas terminaron las consultas que dan a diario. Les aviso, sin importar si los molesto, los apremio a seguirme. En un santiamén ya están con Joaquín. Las improvisadas enfermeras entran y salen, la puerta–cortina me impide ver lo que pasa adentro. Tomo asiento en el suelo, me recargo contra la pared. Pierdo el sentido del tiempo. Una religiosa me avisa:

—Ya detuvieron la hemorragia. Perdió demasiada sangre y está muy débil. También ya le bajó la fiebre, muy poco, pero ya lo lograron. Ya puede pasar, hágale compañía. Él no le va a responder, está agotado, pero a la mejor sí lo escucha.

Me quedo velándole el reposo. A ratos pienso que ya se fue porque se queda quieto, de repente vuelvo a escuchar su lenta y débil respiración, entonces su tórax sube y baja a ritmo irregular.

Se consiguieron algunos de los alimentos que listó el doctor Marañón, la monja en turno se los lleva a la boca, hasta los líquidos se los dan con cuchara. Después de varios días me llevo una agradable sorpresa, entro a su cuarto y él está medio sentado, recargado en la primitiva almohada, con débil voz me pregunta.

—¿En dónde están las de harina?

Me lleno de alegría, de esperanza. Sin embargo, a la siguiente madrugada mi amigo empeora. La religiosa en turno sube a nuestra recámara y, alarmada, explica por qué nos despierta.

—Tiene un choque, no retiene los líquidos.

Estamos con él. Joaquín está inquieto, se mueve sin cesar.

La religiosa le pone un crucifijo sobre el pecho. Mi madre toma asiento a un lado del camastro, le toma la mano, le da besos, le pasa la mano por la frente, le dice que ya descanse, que se lo merece, que por sus papás no se preocupe y que yo estaré bien, que él va a estar bien, que todos estaremos bien.

La madrugada es larga, por fin amanece.

Joaquín trata de decir algo.

—¡Manuel!

Me le aproximo y le tomo la otra mano. Ahora sí logra poner una gran sonrisa, afloja el cuerpo y se queda como dormido, con la respiración apenas perceptible.

De pronto levanta un poco el cuerpo y mucho la cabeza, abre los ojos, fija su mirada en algo, yo pienso que en el techo, pero me doy cuenta de que no así porque, súbitamente, pronuncia con toda claridad una palabra. Una sola:

—¡Abuela!

Los presentes nos quedamos petrificados, sorprendidos de lo que acabamos de vivir. La expresión de dolor, de sufrimiento, de temor que tuvo su rostro desde que lo trajeron del hospital y que se acentuaba a ratos cambia radicalmente desde el instante en el que su cabeza cae sobre la burda almohada.

Solamente porque expira, porque varios presenciamos la escena, sé que no es idea, o ilusión, o invento mío. No hay duda: Joaquín está muerto. Lo confirma uno de los médicos asilados. Si no fuera así, diría yo que entró en un profundo, delicioso, tranquilo, cómodo y suave sueño.

Ese último esfuerzo sobrehumano, el que hizo para voluntariamente reunirse con su abuela, con el que pasó de una vida a la otra, fue el último regalo que me dio. Gracias Joaquín. Aparte de esa amistad inquebrantable, me acabas de dar una prueba fehaciente de la existencia de la otra vida, la eterna.

Siempre tuve temor de que llegara este momento. Hoy que es realidad mis sentimientos son encontrados: me invade una sensación de alivio porque sé que ya no sufre, pero al mismo tiempo no quiero ni pensar que ya no conviviremos, ni platicaremos más, la vida terrestre se acabó para él.

Esta aciaga, tremenda, horrible, absurda guerra truncó otra vida. Uno más.

Las religiosas salen y entran, prenden velas, inician rezos. Mis padres se retiran, yo me quedo con él, con ellas. No sé cuántos rosarios habrán dicho, ellas lo preparan, mi madre va y viene, en una de sus visitas me da un beso y me dice:

—Su madrina le manda decir que está rezando por usted.

Mi mente le platica a mi amigo.

En este improvisado cuartito que ahora es capilla ardiente reina una misteriosa quietud.

Papá regresa cuando ya está oscuro y nos avisa.

—Ya preparamos su sepultura, llegó el momento.

Entran varios hombres. Todos trabajan en la embajada. Cargan el improvisado colchón en el que reposa el cuerpo inerte que está cubierto de pies a cabeza con una sábana. Los que formamos parte del cortejo fúnebre nos dirigimos en silencio hacia el jardín que da al portón de entrada, pasamos frente al zaguán, nos encaminamos hacia la esquina de la casa que está más alejada de la calle Hermanos Bécquer y rodeamos la construcción por el pasillo exterior que nos lleva hacia el jardín trasero.

Está fresco. La luna ilumina perfectamente, todos sabemos adónde hay que ir: vamos al fondo del jardín de abajo, a la parte que colinda con la barda más alejada de la casa. No es el primer entierro, hay varios sepultados ahí. Algo llama mi atención porque, cuando levanto la vista, en el quinto piso de uno de los edificios que tienen vista al jardín de la embajada, una mujer nos observa. Noto que se persigna pero, al notar que la observo, desaparece, y cierra la ventana.

Mi madre ya está junto al pozo, también el padre Muño-Yerro. Ella cubre su cabeza con una mantilla larga y negra, la detiene una peineta, llora a mares, yo me sorprendo porque me doy cuenta que no he derramado ninguna lágrima, aunque estoy deshecho.

Don Luis Alonso pronuncia unas palabras y dirige unos pocos rezos, al tiempo que el sacerdote bendice el cuerpo. Cuando van a empezar a bajarlo me adelanto y le digo a mi padre.

—¿Puedo?

—Sí, hijo. Claro que sí.

Abro un poco la sábana que lo cubre y le pongo sobre el pecho el Sandokan que todavía tiene en su interior las hojas membretadas, aunque ahora ya no están vacías. Están llenas de letras mías.

Los nuestros lo bajan con cuidado y echan tierra encima. Ninguna tumba tiene cruz o nombre.

Hay cosas que pasan en las guerras que solamente los que las vivimos sabemos. ¡Vaya que sufre uno al sacarlas!

XVII.   Presiones

Día con día, y a pesar de que siguen peleas y no faltan enojos, intrigas e insultos, el miedo, el sufrimiento, el hambre, el frío, el dolor, la impotencia han hecho su parte, porque nos hemos unido.

El que no cambia es el tal Gonzalitos, que sigue dando mucha lata. También estamos atentos de lo que decimos frente a doña María Bingham, la enfermera roja, aunque ella casi no está en la embajada: va y viene, entra y sale cuando quiere, es su casa. Cuando estalló la guerra ella estaba aquí, en Madrid, y cuando llegamos a Madrid ella estaba en Francia. Cuando está aquí va todos los días con los republicanos, trabaja con ellos y no sabemos si les lleva información, por lo que tenemos que ser cautos.

Ella y su esposo, el canciller Urquidi, viven también en el Palacio Béistegui. Hoy vino ella a Hermanos Bécquer. Alcanzo a escuchar que le dice a su marido que va al frente de batalla y que tardará en regresar varios días, que no sabe cuántos, da media vuelta y se va.

El canciller está molesto. Viene hacia mí y me dice:

—Le voy a dar un consejo: no se case.

Ese mismo día me encuentro a la llorona de mi hermana hecha un mar de lágrimas.

—¿Ahora qué? —le digo.

Ella no quiere hablar, insisto, finalmente tengo éxito. Me dice que unas señoras platicaban y que mencionaron que cualquier día de estos doña Esther no regresa. Mi hermana dice entonces:

—Mamá se va a morir. No quiero que se muera.

Aunque no puedo negar que yo también lo he pensado, trato de explicarle que se sentirá mejor haciendo el mismo ejercicio que yo —ese, el de levantar un muro—, pero no la convenzo. Será porque yo mismo no puedo lograrlo. Menos cuando nos damos cuenta de que nuestra madre sale al peligro cada vez más seguido porque va en busca de alimentos.

Para esas tareas la embajada consiguió un camioncillo Ford, que se considera también diplomático en el que ondea la bandera, y aunque está pintado con grandes letras blancas el nombre MÉXICO, y a pesar de que mi madre, como esposa del embajador tiene salvoconducto, y de que siempre la acompaña un militar mexicano, pueden surgir dificultades. El problema no es solamente que los republicanos la detengan y que por alguna estupidez no reconozcan su calidad de diplomática, sino que nada la protege contra las bombas, las ametralladoras o los francotiradores.

Es de noche y no puedo dormir. Menos con la plática de mis papás. A ella la siento derrumbada.

—Cada día tenemos que dar las raciones más pobres. —le dice ella con voz angustiada—. Ya estamos pasando hambre. A eso hay que sumarle que es más complicado conseguir alimentos, día a día entra más gente y también aumentan los enfermos. Dicen que, allá afuera —la piel se me pone chinita mientras escucho—, la gente ya está comiéndose a los gatos y a los perros.

Mi padre se levanta y empieza a caminar por el cuarto. Como al mismo tiempo enumera conceptos, me da la impresión de que seguramente no se dirige a mi madre, sino que más bien piensa en voz alta.

—La comisión de abasto del cuerpo diplomático no ha surtido lo que solicitamos, por más oficios que enviamos.

»Con una parte de lo que entró por la venta de la casa de México pagué adeudos que tenía allá mismo, en México, y otra parte es la que estamos usando. Y está volando.

»Prácticamente ya se acabaron las pesetas que traje de Francia, las que quedan se devalúan diariamente.

»De México no contestan nuestra petición de girar mínimo mil dólares al mes.

Su análisis de la situación en voz alta prosigue:

—La mayor parte de los asilados evitan dar algo para su propio alimento. Ayer hice cuentas con don José y tuve que poner diez mil pesetas más.

—¡Diez mil más! —exclama mi madre—. Entonces tenemos dos problemas y no solamente uno: el dinero y el abasto.

Trato de no moverme. No quiero que noten que estoy despierto. Ambos están muy desazonados y no es para menos. De pronto, mi padre cambia de actitud y dice, animado:

—Esther, escucha, esa es su estrategia, es su plan —enfatiza—: Lo que traman es que claudiquemos, que ya no sigamos, nos están presionando para que saquemos a la gente a la calle.

—¡Eso nunca! —dice mi madre, sin reflexionar.

—Por supuesto que eso nunca —afirma mi padre—. No vamos a entregar a ninguno.

Lo que apenas acaba de pasar por su mente hace que cambie el tono de preocupación por el de efervescencia. Un entusiasmo que lo lleva a tomarla de las manos y decirle con mucha intensidad:

—¡Ánimo Esther! El problema es realmente uno, solamente es el abasto. Haremos todo lo posible para no llegar al extremo de comer perros, gatos ni ratas. Ya verás, algo se nos ocurrirá. Anda —prosigue, ya más sereno—, trata de dormir. Los problemas se ven más negros en la noche: mañana será otro día.

Se besan, se acuestan muy juntos uno del otro y todavía escucho cuando mi padre le dice:

—Que la presión no nos saque de balance.

Por la mañana, mi padre sale a una reunión diplomática a la embajada chilena.

Mi madre tiene su propia junta.

—Cueste lo que cueste —dice, firme—: Por favor, don Antonio, consiga antes que nada leche condensada, esa no puede faltar. Como bien sabe, son muchos los pequeñitos que tenemos. No solo los que han nacido aquí, sino también los que siguen llegando.

—Sí, doña Esther, lo sé.

—Imagine que todavía está en pie su bombardeado café María Cristina, que brilla y luce esplendoroso, que está repleto de comensales el Salón Luis XVI. Ahora, imagine qué es lo que debería hacer para conservar llena su alacena y póngalo en práctica con la nuestra, verá que conseguimos alimentos.

—Sí, doña Esther, así lo haré— le dice, con un tono que revela lo seguro que está de salir airoso de esa nueva y difícil tarea.

Apenas ha pasado una hora de que mamá y el capitán Ruiz se fueron por el cargamento cuando se escuchan motores de aviones y la artillería empieza a lanzar obuses. El que fuera dueño del famoso café madrileño suda a mares y su angustia también es la nuestra. Horas después, cuando los artefactos explosivos cesan de caer, chillan de nuevo las alarmas y de inmediato empieza a sonar el ulular de las ambulancias. Son los signos de que ya podemos salir de los sótanos.

Sin embargo, todos estamos tensos, seguimos silenciosos. No han regresado ni el embajador ni su esposa, las mentes de todos los que estamos adentro del refugio, sin duda, están en lo mismo.

Pasa el tiempo, siguen sin llegar, mi hermana llora, empiezo a tratar de poner ladrillos a mi muro, empiezan escucharse más y más Padres Nuestros y Ave Marías en todos los pisos.

Suena un claxon. Baldomero abre el portón.

Es mi padre.

En cuanto entra nos dice que le fue imposible llegar antes, primero a causa de los bombardeos y después porque los destrozos ocasionados impedían el paso del automóvil. Porque sabe que las bombas cayeron en este rumbo, por eso nos pregunta que quién acompañó a mi madre y noto que, en su silencio, aprueba que haya ido con ella el capitán.

Pasa el tiempo. Igual que todos nosotros, mi padre está pendiente de los movimientos de entrada. Para aliviar la tensión se ocupa haciendo un recorrido de inspección para evaluar los daños sufridos por la construcción, que afortunadamente no pasa a mayores.

Finalmente escuchamos los esperados y deseados sonidos. El claxon. El portón. Somos multitud los que estamos expectantes. Al volante del camioncillo viene mi madre, junto a ella, con el arma en alto y el cartucho cortado, está el que velaba por sus vidas.

¡Misión Cumplida!

Se le nota agotada, pero tiene todavía fuerzas para decir.

—¡Voluntarios!

El milagro se hizo. Traen doscientas libras de leche condensada, diez piezas de queso de bola holandés, ciento cincuenta kilos de judías escarlatas, otro tanto de lentejas, veinte kilos de café, cuatrocientas latas pequeñas de sardinas, doscientos cincuenta kilos de azúcar, trescientos cincuenta de patatas, cincuenta de fideos, cincuenta de macarrón delgado y muchísimos cubitos de caldo.

Las alacenas quedan al tope. Hay comida para varios días. Sin embargo, somos tantos a alimentar que los viajes de mamá tienen que continuar y las salidas del embajador también. En tanto, los bombardeos no cesan, sino que incluso se incrementan.

Me dice Navarro:

—Apóyeme. El señor embajador pide que vengan a su despacho los que trabajamos en la embajada, tanto los que estamos aquí como los que están en Fortuny —y me instruye algo fuera de lo común—: Que las señoras también se presenten. Trate de comunicarse con el mayor Clavé, insista hasta que logre la llamada. Y que también se presente el tercer secretario, Francisco González, junto con su señora esposa.

—¿Se convoca también al cónsul Vila?

Me contesta afirmativamente. Tengo curiosidad. Mucha curiosidad. No me aguanto y le pregunto

—¿Qué pasa?

—¡Ándele! —me apura, en vez de contestarme—. El señor embajador quiere que estemos todos en su despacho lo antes posible.

La comunicación con Fortuny la logro sin problema y, en menos de lo que canta un gallo, ya están presentes los convocados. Más un servidor, el colado.

—Señores y señoras —dice mi padre—, gracias por venir. Los mandé llamar porque la situación es grave. El nuevo gobierno republicano abandonó Madrid y se trasladó a Valencia. En consecuencia, se nos solicita a los cuerpos diplomáticos que evacuemos las embajadas y que nos traslademos a esa ciudad.

Por unos momentos reina el silencio. De pronto, alguien lo rompe:

—¿Solamente nosotros?

—Sí, solamente nosotros —dice mi padre—, nuestro personal y nuestras familias. De México nos hacen la misma indicación, que nos vayamos a Valencia —después de una pausa que emplea para verle a todo mundo la expresión, prosigue—. Debo decirles que llevo un tiempo pidiendo a México que deje de exigírseme que entregue un listado de los asilados, que no sabemos para qué quieran. Hace pocos días, y a pesar del apoyo dado por el embajador don Alfonso Reyes en ese sentido, se me ordenó tajantemente entregarlo —y especifica—: Al gobierno español no se lo entregué, faltaba más, pero a México sí lo tuve que enviar.

—Eso quiere decir que los asilados no van a Valencia —dice alguien—. Se quedan en Madrid.

— Así es —responde mi padre—, no pueden ir.

El silencio reina nuevamente. De pronto, como borbotones, en todos los tonos y timbres de voces, de todas las bocas comienzan a surgir las protestas:

—¡Son seres humanos!

—¡Confían en nosotros!

—¡México no puede dejarlos a la deriva!

—¡Meses y meses hemos luchado por ellos, no los abandonaremos!

—¡Nos quedamos!

—¡No nos vamos!

Los ánimos de los funcionarios y de sus esposas se caldean, hasta que mi padre levanta los brazos solicitando silencio. Al lograrlo, da una instrucción en voz alta y frente a todos:

—Navarro, tome nota:

Gobierno abandonó Madrid secretamente avisando cuerpo diplomático dos días después, únicamente cubrir formas. Madrid constituyose junta defensa presidida general Miaja actuando independientemente gobierno Valencia. Por tanto situación política aquí francamente anárquica, aunque militarmente defensa Madrid parece haberse fortalecido con unidad mando que ha

LEVANTADO MORAL GUERRERA CASI PERDIDA MILICIANOS. A PESAR DE CIRCUNSTANCIAS DE GRAVE PELIGRO AQUÍ, MI FAMILIA Y LAS DEL RESTO FUNCIONARIOS, EMPLEADOS EMBAJADA DESEAN PERMANECER NUESTRO LADO HASTA DESENLACE DEFINITIVO, MANIFESTANDO POR MI CONDUCTO SINCERO AGRADECIMIENTO SU BONDADOSO OFRECIMIENTO, QUE SI CIRCUNSTANCIAS PERMÍTENLO PODRÍA APROVECHAR MÁS TARDE. ADEMÁS MIS FAMILIARES ENCUÉNTRANSE AQUÍ TODAVÍA SIGUIENTES SEÑORAS DE LA EMBAJADA URQUIDI, SOMUANO, GONZÁLEZ, GUERRERO, CLAVÉ. COMO MANIFIESTO A USTED EN CABLE ANTERIOR, DEJAR EMBAJADA ACTUALES MOMENTOS SERÍA ENTREGAR ABSOLUTO DESAMPARO NUMEROSOS REFUGIADOS AMBOS BANDOS QUE ESTÁN ACTUALMENTE BAJO MI PROTECCIÓN, CONSIDERANDO POR TANTO DEBO PERMANECER AQUÍ HASTA DECÍDASE SUERTE MADRID.

Los presentes aplauden. A mí me complace la decisión unánime de permanecer en Madrid, pero también me atemoriza.

Me dirijo al cuarto de mi madrina, necesito platicar con ella. Al pasar, noto que hay gente en el oratorio. La escucho toser, lo que me dice que ella está en su recámara. Toco con los nudillos, escucho su voz.

—¡Adelante!

Está tejiendo, sentada en una mecedora. Me saluda con un anuncio:

—Ya recé hoy mi rosario por Joaquín.

—Gracias, muchas gracias, madrina —al mismo tiempo que le digo esto le planto un sonoro beso; ella tose y tose y vuelve a toser—: Como que le debe de dar a atención a esa tos, ¿no?

—Si hijo, —me dice—, ya me están atendiendo.

—Mamá Coca —cambio el tema de la conversación—, ¿quiénes están en el oratorio?

—Poco a poco empezó el peregrinar —me dice, entre tos y tos—. Se quedan solo un momento y se van. Lo platiqué con Esther, ella identificó que los que subían son republicanos —ríe al ver mi cara de sorpresa—: Sí, lo mismo piensa su madre —luego de la interrupción sigue con el relato—: Después, comenzó el subir de los otros, suponemos que ya no tienen miedo de ser delatados, ni unos ni otros. Sólo porque lo veo lo creo, aunque para evitar problemas quedé con Esther en hacer como los monos sabios: no veo, no escucho, no hablo —dice, y al mismo tiempo hace las poses de los changos.

Por lo pronto, el oratorio permanece abierto. Dos veces por semana viene el padre Florindo de Miguel y día a día aumenta el número de gente que se confiesa, ya sea con él o con el padre Gutiérrez, que es uno de los asilados. Todo indica que muchos saben que es sacerdote y lo mismo sucede con alguno de los cuatro seminaristas misioneros del Inmaculado Corazón de María que disimuladamente imparten clases de catecismo.

Algo inexplicable acontece. A Esperanza Guadalupe le ponen medallas. De los dos bandos suben al oratorio. Va en aumento el número de confesiones. Hasta nuestro diplomático rojo, el doctor Nivón López, ahora atiende y arriesga su vida por cualquier español que lo necesite sin averiguar el bando al que pertenece. Aunque sigue dando lata, ahora de otra índole: mi madre está molesta porque anda enamorando a su costurera, que es casada.

A propósito de Nivón López, tengo que preguntarle algo a Navarro. Le doy un beso a mi madrina y voy en busca del secretario.

—Oiga Francisco —le digo cuando lo encuentro—, dicen que se las vieron negras Nivón, el comandante Somuano y el capitán Leobardo C. Ruiz.

—Bien negras.

—¿Qué pasó?

—Llamó Helfant, el de Rumania, que es también secretario general del cuerpo diplomático. Me explicó que acababan de enterarse de que los republicanos iban a asaltar la embajada alemana y acordaron repartir a los asilados que ahí había. A nosotros nos tocaron varios, entre ellos el aviador Molina, la marquesa Espinoza de los Monteros y un pariente de ella que está muy enfermo. Helfant —dice, agobiado— terminó la llamada diciéndome: «no quiero presionarlo, Navarro, ni tampoco apresurarlo, pero el señor embajador Pérez Treviño me pide que le diga que mande por ellos de inmediato». Entonces me dijo la contraseña previamente convenida con el señor embajador para casos similares.

O sea que, fuera como fuera, urgía.

—Mandé dos coches de la embajada —continúa—. Se fueron los choferes, más Ruiz, Somuano y Nivón.

—¿Y qué pasó?

—Que tuvieron un incidente violento. Cuando arrancaban para acá, los milicianos trataron de bajar a los que trasladaban, sin importarles que ya estuvieran arriba de nuestros automóviles. Los nuestros se opusieron, se sacaron las pistolas ametralladoras y hubo disparos. A ellos quién sabe cómo les fue, pero de los nuestros ni siquiera hubo heridos.

—¡Ándale! —digo, emocionado.

Navarro continúa:

—Ya sabe, esos automóviles son suelo mexicano y había que defenderlo como fuera. El embajador ha tenido que ordenar que se tomen medidas drásticas después de los sucesos de estos últimos días, como el asesinato del encargado de negocios de Bolivia, los asilados a los que sacaron de la embajada de Finlandia y que después asesinaron, el tiroteo al automóvil de Polonia, las numerosas casas incautadas a ciudadanos franceses y, en general, la falta de garantías para todos nosotros.

Hoy tenemos viaje al Palacio Béistegui. Me autorizan a ir en el automóvil, pero solamente nos dan veinte minutos. Al llegar allá, pregunto por el mayor Clavé, pero no está, me dicen que salió con el embajador, que fueron a tratar de sacar a alguien de una checa, por lo que opto por visitar a don Gonzalo Fernández de Córdoba. Me indican que está de guardia, en el blocao.

A la provisional fortificación le dejaron un hueco que da hacia la Castellana. Desde ahí se turnan para vigilar y proteger ese lado del Palacio. En total son siete los que están con don Gonzalo, todos armados. Él está sonriente, ufano. Sin más trámites me presenta con sus compañeros:

—Estos son algunos miembros de nuestro batallón —conforme los va nombrando, los aludidos se levantan y me estrechan la mano—: Méndez Paradas, García Cernuda, Soler, Mosso, Echánove, López Blanco y Pérez del Camino.

Terminada la presentación, me dice:

—La alerta es roja en este momento, estamos en guardia permanente porque están asaltando las embajadas para sacar y matar a los asilados.

—Sí, don Gonzalo, lo sé.

Entonces me muestra una pistola y dice:

—¡Qué bien se siente volver a tener un arma en las manos y poder defenderme! —corrige—: Defendernos, más bien.

Le pregunto con curiosidad:

—¿Cómo fue que les dieron las armas?

—El embajador dio la orden. Sin levantar sospechas, disimuladamente se levantó un censo de los que teníamos armas en nuestras casas, autorizamos que las trajeran, explicamos a detalle en dónde las teníamos escondidas, lo mismo que cartuchos o municiones . De la embajada fueron a buscarlas, y entonces pasamos por otro sinfín de preguntas. La primera fue en relación con quiénes éramos militares. A los que lo somos, aunque estemos retirados, como yo, así como a otros que no lo son, se nos hizo otro interrogatorio y así fueron determinando quiénes podíamos estar armados y quiénes no. Entonces se nos hicieron otra clase de pruebas y nuestras respuestas nos fueron llevando a oferta, promesa y finalmente al compromiso o juramento. «¿Se comprometen a defender el territorio mexicano?», nos preguntó con toda solemnidad, a lo que respondimos en el mismo tono: «Sí, señor embajador». Después nos dio una orden: «Señores, nadie entra sin mi autorización. No los vayan a matar como conejos».

—¡Sí que sí! —le digo, eufórico al escuchar una de las frases de mi padre. Entonces platico con ellos someramente, porque se me termina el tiempo autorizado. Les cuento un poco sobre las veces en las que me invita mi padre a pasar revista allá en el rancho, en Coahuila.

Las mismas causas que provocaron la alerta roja hacen que haya también un intercambio de escritos entre nuestra embajada y el gobierno republicano. Para reforzar su postura todavía más, mi padre manda publicar un desplegado en los periódicos, en el que fija la posición de México en relación con el asilo y los derechos del hombre.

Días después se recibe respuesta del gobierno republicano pidiendo disculpas y diciendo que no volverá a suceder. Al respecto, el mayor Clavé me comenta:

—Eso está por verse. Tengo mis dudas de que así será.

XVIII. EL TESORO ESPAÑOL

Es diciembre. Hace frío, hay junta, yo hojeo distraído el primer número de *El Mono Azul*. Trae engrapada una tarjeta de presentación de un tal señor Rafael Alberti, que hace unas semanas mandó esa revista como obsequio.

Llego a escuchar que el canciller Urquidi —que es uno de los que está citado a la junta—, dice:

—Es mejor aquí que en Fortuny.

—Queda solamente un sótano sin gente —comenta Nivón López—. Es el más amplio, ahí adentro está concentrado todo lo que se quitó de la casa y también lo que había en los otros sótanos.

—¿Se podrá cerrar la puerta con llave? —le pregunta mi padre.

—Sí, señor —el que le contesta es Navarro—. Ya tiene candado, yo guardo la llave.

—Entonces, ¿alguien tiene una mejor idea?

Nadie. Así lo deja ver el silencio que guardan los presentes.

—¡Ya está! —dice, y nos lanza la instrucción—: Hay que hacer espacio, que los apoyen Lopitos, Mariano, Enrique y Modesto.

Para ese momento yo ya no leo la revista cultural. Estoy más que pendiente de lo que dicen, me atraen los misterios y este me parece un pez gordo, por lo que me ofrezco como voluntario.

—Mi general, ¿puedo ayudar?

—Sí, Pérez, póngase a las órdenes de Navarro.

Están por dar las siete de la mañana cuando entra al patio interior de la embajada un camión de redilas muy maltratado, con una capota de lona que cubre la carga.

Baldomero cierra los dos batientes del portón. Todavía está oscuro —como sucede cada diciembre— cuando empezamos a bajar la carga. Son un sinfín de ficheros y carpetas para folios, la mayor parte de ellas metidas en cajones, otras vienen sueltas. Se nota que los cajones fueron sacados de tres diferentes muebles porque unos son de madera clara, otros de madera oscura y otros son grises, de acero.

Tratamos de hacer el menor ruido posible, porque la mayor parte de la gente todavía duerme. Sin embargo, nos vemos forzados a despertar a los que están tumbados tanto en vestíbulo de entrada como a los que ocupan las escaleras que bajan a los sótanos.

Navarro saca la llave y abre el candado, entramos. Está tenebroso, frío, húmedo. Mariano dice:

—Espero que no me salte una rata.

Lopitos le dice:

—Que te salte no hay problema. Que te muerda, eso sí.

Navarro prende una linterna y va hacia donde sabe que están los focos, a medida que los va apretando van dando luz. Así lo hace con varios que, desnudos, cuelgan de unos alambres de cobre que surgen del techo.

Al ver que en el sótano ya no hay lugar para meter más cosas, se me sale decir:

—¡Híjole! ¿Cómo vamos a acomodarlos, si ya está a reventar?

—Tendremos que reacomodar lo que está adentro y hacer lugar —me responde Nivón López.

—Que por ningún motivo se vaya a mojar o a humedecerse esto —nos instruye Navarro—. Haremos espacio para que queden en alto y no toquen el suelo.

—¿Cómo vamos a hacerle? —Lopitos se quita la boina, se rasca la cabeza—. ¡Está de locos!

—¡No se rajen! —nos anima Modesto—. Todo cabe en un jarrito sabiéndolo acomodar.

Comenzamos a mover esto de aquí para allá y aquello de allá para acá. Después de trabajar mucho tiempo, se vislumbra un espacio que posiblemente es suficiente para que quepan las cajas.

Empezamos a meter ahí los cajones. Y pienso.

¡Vaya que pesan!

Mariano se fija en algo que los demás pasamos por alto.

—Miren: este trae un letrero —y lee en voz alta—: RMP. ROMANCERO SIN VALOR PECUNIARIO.

—¿Qué es eso de «pecuniario»? —pregunta Enrique.

Navarro le explica:

—Que no tiene valor comercial.

—¡Cómo! —exclama Modesto—. No tienen valor y nosotros aquí echando la gota gorda.

Enrique se pone a revisar. Busca más letreros en los otros cajones y encuentra algo, porque nos dice:

—El letrero que está en los cajones de madera oscura dice algo parecido. Yo creo que han de ser papeles de algún doctor.

—¿Y por qué piensa eso? —Modesto le sigue la plática.

—Porque dice —lee Enrique, muy serio— HISTORIA DE LA LENGUA.

Navarro y Nivón ríen a carcajadas. Los demás nos quedamos en ascuas, no entendemos la gracia.

A pesar de la humedad, vuela un polvillo que a algunos nos hace estornudar. Modesto sugiere que nos cubramos la boca y la nariz con un pañuelo.

—No vayamos a morirnos como los descubridores de tumbas egipcias.

—Esto es viejo, pero no tanto —comenta Lopitos que, haciéndose el gracioso, dice, con un sonsonete que a todos nos es familiar—: Le cambio su nueva por mi vieja.

Todos echamos la carcajada.

Una hora después yo me arrepiento de haberme ofrecido como voluntario. Me duele todo, estoy empapado en un sudor pegajoso y tengo hambre. Estoy tentado a decir «ahorita vengo» y no regresar, pero sé que me tacharán de coyón y para siempre se burlarán de mí. No puedo huir. El hijo del embajador no puede hacer el ridículo. No tengo de otra, así que sigo igual que ellos, acomodando y desacomodando, cargando, moviendo. Pienso.

¡En mala hora!

Lo que hay que mover son cuadros, mesas, sillas, tapetes, lámparas. Todo lo que puede uno imaginar y hasta lo no imaginable.

Por fin nos traen algo de comer. Un pedazo de pan blanco para cada uno y, de beber, agua. Lo que me cae mejor es el rato para descanso. Tanto así que se me olvida que han pasado varias ratas junto a nosotros y me tiro sobre los tapetes persas.

Después de un rato, a seguirle dando. Tratamos de una forma y después de otra, no solo que quepa todo en el jarrito, sino que quede como debe ser, pero no lo logramos. Hace ya mucho tiempo que se nos quitó el frío, ya estamos todos sin camisa, el sudor escurre por nuestros cuerpos, el mío, y supongo que el de todos, es gris, por causa del polvo volátil que se nos pega por doquier.

Escuchamos pasos que bajan por la escalera. Entra mi padre, viene acompañado de uno de los asilados. Ahora comprendo. RMP son las iniciales del dueño de los archivos. Ramón Menéndez Pidal. Es su trabajo lo que se está resguardando.

Los recién llegados se dan cuenta de la desastrosa situación. Todo está patas para arriba. Para ayudarnos se incorporan al equipo, aunque ellos de manera solamente pensante. Nosotros, sudante.

De pronto, los recién llegados reparan en un armario que está al fondo del sótano y que está empotrado. Abarca de piso a techo. Nos piden abrirlo, revisan lo que hay adentro y ordenan vaciarlo. Salen entonces vajillas de porcelana de origen francés, chino e inglés. También aparecen varios estuches de madera que guardan juegos de cubiertos, sacamos además jarras, platones, platos, copas y centros de mesa, floreros y ceniceros de diferentes tamaños. Reviso y compruebo lo que me imaginaba, que todo lo que es de plata tiene marcado el .925. Al final aparecen unos juegos de vasos y copas, la mayor parte tiene grabado BöHEM, lo que denota que es cristalería checa.

Mi padre toma medidas de los cajones y del armario, empieza a hacer cálculos matemáticos, hace sumas, restas, multiplicaciones, divisiones y supongo que también saca raíces cuadradas. Finalmente dice, satisfecho:

—Sí caben.

Entonces inicia sus croquis para instruirnos sobre cómo acomodar los ficheros, las carpetas y los cajones. Lo que se saca se meterá en cajas.

Sudamos todavía más. Igual que un rompecabezas poco a poco se va armando el contenido del armario. Finalmente se escuchan suspiros y signos de alegría, de satisfacción. Modesto dice, contento:

—Ya ven, todo cupo en el jarrito.

Mi padre le da el candado a don Ramón, que lo cierra y pega sobre el armario otro letrero que dice algo similar a lo que venía ya puesto en algunas cajas. Voltea hacia nosotros y nos dice:

—Gracias a todos por el esfuerzo realizado —a mi padre le dice—: Señor embajador, porque usted ya no estará para salvaguardar nuestras vidas, dado que le ordenan que deje esta embajada, ahora sí podemos partir mi familia y yo porque esta obra que es *El romancero*, junto con la *Historia de España*, queda protegida, ya duerme en suelo mexicano —y termina diciéndole—: Don Manuel, nunca seré bastante agradecido a usted y a México.

Se dirige hacia la salida, pero se detiene y nos sorprende porque avisa que va a recitar un romance viejo que se llama *El Prisionero*:

Que por mayo era por mayo,

cuando hace la calor,

cuando los trigos encañan

y están los campos en flor,

cuando canta la calandria

y responde el ruiseñor,

cuando los enamorados

van a servir al amor;

sino yo, triste,

cuitado,

que vivo en esta prisión;

que ni sé cuándo es de día

ni cuándo las noches son,

sino por una avecilla

que me cantaba al albor.

Matómela un ballestero;

¡dele Dios mal galardón!

Los aplausos brotan de nuestras manos, él y mi padre se dan un fuerte abrazo. Se me hace un nudo en la garganta.

Al ir saliendo del sótano dice Lopitos, en el momento en el que se quita y se pone de nuevo la boina:

—Pues sí que han de costar mucho todos estos papeles, si nos hicieron sacar tanta plata y porcelanas.

—Efectivamente —le contesta Navarro—, unos pensarán que no vale nada, pero vale más que todo el oro del mundo.

Seguimos subiendo. Navarro se detiene y, cuando paso a su lado, me pregunta en voz baja.

—¿Sabe quién fue Goya?

—Sí, claro.

Entonces me dice:

—Aquí también está asilado un Goya —al ver mi cara de sorpresa, me dice—: Uno de estos días se lo enseño.

Don Ramón Menéndez Pidal debe de andar por los setenta años de edad. Es delgado, bajo de estatura, tiene barba abundante que se junta con el mostacho que termina en puntas y ambos están salpicados de canas. Su pelo le cubre solamente la parte de atrás de la cabeza y su nariz recta sostiene dos aros, son dorados con vidrios de aumento. Son sus lentes. Me intriga cómo le hace para que no se le caigan.

Camina despacio, habla pausado, escucha con atención cuando uno le habla y su plática es más que interesante.

Tanto él como su esposa María y su hijo Gonzalo se asilaron a mediados de octubre. Aunque ya es diciembre y tanto ellos como nosotros estamos por dejar la embajada, después del suceso del armario ya me identifica y, de vez en cuando, nos reunimos y me cuenta algunas de las muchas cosas que sabe.

Una mañana lo alcanzo cuando baja al sótano. Se ve que tiene dificultad para caminar porque se apoya en un bastón.

—¿Puedo ayudarlo?

—Sí, Manuel, gracias. Me apoyaré en su brazo. Por lo pronto, estamos en calma. No están cayendo bombas incendiarias como las que dañaron El Prado, el Museo Antropológico y la Biblioteca Nacional, así que voy a aprovechar y a seguirle dando: estoy elaborando mis ficheros sobre las lenguas de la España prerromana —piensa algo y me hace una petición—: ¿Podrá traerme unas velas? —y me explica—: Para mis cansados ojos la luz me es insuficiente y, aparte, las velas me dan calor. ¡Vaya que este invierno ha sido muy frío!

—Veré que puedo hacer por usted, don Ramón.

Regreso con una vela y con una linterna y también copio lo que hizo Navarro, aprieto los focos que están apagados y se va haciendo la luz. Don Ramón, asombrado, dice:

—Conque por eso estaba tan oscuro. Solamente había tres que iluminaban.

Ambos reímos.

Por nuestras pláticas me entero de que, en el año de 1900, él y doña María Goyi hicieron, durante su viaje de novios, la ruta del Cid Campeador, y que cuando estalló la guerra ellos viajaban a Madrid desde su olivar en Segovia.

Un día me atrevo a preguntarle.

—¿Cómo va a recuperarlo?

—¿A recuperar qué?

—El tesoro de España, Don Ramón.

Sonríe cuando escucha cómo llamo a su obra y contesta:

—¡Dios dirá! Lo importante es dejarlo resguardado y ya está: en cuanto yo salga de España me pondré manos a la obra para recuperarlo y, si es necesario, será mi esposa, o mi hijo, o alguien de la Academia quien lo recupere. No podemos quedarnos de brazos cruzados, haremos todo porque ese objetivo que tienen en esta guerra de matar la fe y el pensamiento no se logre. ¡Mi vida doy por eso!

Al despedirse me confesó.

—Ni siquiera se imagina cómo admiro a sus padres.

Y remató:

—Los hechos de la historia no se repiten, pero el hombre que realiza la Historia es siempre el mismo.

XIX.   DESPEDIDA

—Con gusto José María, lo único que nos impedirá asistir es que haya bombardeo.

Mi padre cuelga la bocina del teléfono, mientras mi madre espera a que le explique de qué se trata.

—Se han organizado Clavé y Urquidi para que no pase desapercibida nuestra partida —dice— y nos hacen una comida.

—Lo que más he deseado desde que empezó esta pesadilla es salir de ella —le confiesa mi madre—, pero ahora que llega el esperado momento, quiero quedarme.

—No tenemos opción —responde mi padre—. Desde mediados de septiembre mandó Cárdenas mi nombramiento, y de eso hace tres meses. Ya tengo sustituto, ya nombró a De Negri.

—¡Ese... tal... por...!

Mi padre no la deja terminar la frase, la interrumpe cambiando el tema:

—Por cierto, Esther, nos llevamos a las religiosas. A ver cómo las disfraza. Y también se van con nosotros los hijos de Rodolfo Reyes.

—Una angustia menos —dice mi madre—. No podría soportar saber que ellos y ellas se quedan, son los que corren más peligro con De Negri aquí. La verdad es que me preocupan todos porque ya son parte importante de nuestra vida. Me pregunto qué será de nuestra ahijada y de los otros bebés: ya pasan de setenta los menores a nuestro cargo, me aterra eso de que están arrebatándoles a la fuerza sus hijos a los padres y los manden a Rusia.

Jamás la había yo escuchado tan preocupada. Y continúa en el mismo tono:

—Apenas duermo por estar pensando en ese futuro, que pinta peligroso e incierto.

Lo que le platica mamá a mi padre es exactamente lo que a mí me sucede, porque paso las noches en vela pensando en qué será de Esperanza Guadalupe.

Normalmente, mi padre guarda para sí sus secretos. Esta vez hace una excepción y nos da algo a conocer.

—Estoy haciendo lo que puedo para que pronto salgan los asilados de España. Si los planes salen como pinta la cosa, para febrero, o a más tardar en marzo del año próximo, estarán los que así lo decidan, en Francia. Mi gente ya tiene instrucciones precisas y están de acuerdo: don Rodolfo Reyes se encargará que De Negri no obstaculice. Además, llevamos ya varios meses negociando con el gobierno republicano en ese sentido y vamos ya muy adelantados. Esté donde esté, seguiré pendiente, y no descansaré hasta que estén fuera de España.

Mamá se le acerca y lo besa. Ambos se abrazan, quedándose así por varios minutos.

A mí también me reconforta saberlo.

Llega el día de la comida. Está nublado y no se ha escuchado el sonar de los motores de aviones. Mi madrina no va, sigue enferma. Mi madre, mi hermana mayor y yo ya estamos listos. Algunos funcionarios no podrán estar presentes porque tienen que hacer guardia en Hermanos Bécquer.

—Esther, me voy a pie —anuncia mi padre—. Me hará bien la caminata.

Ella sabe los momentos en los debe darle su espacio y, aunque no se opone, pone jeta porque se preocupa.

—Pérez, ¿viene usted conmigo?

—Sí, mi general.

Mejor ni volteo a verla, seguro ya puso cara del doble de tamaño.

Emprendemos la marcha hacia el Palacio Béistegui. Son pocas las cuadras, pero largas, y además tenemos que cruzar La Castellana.

Es la primera vez que camino por las calles de Madrid desde que partimos a Fuenterrabía. Un silencio fantasmal nos rodea, pienso que en cualquier momento voy a escuchar el peculiar ruido que hacen los tranvías que transportan a los alegres y bien vestidos madrileños que van o vienen de sus empleos, pero en vez de eso veo rieles sacados del piso, barricadas compuestas por sacos, adoquines que fueron calle, hay ladrillos puestos de forma tal que nos obligan a hacer un rodeo para pasar por un puesto de revisión. Ya no hay vidrios en las ventanas que todavía quedan en los pocos edificios que siguen de pie. Reposan pedazos vidrios, de vigas y de ladrillos sobre la avenida por donde, un día, pasaron los caballos que abrían camino al Hispano–Suiza que llevó a mi padre a entregar sus cartas credenciales. Las calles están vacías de personas y de ruido. Me pregunto.

¿Cuántos de los que presenciaron ese desfile están vivos?

Se me borra la vista.

Una patrulla se acerca. Mi padre me indica.

—Camine con los brazos en alto.

Él levanta los suyos y los pone atrás de la cabeza, yo hago lo mismo.

—No les dé el gusto de que lo vean nervioso. ¡Aguante! No pasa nada.

Los salvoconductos siguen haciendo milagros, aunque los del puesto de control tardan en convencerse de que esos dos locos son el embajador de México y su hijo, que tranquilamente van a pie por La Castellana. Nos dejan pasar y, después de haber dado algunos pasos, mi padre me dice en voz muy baja y en francés:

—Haga como que no le importa que vengan dos siguiéndonos, solamente están comprobando que vamos adonde dije.

Pasa por mi mente nuevamente que en el Palacio Béistegui no hay bandera en la azotea, por lo que el peligro de que caiga una bomba en él es mayor que en Hermanos Bécquer. Me sorprendo al escuchar lo que me dice mi padre, porque muestra que está pensando exactamente lo mismo que yo:

—Lo que son las cosas: en la que sí hay bandera cayeron bombas. Lo bueno es que causaron pocos daños y no cobraron vidas.

Aprovecho el momento y le digo algo que desde hace días traigo entre cejas:

—Mi general, ¿puedo llevarme una de las puntas de obús?

—Sí Pérez —contesta—, empáquelo. Llévese uno de esos fríos y pesados recuerdos que nos cayeron del cielo.

Es reconfortante ir platicando, porque así no pongo atención a la destrucción que nos rodea. Somos los dos únicos sujetos que caminan por aquí; bueno, más los dos tipos a los que les ordenaron seguirnos. En tiempos de paz serían cientos los que estarían en la calle. Lo que yo percibí en los días de paz es que los madrileños se reunían con cualquier pretexto en restaurantes, cafeterías, parques, siempre en tertulias, reuniones, fiestas. Hoy todo es desolación.

Para el festejo en el Palacio Béistegui desocuparon varios espacios. Quién sabe en dónde habrán guardado catres, colchones, bultos, ropa. El espacio que algún día fue el imponente vestíbulo principal luce esplendoroso, ahí está expuesto nuestro lábaro patrio.

Nos invitan a pasar al comedor y nos sorprenden. Las mesas están puestas con vajilla de porcelana, vasos y copas de cristal. La comida de despedida es, por así decirlo, de manteles largos.

—Hoy amerita sacarlas —dice el mayor Clavé—. Para eso son, para usarse. Hoy somos, estamos; mañana, o al rato, Dios sabe, nadie puede asegurarnos si hoy mismo seguiremos con vida.

Me da gusto ver a don Gonzalo Fernández de Córdoba en su papel de jefe de cocina. Nos da también la bienvenida:

—A don Manuel y a doña Esther queremos despedirlos de manera especial. Gracias a ellos estamos con vida.

—Más bien —le dice mi padre— es gracias a muchos. Todo el cuerpo diplomático mexicano está con ustedes.

Sin más preámbulos pasamos a sentarnos.

—Pero, ¿cómo consiguieron tan deliciosos manjares? —le dice mi madre al mayor Clavé, que le comenta:

—En el mercado negro, Esther. Hace varios días que estamos sobre eso, la ocasión lo amerita. Hay para todos. Cada uno tendrá su rebanada de mortadela; eso sí, algo transparente, más una rebanada de papa, un pedazo de pan y, como postre, cebolla.

Al escuchar la palabra cebolla, mi madre dice:

—Me dijeron que tiene un sinfín de vitaminas, y sales minerales, fósforo, hierro, calcio, sodio, magnesio. Dicen que, gracias a que nuestra dieta ha sido a base de cebollas, hemos enfermado poco de los bronquios.

—Sin duda —concluye el mayor—. Tenemos muchos, pero tendríamos más.

Mi madre nota que todos están a la espera, como dictan los cánones: hasta que ella levante el primer cubierto, los demás lo harán. Entonces dice en voz alta, al mismo tiempo que toma el cubierto de plata propiedad de los Béistegui.

—¡Provecho!

A mi hermana mayor y a mí nos sientan en la mesa principal. Me sorprendo cuando me sirven vino: hay para todos, aunque en tan poca cantidad que apenas se ve el color rojo en las copas. Veo a mi padre y me guiña el ojo, yo hago lo mismo.

Mi madre quiere visitar a los cuatro niños que tienen tifoidea. Para que no se propague la enfermedad entre los asilados, habilitaron un lazareto en una parte lejana del jardín. Pasar a verlos es peligroso, además de por la enfermedad en sí, porque hay un espacio que queda en el campo de tiro de una ametralladora que está en una checa de la calle de enfrente.

El capitán Ruiz le dice:

—Creo que su deseo quedará en eso, doña Esther. Ellos están en el único lugar en el que logramos aislarlos porque sería fatídico que siguiera el contagio. La complicación es que, para llegar a ellos, tenemos que ponernos pecho a tierra: los de la checa están solamente esperando a que alguno de nosotros pase para dispararle —guarda silencio y, al notar que ella está a punto de insistir, le reitera—: No se preocupe. Ellos están bien y también tienen hoy ración especial.

La marquesa de Balle, esposa del mayor Clavé, sabe que mi hermana mayor cumple quince años exactamente el día que dejaremos Madrid, por lo que nos anima a cantarle sus mañanitas. Mientras los pocos que conocemos esa canción mexicana la entonamos, le entregan dos regalos envueltos en pedazos de tela con los moños de estambre, lo que me revela la identidad de la persona que los envolvió. Decimos a coro:

—¡Que los abra! ¡Que los abra!

Nuestros ojos no creen lo que ven. Mi hermana recibe un juego de tocador, el estuche es de piel, adentro descansan, sobre terciopelo guinda, un espejo y un peine, ambos con orilla de plata. El otro regalo es un saco de piel color café.

—¡María Antonieta! —le dice sorprendida y en voz baja mi madre a la esposa del mayor Clavé—. Ese juego debe de ser herencia de su familia, del marquesado de Vallgornera, es algo que debe de conservar.

—Lo dado —le dice la marquesa—, dado, mi querida Esther. Es un gusto que sea ella la que lo tenga. Nada más una vez en la vida se cumplen quince años —y luego, con voz soñadora, dice—: Juventud, divino tesoro.

La festejada queda con ojos brillosos y vidriosos y sonrisa de oreja a oreja. A pesar de que generalmente es callada y seria, le da efusivas gracias a doña María Antonieta. También agradece a las señoras que tuvieron que ver con el otro regalo, que por cierto le quedó pintado. Alguien comenta que, sin que ella se diera cuenta, hace varias semanas le tomaron las medidas.

—El saco lo hizo Consuelito —dice una—, que es modista de alta costura.

Todos aplaudimos a la nombrada que, satisfecha de su obra, le pide a la que ya estrena saco que se gire para que todos la vean. Emma lo hace con la misma gracia que cuando bailaba y ese recuerdo en particular me estruja el pecho: hace tanto que dejé de escuchar castañuelas, zapateado, música española, lagarteranas o sevillanas, que ya había yo olvidado ese sentimiento tan agradable.

Otra de las señoras, llamada —o apodada, nunca se sabe— Afrodita, comenta:

—Los materiales los compramos entre varias. Aquí está la lista, queremos que la tenga.

—¡Que la lea, que la lea! —empieza uno y coreamos todos.

Mi padre sabe que nos tenemos que ir. Él y yo regresaremos en los automóviles con los demás que vinieron de Hermanos Bécquer. Es invierno, oscurece muy temprano y pronto puede comenzar el paqueo de los francotiradores, por lo que se pone de pie y dice:

—Amigos y amigas, hoy el tiempo sí que ha pasado de prisa, así sucede cuando está uno contento —y dirigiéndose a nosotros, comenta, más que ordenarnos—: Es tiempo de retirarnos —ahora vuelve a hablarle a la concurrencia—: Gracias a todos los que hicieron posible este momento que permanecerá siempre en nuestras mentes, tan preciado como un oasis en el desierto.

El embajador guarda silencio, sé que prepara la siguiente frase de su discurso, pero ya no puede ser, porque don José Ballester ha de haber pensado que ya había terminado y levanta su copa —que, igual que las de todos nosotros, ya está vacía— para decir a continuación:

—Propongo un brindis por el señor embajador Pérez Treviño, que nos ha salvado la vida, y por doña Esther, la que en un solo día me enseñó lo que otra no me enseñará en un siglo: el valor en la guerra.

Se cae el palacio de aplausos.

El mayor Clavé trata de poner orden, va y viene indicándonos con las manos que nos pongamos frente a la bandera de México, diciendo al mismo tiempo.

—¡Hagamos espacio!

Entonces el canciller Urquidi, que es el que se queda a cargo de la embajada mientras llega el temido De Negri, camina hacia la bandera mexicana, se pone al lado de ella y, de frente a nosotros, declama un verso improvisado:

Ante esta noble bandera
olvidemos odios y sañas.

No amemos a media España,
amemos a España entera

A pesar de que ya terminó, el silencio y la turbación perduran, mientras escalofríos de emoción nos invaden.

El momento de las despedidas llega.

Doña Delfina Cánovas del Amo, esposa de Fernández Pin, inicia la interminable fila. Las mujeres abrazan a mi madre y algunas se deshacen en llanto. Las despedidas a mi padre son menos expresivas: en ellas imperan los fuertes apretones de manos, así como los abrazos respetuosos.

En mi garganta se atoran las lágrimas, aunque no soy el único, otros hombres también están así.

Ningún fotógrafo ni periodistas. Hoy no hay protocolo, ni falsedad, nos duele dejarlos y les duele que nos vayamos.

La realidad es cruda, nosotros sin duda vamos a algo mejor, ellos seguirán en la España en guerra.

Salgo al inmenso jardín y, con cuidado para no acercarme al hueco de la muerte, busco un espacio tranquilo porque no quiero que me vean rompiéndome por dentro. Noto que alguien me sigue, se me acerca, es Cicerón. Su nombre real es Luis de Orduña y Moral, lo conocí en México. Es ciudadano español, diplomático de carrera, fue cónsul de España en Tampico. Con él y su familia se vino de México el fiel y corpulento portero de la embajada, Baldomero Díaz de la Cruz, que es también español y que también vivió en Tampico. Allá era bombero, quiso conocer su patria y se le presentó la oportunidad. Ya viviendo en España conoció y se enamoró de una gallega.

A todos ellos los agarró la guerra estando en Madrid. Precisamente por recomendación de don Luis entró Baldomero, a trabajar a la embajada y, gracias al fiel portero, muchos asilados están con vida.

Don Luis es devisero del Solar de Tejada, caballero de Santiago y del Santo Sepulcro de Jerusalén. Anda en los cuarenta y cinco años de edad, tiene frente ancha, nariz grande, es elegante, educado, culto, amable. Cuando yo asistía a recepciones en México, él se presentaba con su uniforme de gala y me deslumbraban sus medallas. Pudiera ser hermano de don Quijote de la Mancha, aunque es más bajo de estatura. A leguas se le nota lo español. Su cuñado, un militar republicano de alto rango logró sacarlo de una checa, lo trajo a la embajada, está asilado.

—Joven Manuel, quiero pedirle un favor.

Si es que notó mis ojos húmedos, no dijo nada al respecto. Yo trato de reponerme y que me salga la voz normal.

—Si me es posible, con gusto, Cicerón, dígame.

—¡Utilícelo! —me dice, al tiempo que me entrega un sobre—. Cuando quiera y como quiera, que no se quede guardado, que salga a la luz —mira a su alrededor y prosigue—: Pido diariamente a nuestra Virgen de la Esperanza y a su Virgen

Morena que salga yo de esta con vida. Si salgo, entonces me lo regresa.

A él se le empieza a quebrar la voz y a mí se me atora nuevamente algo en el pecho que lentamente va subiendo. Al final logro reponerme y decirle:

—Es un honor, con gusto se lo guardo.

—Recuerde, joven Manuel, úselo lo antes posible: que sepa el mundo lo que aquí sucede.

En el camino de regreso recordé que, cuando don Luis escribe, se sirve de un seudónimo.

Hernán de Burgos.

Ya de noche leo lo que me ha dado. Por momentos es escalofriante.

Cuando en los últimos días de noviembre, recién salido de una checa, me refugié en la embajada de Méjico, y la sede de esta estaba pletórica de gentes que en ella habían buscado albergue, no solamente personas que por uno u otro concepto pudiera ser tenidas por afectas al Movimiento Nacional, sino aun aquellas que habían dado pruebas fehacientes de haber contribuido, consciente o inconscientemente, a la tragedia en que habíase visto sumida España. Emiliano Iglesias, el ex embajador en Méjico, y Pedro

Rico, el pintoresco alcalde de Madrid, entre otras, se habían acogido a la hospitalidad mejicana.

Contaba ya para aquella fecha la representación mejicana con varios locales que habíase visto precisada hacerse cargo de ellos, bien para atender a las numerosas peticiones de refugio, bien para salvaguardar los intereses de ciudadanos mejicanos o de personas de alguna manera ligadas con Méjico.

Hállase al frente de la embajada mejicana el general Manuel Pérez Treviño, quien amablemente me facilitó la entrada en un palacio situado en La Castellana, perteneciente a una dama mejicana. Más de 700 personas estamos en él. Todo un pueblo. A ciertas horas el gran hall, de cuya amplitud se hacían eco los cronistas de sociedad en la época de la Regencia cuando allí su antiguo propietario, el conde de San Bernardo, reunía a la alta sociedad madrileña, asemejan en esta ocasión la plaza de un lugarejo castellano. Gente de toda clase y condición, de distinto sexo y edad, hallámonos agrupados en corrillos obedeciendo a distintas afinidades. Allí se nace, se casan, mueren, entre estos el general de la Guardia Civil, Sr. Santiago, y algunos de los asilados para que todo ello contribuyese a dar una sensación mayor de verdadera agrupación urbana a aquél conglomerado de gentes tan distintas entre sí por su origen y condición; sin embargo, tan unidas por un mismo dolor, por un mismo ideal, un mismo anhelo y un mismo peligro. A ciertas horas del día, cuando el estado del tiempo lo permite, el amplio jardín, en el que se forman grupos en los que se comentan las noticias y los "bulos", el refugio diplomático da la sensación de un balneario, y por las noches, cuando mujeres y niños se hallan recogidos, en los departamentos subterráneos anejos a las cocinas que hacen las veces de comedor, se lee el parte de Salamanca, da la impresión de encontrarnos en el sollado de un barco dedicado al transporte de emigrantes.

Que impere en Madrid no ya un régimen democrático, ni aún la más leve apariencia de régimen cualquiera que este fuese, sino la más completa anarquía, lo prueba el gran número de personas que allí nos encontramos, que no somos sino una mínima parte de las acogidas en las distintas representaciones diplomáticas y las distintas clases sociales a que pertenecemos.

Los corros y peñas que en el hall se forman después de las comidas dan, como digo, la impresión de encontrarnos en un balneario de poca categoría, tanto por la falta de alicientes allí característicos, como por el atuendo de las personas que la componen.

Preside una de las reuniones la bella duquesa viuda de Lerma, cuyo marido, el anciano duque, con más de 80 años, fue vil y cobardemente asesinado. De ella forma parte, entre otros, Melchor Almagro, gran conversador y de una memoria prodigiosa, sus charlas constituyen un recuerdo detallado de cosas y personas del antiguo Madrid y una enseñanza para los desmemoriados.

No lejos de ella, un grupo de militares, presidido por el teniente general Fernández Pérez, héroe de los campos africanos y uno de los precursores del Movimiento en el 10 de Agosto, cambia impresiones y contrasta con su fe en la próxima victoria del ejército nacional. Junto a este grupo de los príncipes de la milicia y de sangre, comerciantes, industriales, sacerdotes, gentes que por su clase y condición podíaseles suponer afectas al espíritu del movimiento nacional, pero a su lado no faltaba, ni mucho menos, los modestos empleados, policías, pequeños industriales, obreros y hasta alguna damisela de incierto vivir. Prueba de lo hondo del movimiento y que, del mismo, nadie, por humilde que fuese, puede encontrarse seguro ni considerarse a salvo de las persecuciones de la horda.

Por las noches —como antes digo—, en las amplias cocinas subterráneas esperamos anhelantes la hora del parte. El embajador designó a unos oficiales del ejército como únicas personas autorizadas para escuchar la radio y, salvo alguna noticia de sumo interés, mantienen estos una reserva absoluta hasta la hora en que Salamanca, con su parte oficial, y el Tebib Arrumi, con sus crónicas, nos llevan alientos de fe y esperanza. Cientos de gentes, subidas en bancos y mesas, esperamos el resultado de las operaciones del día. En estos momentos recuerdo aquellas calas de los barcos que a América se dirigen pletóricos de emigrantes que, anhelosos, van buscando a tierras extrañas un porvenir que en la Patria no encuentran porque los hombres a quienes la Providencia puso en sus manos los destinos de la misma no supieron entender que los puestos que ocupan eran en servicio de ella y no en provecho particular de los ocupantes.

Ya de madrugada, los hermanos Alvear —artillero y marino—, que improvisaron en el hueco de una escalera una especie de camarote que sirve a ratos de cocina, hicieron del inmundo rincón con habilidad y buen gusto un lugar amable y atrayente.

Allí, alguna noche, cuando contamos con ingredientes para ello, utilizando un infiernillo eléctrico preparamos una cena que al mismo San Francisco le hubiera parecido demasiado parca y que nosotros encontramos suculenta. Tienen un cuaderno en que las personas que por allí pasan dejan su impresión: a veces composiciones poéticas, otras pensamientos patrióticos; en fin, cada uno deja allí un poquito de sí mismo en estas horas trágicas en que todos tememos el asalto, pero en que a ninguno falta la esperanza.

El conde del Valle de Suchil, que en ningún momento pierde su buen humor, sirve de enlace entre unos grupos y otros. No todos los que allí estamos figuramos inscritos en los registros de la embajada con nuestros propios nombres. Más bien, la mayoría figuramos con un seudónimo. Ignoro la razón, pero parece ser que el primero que halló refugio en este hogar mejicano adoptó como seudónimo un nombre olímpico. El ejemplo cundió y, en las listas en las que figura la relación de los que allí convivimos, figuran los dioses del Olimpo, junto con las grandes figuras de la filosofía griega y romana.

Se cuenta y se atribuye la anécdota al conde del Valle de Suchil que, a poco de su entrada en el refugio, preguntaron quién era este señor tan amable y simpático; la persona preguntada contestó que era el mencionado conde, tratando disimuladamente de indicárselo a su interlocutor. Este le confundió con un joven que a su lado estaba y que era uno de sus hijos, mi compañero Garay. Una vez deshecho el error, continuó el "curioso impertinente" preguntando por alguna de las personas que rodeaban al conde y, al indicar a uno que era otro de los hijos, dijo entonces: "Vamos, aquél es el padre, el otro el hijo y el otro el espíritu santo". Claro que ninguna de las tres personas adoptó como seudónimo estas denominaciones, pero al fin y al cabo vivimos en un pueblo.

En estas circunstancias, y ante el avance de las tropas nacionales, el consejero de la embajada, Urquidi, hombre en extremo caballeroso y del que todos los que disfrutamos de la hospitalidad de la embajada mejicana guardamos un grato y perdurable recuerdo, llevó a ella un pobre demente mejicano que se hallaba recluido en el sanatorio del doctor Lafora. Pronto hice amistad con él. Le hablé de Méjico con el entusiasmo y cariño que siento yo por aquel país y él me tomó afecto y me creía compatriota suyo. En cierta ocasión, y como si tuviese algo en extremo confidencial que comunicarme, me llevó a un apartado rincón y, en tono muy misterioso, me dijo: "Oye, esto no es un sanatorio, más bien parece una casa de locos". "Hombre", le dije, "qué cosas se te ocurren. ¿Por qué dices eso?" "Figúrate", me contestó: "He hablado hoy con uno que me ha dicho que era Homero y otro el Espíritu Santo".

¡Figúrate si no han de estar locos!

Luis de Orduña y Moral,
nacido en Burgos, España.
Asilado. Embajada de Méjico
Palacio Béistegui.
Madrid. Noviembre/diciembre, 1936

XX. Adiós

Platico con don Ramón Menéndez Pidal sobre Rodrigo Díaz de Vivar.

Ese caballero castellano que sobresalió por su fuerza, su valentía y su inteligencia, guerrero de leyenda, español que escogió la carrera de las armas, lleva casco, armadura, capa, escudo y espada. Sin problema alguno imagino al Cid Campeador montando a su caballo de guerra al que tan bien entrenó y al que llamó Babieca. De pronto decido que voy a ponerle ese nombre a un garañón del rancho.

Trato de distraerme porque está llegando el momento de irnos. Llevo varios días sin pegar el ojo, me tienen inquieto muchos pensamientos, entre ellos saber que ya no podré ir a la tumba de Joaquín. Pienso también en mis amigos los que siguen vivos, no quiero ni imaginarme lo que voy a sufrir al despedirme de Esperanza Guadalupe, de los funcionarios de la embajada, de los que forman una interminable lista y que ya son parte de mi familia.

Ellos no tienen opción. Seguirán en el peligro de que les caigan las bombas o les pegue la metralla, pasarán hambre, frío, hacinamiento, tormentas y tormentos, posiblemente enfermedades.

El embajador consiguió un camión para que nos vayamos. Presionó hasta que se lo proporcionó el presidente del Comité

Provincial de Abasto del gobierno republicano, y aún así tuvo que inventar que era necesario para llevar a Valencia equipaje y las maletas del agregado militar, mencionándole también que con él viajarán otros funcionarios de nuestra embajada. Por supuesto, se abstuvo de mencionar que somos nosotros.

—Excelente noticia —le dice mamá—. Así iremos menos apretados, más cómodos.

—De regreso, el camión regresará lleno —dice mi padre, que le sigue el comentario como si no le diera importancia, como si no fuera notición

Mi madre todavía no termina de captar lo que él le está anunciando. Él, que no se da cuenta de que su mujer no comprende, continúa en el mismo tono

—Regresará lleno de víveres que ya conseguimos, suficientes para mínimo dos meses, más lo que está en almacén. Debe ser suficiente hasta el momento en que los asilados se vayan a Francia.

Ahora sí ella comprende. Primero se queda como estatua y después brinca, lo abraza, lo besa por toda la cara y, al irlo haciendo, le va dejando bocas pintadas en todos lados. Ella ni cuenta se da y sigue besándolo.

—¡Gracias! ¡Gracias! ¡Gracias!

Cuando se percata de su obra pictórica, suelta la carcajada.

Desde la noche anterior a nuestra partida queda todo empacado en los coches, en los que viajaremos como beduinos.

Mi madre dice que el sha de Persia se queda corto, nuestro séquito es mayor que el de él.

Viajamos mamá Coca, Lopitos, mis papás, mis hermanos y los choferes. Del servicio están Jesusa, que siempre sí irá con nosotros, también Roberto y Fernando Reyes, que serán asistentes o copilotos, mientras que el mundo de maestras, institutrices, nanas, sirvientas y costureras son las religiosas que nos acompañan. Mamá está preocupada porque dice que, aunque hizo toda clase de malabares —cortaron pelo, maquillaron cara y ojos, confeccionaron faldas y blusas menos monjiles— y a pesar de que hicieron todo lo que pudieron, se sigue notando, a simple vista, que son religiosas.

Mi madre les da clases:

—Camine coqueteando, mueva la cadera. Mire así, gire la cabeza.

Los que estamos presentes reímos del desastre. Llevan horas practicando y no logran dejar su sello indeleble. Un rato después entra mi padre y, al ver los pocos y malos resultados, le dice a mi madre:

—Esther, ya no se preocupe. Cuando nos detengan, como si nada, yo me encargo —y añade—: En ese momento, que… ¡que no caminen! ¡Que no hablen! ¡Que no se muevan! ¡Que sean estatuas!

El cónsul Alsstopp Vila ha tenido mucho trabajo y yo lo apoyé con algunas tareas. Le avisó a las religiosas que se cuidaran de llevar medallas, crucifijos, estampitas o imágenes porque, aunque sean parte del séquito del embajador de México, corren peligro.

Ahora, las monjas hacen fila para recoger sus nuevos pasaportes. Escuchamos cómo una le dice a otra:

—Me siento desarropada.

—Pero, ¿por qué? Si trae ropa interior, calcetines, falda, blusa, jersey y abrigo.

—Es que sin mi cruz es como si no trajera ropa.

La otra, que resultó ser su superiora, le contesta:

—¡Quítese la vestimenta! Entonces sabrá lo que realmente es andar desnuda.

Voy subiendo a la buhardilla cuando mamá Coca me ve pasar y me llama. Noto que está más delgada, ha bajado de peso. Todos hemos perdido kilos, pero ella de forma exagerada, y su tos no se va a pesar de un jarabe que le consiguen quién sabe dónde. Me llama, entro a su recámara.

—¿Cómo ve que le pidamos a la mamá de Esperanza Guadalupe que ellos se muden a mi recámara porque, aunque es pequeña, estarán mejor que en la buhardilla, donde se apretujan las tres niñas, ella y don José —hace una pausa porque le da ataque de tos y, una vez repuesta, continúa—: Hay una condición; más bien, es petición.

—¿Cuál, mamá Coca?

—Que se haga cargo del altar de la Guadalupana —hace una pausa para tomar aire y continúa—: Ya lo comenté con Esther y está de acuerdo. Precisamente, me dijo que sea usted el que hable con la mamá de Esperanza.

—Mamá Coca —le digo, emocionado—, me parece estupenda la idea. Así tendrán más espacio, baño privado, un lujo, aunque…

—Aunque, ¿qué?

—Pueden correr peligro: son españoles.

—A estas alturas, después de haber bautizado a su hija aquí y al haberle puesto el nombre de Esperanza Guadalupe, creo que eso no importa. Hasta es bueno, porque entonces los de uno y otro bando seguirán subiendo.

—Como siempre, usted tiene la razón —le digo, abrazándola y besándola.

—Platíquelo con ella y, si dice que sí, le avisa a Esther para que ella entere a Urquidi —y termina diciendo—: Seguramente él y Mari se vendrán de Fortuny y ocuparán la recámara principal.

Doña María Teresa por supuesto que aceptó. Sé que estarán mejor instalados.

En el proceso me entero de que varios funcionarios y también algunos asilados piden ocupar los espacios de los que nos vamos y me viene a la mente lo cierto que es eso de que «¡el rey ha muerto, viva el rey!».

Es un ir y venir continuo. Salgo del despacho de mi padre y viene hacia mí un asilado, Pedro Aldana. Es un hombre tranquilo, serio, regordete, no muy alto, ojos negros lo mismo que el pelo. Es mexicano.

—¿Me anda venadeando? —le pregunto.

—La verdad sí, lo estoy esperando.

Guarda silencio, percibo que no sabe cómo abordar aquello que lo inquieta.

—Oiga, Manuel…

—Sí, Pedro, dígame.

—Ya sabemos todos que se van mañana y necesito un favor.

—Claro —le digo y trato de adivinar—: Deme todas las cartas que quiera y, aunque no voy a México, porque han enviado a mi padre a Chile, me encargo de que lleguen a su destino.

—No, no es eso, es que…

—Es que, ¿qué?

Al fin le salen dos frases seguidas:

—No puedo quedarme. Me matará De Negri.

—No se preocupe Pedro, ¿por qué habría de matarlo? Usted es mexicano y, que yo sepa, no es de ningún bando. Ya sé que se corrió el rumor, en breve saldrán a Francia, está ya prácticamente terminada la negociación.

—No, no me entiende.

—Pues no, Pedro. No entiendo.

Entonces me suelta:

—Soy seminarista. Dicen que De Negri es comunista y que viene con la espada desenvainada. Yo sé que me va a matar, no puedo permanecer aquí, tengo que salir. ¡Por favor ayúdeme!

No sé qué decir. Ese secreto sí que cambia la situación y, efectivamente, su vida correría peligro. Como me ve dudar, insiste:

—Manuel, necesito que me ayude, ya tengo mi plan perfectamente estudiado.

—¿Cuál plan?

—Con eso de que meterán la mayor parte del equipaje en el camión, se hizo espacio en la cajuela del Cadillac. Ahora que ya subieron todo lo que irá ahí, ya verifiqué en la cajuela y sí quepo.

Me pregunta, ya desesperado:

—¿Me ayuda, Manuel?

—Sí, sí, claro — le contesto sin pensar, a lo que él me explica:

—Cuando ya vayan a salir, por favor vea que esté abierta la cajuela, yo me subo y usted la cierra. Cuando ya estemos en lugar seguro, la abre y yo salgo.

—Pedro, ¿y el pasaporte mexicano? ¿Lo tiene?

—Sí, lo tengo.

Nunca sabré porqué accedí tan fácilmente.

—De acuerdo, ojalá tenga usted un buen viaje.

El seminarista, incrédulo ante la facilidad con la que acaba de conseguir lo que le parecía un sueño irrealizable, me dice, al mismo tiempo que me da un caluroso abrazo

—¡Dios se lo pague! —y añade—: Iré rezando todo el camino.

—¡Más le vale! —le contesto, dándole un apretón de manos en señal de complicidad.

XXI.   T.M.I.

Salimos de Madrid a Valencia a mediados de diciembre. El trayecto es de aproximadamente trescientos sesenta kilómetros. Las carreteras están en un estado más que deplorable. Muchas personas toman la misma ruta que nosotros: la mayoría van a pie, cargados de fardos que seguramente contienen las pocas pertenencias que les restan. Los caminos están llenos de obstáculos, tenemos que sortear coches y carretas abandonados, tanques quemados, maletas destripadas, burros, mulas y caballos muertos. Las madres llevan a sus hijos de la mano o colgados de sus hombros, todos están en extremo delgados, algunos van descalzos. Muchos, con las caras hinchadas por quemaduras del sol invernal, son profundas sus ojeras; en la mirada tristeza, hambre, miedo.

Nuestro viaje transcurrió sin incidentes mayores. Llegamos al puerto de Valencia en poco tiempo y de inmediato nos embarcamos hacia Marsella, de donde tomamos un tren a París.

Lo que daría porque estuviera conmigo Joaquín y que juntos platicáramos de las parisinas. Mi mente empieza a recordar cosas de antes.

¿Qué habrá pasado con Almudena?

Cómo quisiera leer esa nota que me mandó Joaquín a Fuenterrabía y que nunca llegó a mis manos.

Dejo de recibir esas imágenes porque llegamos a París. Despide magia, brilla, hay tanto que ver que no sé en dónde dejar mis ojos.

Escucho que Lopitos dice:

—Por algo la llaman Ciudad Luz.

Llegamos al George V. Es un hotel grande, me siento incómodo, lo encuentro demasiado perfecto, lujoso. Al entrar nosotros, los que están en la recepción voltean a vernos. Sus miradas me incomodan. A mi padre le pasa lo mismo, sin duda, porque, gallardo, acelera el paso, al mismo tiempo que toma del brazo a mamá y abre camino a la larga fila que lo sigue. Somos doce, contando al asistente de mi padre y a la sirvienta, la que tomó el lugar de la enamorada Catalina y que ahora, por azares del destino, está ya fuera de España.

—Doña Esther, se lo ruego, lléveme con usted —le decía Jesusa Sáenz a mi madre varias veces al día desde que supimos que ya era un hecho que dejábamos Madrid. Su tenacidad, o su simple insistencia, fue recompensada.

El grupo se ha empequeñecido y ya somos solamente nosotros doce. El resto de los que hicieron el viaje tomaron cada uno diferentes rumbos estando ya en Francia. Las religiosas, que por fortuna salieron bien libradas, se fueron a sus conventos, algunos están en la misma Francia, otros en otros países.

Roberto y Fernando Reyes comentaron que regresarían a España, a territorio franquista, y que se reintegrarían a los falangistas. Pedro el seminarista dijo que buscaría trabajo para poder pagar su pasaje a los Estados Unidos, donde quiere terminar sus estudios y ordenarse sacerdote.

Alcanzo a escuchar a un empleado del hotel, que le dice a uno de sus compañeros:

—*Regarde ses habits! Sans doute ils sont les mexicains qui viennent de Madrid.*

Si solo supieran por todo lo que acabamos de pasar…

Estamos en la recepción y mi padre hace el registro. Las miradas inquisitivas siguen. En cuanto me dan mi llave me dirijo a mi cuarto y me aviento de clavado a la cama, ni siquiera me desvisto. Estoy agotado.

Me despierto en la noche. Tengo que ir al baño. Me doy cuenta de que estoy en calzoncillos y que estoy bien tapado, lo que me dice que fue mi padre el que pasó revista. Regreso a la durmia. Hace meses que no me acuesto en una cama con sábanas limpias, ni tengo solamente para mí un baño y una recámara. Quiero seguir soñando, pero al mismo tiempo estoy atemorizado y me resisto a que, en cualquier momento, me despierte el ulular de las sirenas y tenga que bajar a alguno de los sótanos. No quiero regresar al horror.

Cuando despierto ya con luz de día, me cuesta trabajo convencerme que es verdad, que es real: el cuarto es todo para mí y sí, estamos en París.

Brinco de la cama, me acerco a la ventana, la abro, lo mismo que los visillos, que son de madera. Entra el fresco, pero no me importa. Sigo observando y veo que son pocas las personas que deambulan en la calle. Muchas caminan de prisa. El sol brilla por su ausencia y caen unas gotas desde lo alto. Supongo que solamente llovizna, porque no todos los que caminan llevan abiertos sus paraguas.

Recuerdo que, en el camino hacia acá, el taxista dijo que este hotel está muy cerca de la avenida Campos Elíseos, así como del Arco del Triunfo, por lo que me tienta ir a pasear. Primero debo vestirme, pero entonces veo la tina, que me invita a tomar un baño, y por supuesto caigo en esta última tentación. Ya después iré a turistear. Abro la llave del agua, sale caliente de inmediato, vacío el frasco de sales, ya no recuerdo cuándo fue la última vez que tomé un señor baño. Me sumerjo cuando la tina está casi llena, no pienso en nada, solamente disfruto hasta que las yemas de mis dedos ya están arrugadas y el agua está ya más bien fría que caliente. Al salir veo que se ha formado una nata de suciedad en la superficie del agua. Vacío la tina: quiero que toda la mugre que traen mi cuerpo y mi mente se vaya por el desagüe. Lleno la tina de nuevo y vuelvo a meterme, esperando que esa pestilencia, ese desagradable olor a sótano y a guerra, desaparezca. Si estos baños no lo logran, el tiempo posiblemente lo conseguirá.

Voy al restaurante. Alcanzo a mis hermanos, que ya están desayunando, junto con Jesusa y Lopitos. Mi hermana mayor, mamá Coca y mis papás todavía están en sus recámaras.

No puedo creer lo que mis ojos ven y mi olfato percibe.

Jugo de naranja, leche, crema, yogurt, fresas, cerezas, mandarinas, duraznos, canastas de *croissants*, panes con chocolate, crujientes *baguettes*, mantequilla, *fromage frais,* jarritas de miel de abeja, jaleas y mermeladas de todos sabores y colores, sin faltar la que es mi favorita, la de *rhubarbe.*

Noto que mis hermanos han olvidado todas las lecciones de urbanidad. Los meseros les sonríen y les sirven y les sirven. Estos sí son empleados amables que comprenden que venimos de la zona de guerra y con mucha hambre.

—¡Párenle, párenle! —ordeno a mis hermanos—. ¿Qué les pasa?

Sus panes tienen plastas de mantequilla y demasiada mermelada. Además, se nota que cada uno ha tomado varios vasos de jugo de naranja y de leche.

Jesusa se disculpa:

—No me hacen caso joven Manuel. Ya les dije que les va a hacer daño atragantarse.

—Lo sé.

Logro algo más que ella, pero no tanto. Me aboco a lo mío y, sin pensar, pido en francés:

—*Jus d'orange, s'il vous plait.*

Otra vez viene Joaquín a mi mente y recuerdo lo que repelábamos de nuestras clases. Le digo.

Vaya que te extraño.

Mi mente escucha claramente algo que me pasma.

Sí, lo sé. Yo también.

Eso me deja mudo, sorprendido. En este momento noto que los comensales dejan de hablar entre ellos y voltean a ver a los que entran.

Son mis padres, que lucen radiantes. Mamá es una reina y desfila como tal. Escucho lo que una señora que está en la mesa de junto dice.

—¡Qué bonita pareja! —y llena de admiración pregunta—: ¿Quiénes son?

El sueño reparador, el baño caliente, el peso que se quita de encima, la libertad y seguramente el amor son los causantes.

Mi madre ordena llevar el desayuno al cuarto para mamá Coca.

—Sigue enferma —nos explica—, ya viene un doctor a atenderla.

Le pregunta a Jesusa si ya terminó de desayunar y le pide que, en cuanto lo haga, suba a acompañar a la enferma para que entonces pueda desayunar mi hermana mayor, que se quedó con ella.

Al mismo tiempo que papá retira la silla de mamá para que ella se siente, le dice a mis hermanos más o menos la misma frase que yo les dije un rato antes:

—Sus ojos son más grandes que su estómago. Coman despacio o se van a enfermar.

Por supuesto que el plan que había hecho para mi día no se lleva a cabo. A mis hermanos les duele la panza, una de mis hermanas tiene calentura, otro vuelve el estómago y empiezan las diarreas. El doctor, en vez de atender solamente a mamá Coca, tiene que regresar en la tarde y dar consulta a varios mexicanos que recién llegaron del Madrid en guerra.

—Es el atracón, doña Esther, no se preocupe.

Como yo estoy bien, me voy a pasear por la ciudad. Inicio mi recorrido, pero sin rumbo fijo. Primero voy en dirección al Sena, camino por una buena parte de su orilla y voy admirando los edificios que están a sus lados. Como mi padre me dio unos francos, me siento a tomar un *espresso* y observo a la gente pasar. Aunque estoy solo, en realidad no lo estoy, porque mi mente le platica a Joaquín. Después de un rato, llego a la conclusión —y se la digo— de que yo sigo en lo mismo: me gustan las francesas.

Se me ocurre tomar el metro, pero en vez de regresar al hotel me alejo, porque tomo la dirección incorrecta. En el momento menos esperado me recorre un escalofrío, porque me llegan imágenes del metro madrileño que en este momento puede ser refugio por causa de los bombardeos. Allá, miles de personas permanecen escondidas por horas. Incluso me parece ver que los carros que pasan frente a mi van llenos de cadáveres, porque también me dijeron que allá para eso los utilizan.

Me falta aire, me invade la angustia, me llega la claustrofobia. Salgo como puedo a la superficie, decido regresar al hotel a pie, aunque esté muy lejos.

Unas risas me distraen. Son tres francesitas que me coquetean. Sé que se me suben a la cara los colores, entonces ellas ríen más, se ofrecen a ayudarme, se ha de notar que estoy perdido, me ayudan a ubicarme y me indican a detalle el camino a seguir.

—*Merci beaucoup.*

—*Je vous en prie!* —contestan las tres, con una pronunciación que ya quisiera yo tener.

Sin problemas, aunque con los pies y los muslos adoloridos, llego al hotel, después de caminar cuadras y cuadras.

Al día siguiente, los enfermos van mejor. No así mamá Coca. Jesusa se queda con ella, mi padre va a una reunión, nosotros salimos a turistear. Todos queremos subir a lo alto de la Torre Eiffel, paseamos por el Campo de Marte, mamá nos apura porque tenemos que comprarnos ropa y decide ir al *Bon Marché* porque ahí junto está la Capilla de la Medalla Milagrosa y es lo único que pidió mamá Coca, que le compremos unas medallas y unos rosarios.

Hacia allá nos dirigimos. Como es la época navideña, y recuerdo mi promesa que no podrá ser cumplida de pasar las fiestas con Joaquín y su familia, me invade la tristeza, entonces mi mente me lleva a que estábamos preparando la visita de los reyes magos a los niños asilados, y me inquieta el no saber quién representará a ese tercer rey dado que Muño-Yerro sería Melchor, el mayor Clavé, Gaspar y mi padre Baltazar.

Los niños franceses admiran extasiados los aparadores de la tienda departamental, que exhiben muñecos antiguos de porcelana que tienen movimiento y construyen juguetes: es el taller de *Papa Noël,* que es como le dicen en Francia a San Nicolás. Sin entusiasmo entro a la tienda y hacemos compras hasta que la cierran.

En cuanto salimos, mamá mete en un basurero la ropa que traíamos puesta. Al mismo tiempo se fija en mí.

—Manuel, ¿por qué no se compró abrigo?

—Será mañana mamá, hoy no me dio tiempo.

La verdad es que mamá Coca me cosió el papel del banco por dentro del forro del abrigo. Sería una calamidad si perdiera el documento del banco y por eso decidí dejar la compra del abrigo para después.

Al día siguiente, mi padre me invita a comer.

Estamos solos él y yo y ambos pedimos lo mismo: quiche lorraine, camarones al ajo, profiteroles de postre. Estamos ya en el *espresso* cuando él saca de su cigarrera de plata un cigarrillo, pega en ella con uno y después con el otro lado y procede a prenderlo. Como ese gesto lo hace cuando va a abordar un tema delicado, me preparo, espero expectante, guardo silencio. Llega el momento en el que da salida a lo que bulle en su mente y me pregunta:

—¿Cómo se siente hijo?

—Raro, bien raro. Sobre todo porque… porque… aunque…

—¿Aunque qué, hijo?

—Mi general, estos últimos meses era vivir el día a día, no tenía que pensar.

—¿Y ahora? Ahora si puede pensar y no sabe que viene. ¿Es eso?

—Exacto, mi general.

—¿Usted qué quiere hacer?

—Lo que más me gusta es el trabajo en la cremería —le respondo sin dudarlo—, en el rancho. Quiero vivir ahí.

—Tiene entonces ya claro para dónde va, lo felicito.

Después de unos minutos de silencio —que a mí se me hacen eternos—, me dice:

—En el rancho lo que va a aprender es lo que le enseñen los de ahí, que puede ser mucho, pero no tanto —y me hace entonces otra pregunta—: ¿Quiere ser uno más del montón o quiere sobresalir?

—Sobresalir, por supuesto, mi general.

—Perfecto Pérez, nos vamos entendiendo. ¿En dónde se aprende a administrar, a mejorar la cosecha o la raza de los animales, o los quesos y la crema?

—¡Qué pregunta, mi general! En la escuela, en la universidad.

—Entonces Pérez, es lo que tiene que decidir: ¿dónde y qué va a estudiar para lograr lo que quiere?

Avienta una y otra bocanada, después hace rueditas de humo, lo que traduzco como que está relajado, contento, pero sigue pensando. Termina su café, veo un brillo en sus ojos, se endereza y me dice con voz impetuosa:

—¡Ya está! T.M.I.

—No entiendo, mi general.

—T.M.I., hijo —repite—. T.M.I. Texas Military Institute. Es lo mejor de lo mejor, ahí estudió el general MacArthur. Claro, tiene que cursar la preparatoria y, cuando termine, se va al Texas A&M.

—Mi general, tengo entendido que entrar ahí es muy difícil, casi imposible.

—Querer es poder —me dice—. Sé que lo puede lograr. Fíjese, hijo, que le veo varias ventajas: tienen los estudios específicos para lo que usted quiere; además, está en Texas, relativamente cerca del rancho, puede visitar con regularidad a mi madre y, aparte, le sirve para perfeccionar su inglés.

—¿Y Chile?

—Pérez, es tiempo de que decida qué camino quiere tomar. Claro, hay sacrificios que hacer, pero nos acaba de demostrar en España que usted puede, la guerra lo hizo madurar. Ahora puede escoger: ¿va con nosotros a Chile o quiere entrar al Texas Military Institute?

Hace una pausa no muy larga para darme un poco de tiempo. Luego me dice:

—Piénselo, piénselo y decida.

Creí que me había dado tiempo para reflexionar. Y con tiempo me refiero a unos días, o quizá más. Sin embargo, en cuanto paga la cuenta vuelve al tema:

—¿Cómo ve, pido informes?

Mejora el tiempo en Paris. Mi padre sigue asistiendo a reuniones diplomáticas y mamá pasa el tiempo visitando, museos, iglesias y palacios. Con mi padre voy a la exposición de los cañones franceses y a la tumba de Napoleón.

—Joven Manuel, lo estoy buscando por todo el barco. ¿Cómo se le ocurrió entrar aquí?

—La verdad no sé Lopitos —le digo —. Algo me jaló.

—Si no es por un marinero que me dijo que lo vio en este mirador, no doy con usted.

Se sienta como bulto. Mientras se frota las manos para calentárselas, me dice:

—Llevo horas buscándolo. ¡Vaya! Encontró usted un lugar muy calientito. ¿Qué hace?

—Escribo, Lopitos.

—¿Qué no tiene hambre?

—Sí, sí tengo. Y mucha.

—¿Quiere que le traiga algo?

—Gracias, descanse un momento. Como yo ya terminé, me regreso con usted.

—A pesar del frío y de la hora se ve usted muy bien, joven Manuel.

—Fíjese que sí —le digo, después de pensarlo un poco—. Efectivamente, tiene usted razón: me siento como nuevo.

Guardo las hojas blancas membretadas que no utilicé, lo mismo que los lápices, la mayoría ya sin punta, así como la goma y cierro el cajón.

Al mismo tiempo que aprieto contra mi pecho el fajo de hojas que acabo de escribir, digo:

—¡Listo Lopitos, regresemos!

Epílogo

El 13 de marzo 1937, llegaron al Puerto de Marsella, setecientos noventa y siete asilados que fueron evacuados de la embajada de México en Madrid vía Valencia. El listado oficial se encuentra en el Archivo Ministerio de Asuntos Exteriores, Madrid, sección Guerra Civil y se presenta en esta novela como Anexo I.

El 20 de marzo de 1937, el general Manuel Pérez Treviño presentó sus cartas credenciales como embajador plenipotenciario de México en Chile.

El 1º. de mayo de 1938 presentó su renuncia a dicho empleo, regresando él y su familia a vivir a México.

En diciembre de 1938, el general Manuel Pérez Treviño lanzó un llamamiento al pueblo de México, invitándolos a formar el Partido Revolucionario Anticomunista —PRAC— el cual quedó constituido en enero de 1939.

Al no tener ningún impacto dicho partido en las elecciones de 1940, Pérez Treviño se retiró de la política.

La familia Pérez Treviño en su casa en Saltillo, Coahuila ca. 1943

En abril de 1945, a petición de Miguel Alemán Valdés —que renunciaba como secretario de Gobernación para preparar su precampaña para presidente de la República—, Pérez Treviño aceptó regresar a la política. Alemán lo nombró coordinador de su precampaña en Coahuila.

El general Manuel Pérez Treviño inició esa labor ofreciendo una comida en Allende, Coahuila. Mientras departía con sus invitados se indispuso, por lo que fue trasladado a un hospital de Nueva Rosita, Coahuila, donde murió.

Era el 29 de abril de 1945. Tenía cincuenta y cinco años de edad.

Circunstancias oscuras rodean su muerte.

El 11 de septiembre de 1946, el Ministerio de Gobernación de España, otorgó a doña Esther González, viuda de Pérez Treviño, la Orden Civil de Beneficencia con distintivo negro y blanco, categoría Cruz de Primera Clase. Se publicó en el Boletín Oficial del Estado (España) el 21 de noviembre de 1946.

Esta distinción se le concedió por efectuar «actos benéficos, con riesgo personal, en favor del Pueblo Español».

El mismo día se le confirió también condecoración al alemán, don Félix Schlayer, cónsul honorario de la legación de Noruega, quién dejó testimonio escrito de sus vivencias en Madrid durante la Guerra Civil española.

Manuel Pérez Treviño González recibió el título de ingeniero agrónomo por la universidad de Texas A&M. Contrajo nupcias con María de las Mercedes Treviño Magro, con quien procreó tres hijas.

Manuel Pérez Treviño González y su esposa
Casa de Piedra, hacienda la Candelaria,
Guerrero, Coahuila, ca. 1952.

El 2 de marzo de 1957 falleció Manuel Pérez Treviño González.

El 27 de enero de 1976 falleció Esther González, viuda de Pérez Treviño.

Hasta febrero de 2016, los otros seis hijos del matrimonio Pérez Treviño González están con vida.

Una de las puntas de obuses que cayeron en la embajada de México en Madrid en 1936

ANEXO I.

EMBAJADA DE MÉXICO

RELACION DE PASAPORTES DE PERSONAS EVACUADAS DE LA EMBAJADA
DE MEXICO EN ESPAÑA.

Número de orden	Nombres y apellidos del titular	Núm. del pasaporte	Nacionalidad
1.	José Merlín Tintoré	999	Española
2.	Pedro Bardají Más	838	Idem.
3.	Emilia Roy Ibarz	549	Idem.
4.	Pedro Sarmiento Beceña	886	Idem.
5.	Ignacio Martinez Lacaci	892	Idem.
6.	José Angosto Gómez Castrillo	966	Idem.
7.	Manuel Hurtado de Amézaga Caballero	956	Idem.
8.	Arturo Bardají Pereda	1026	Idem.
9.	José Luis Bardají Pevida	1025	Idem.
10.	Fernando García Anca	619	Idem.
11.	Fabriciana Núñez Martínez	694	Idem.
12.	Eugenio Frutos Dieste	959	Idem.
13.	Rosa Valenzuela La Rosa	943	Idem.
14.	Juan Francisco Diaz Ripoll	967	Idem.
15.	Fernando Jimenez Martinez	572	Idem.
16.	María de Garay Corradi	486	Idem.
17.	María Teresa Moreno Delgado	819	Idem.
18.	María Josefa Martinez Fesser	477	Idem.
19.	Francisco Fernandez Codornié	513	Idem.
20.	Francisco Alonso Burón	823	Idem.
21.	Manuel Pastor Mendivil	422	Idem.
22.	Amalia Pérez Cosío y Rubio	807	Idem.
23.	Blanca María de las Heras Arnaiz	464	Idem.
24.	Abdón Santau de las Heras	463	Idem.
25.	Antonio María de las Heras Arnaiz	525	Idem.
26.	Francisco Javier Tejero Espina	697	Idem.
27.	Eugenia Seco Sánchez	692	Idem.
28.	Javier Cervantes Sanz de Andino	542	Idem.
29.	Francisco González del Pino	845	Idem.
30.	Juan Alvarez Soria	1168	Idem.
31.	Ignacio Jimenez Jimenez	583	Idem.
32.	Angel Linares Reyes	624	Idem.
33.	Mauricio del Amo Martínez	656	Idem.
34.	Ebadio Ruiz Díaz	832	Idem.
35.	Julian García S. Miguel Muñoz Baena	728	Idem.
36.	Armando Torrent Reina	492	Idem.
37.	Bernardo Lazcano Rengifo	898	Idem.
38.	Genaro Trapote Criado	695	Idem.
39.	Mariano Gimeno Madrigal	916	Idem.
40.	Alfredo Escobar Huerta	657	Idem.
41.	Paula Millor Arregui	683	Idem.
42.	Elvira Escobar Marques	726	Idem.
43.	Leonardo Sainz de Baranda y Novales	705	Idem.
44.	Mª. Teresa Pellico Unzurrunzaga	443	Idem.
45.	José Bastos Ansart	442	Idem.
46.	Caridad Alvarez González	325	Idem.
47.	Alfonso Blanco Gutiérrez	724	Idem.
48.	Alfonso Muñoz Cobo Gutiérrez	575	Idem.

./2.

Número de orden	Nombres y apellidos del titular	Núm. del pasaporte	Nacionalidad
49.	Enriqueta Andrés Vega	527	Española.
50.	José González Osuna	664	Idem.
51.	Pedro Torres Guerrero	1002	Idem.
52.	Luis López Blanco	915	Idem.
53.	Sebastian Curull Mir	975	Idem.
54.	María Sierra Laceu	758	Idem.
55.	Pilar Hernández Almagro	813	Idem.
56.	Marcelino de la Gándara Fraile	691	Idem.
57.	Teresa Bueces Gómez	947	Idem.
58.	Eduardo de Anduiza Gorostiza	551	Idem.
59.	José Vitini Lasheras	593	Idem.
60.	Alfredo Santiago Shaw	568	Idem.
61.	Manuel Fuentes Solans	871	Idem.
62.	José Jordán de Urries y Ulloa	488	Idem.
63.	Claudio Alvargonzález Sánchez	848	Idem.
64.	Rafael Alvarez Ossorio García de Tejada	591	Idem.
65.	Concepción González de Canales Navarro	632	Idem.
66.	Francisco Corripio González	550	Idem.
67.	Francisco Astigarraga Luzón	416	Idem.
68.	María del Carmen Moreno Martínez	437	Idem.
69.	Eulalia Portella Audet	718	Idem.
70.	Angela "	719	Idem.
71.	Marcelino Antón González	637	Idem.
72.	Alfonso Gómez Suárez	650	Idem.
73.	María Luisa Aldama Moreno	849	Idem.
74.	Ignacio Aldama Elorz	824	Idem.
75.	José Sánchez López	781	Idem.
76.	Angela Huerta Hernanz	1013	Idem.
77.	Luisa Portella Audet	652	Idem.
78.	Francisco Cañedo Fernández	1172	Idem.
79.	Asunción Almadro Díaz	812	Idem.
80.	Josefa Uria Leal	429	Idem.
81.	Luisa (incluida con nº. 11 en pasaporte)	694	Idem.
82.	Rosa María (" " " 13 " ")	943	Idem.
83.	María Teresa " " " " " ")	"	Idem.
84.	Eugenio " " " " " ")	"	Idem.
85.	Pilar " " " " " ")	"	Idem.
86.	Amalia Martínez Pérez " " ")	807	Idem.
87.	Ignacio " " " " ")	"	Idem.
88.	Elena Martínez Pérez " " ")	"	Idem.
89.	Carmen " " " 18 " ")	477	Idem.
90.	Magdalena Sofía " " " " ")	"	Idem.
91.	María Paz " " " 44 " ")	443	Idem.
92.	Esperanza " " " " " ")	"	Idem.
93.	María " " " 57 " ")	947	Idem.
94.	Amparo " " " " " ")	"	Idem.
95.	Felisa " " " " " ")	"	Idem.
96.	Carmen " " " " " ")	"	Idem.
97.	Alfredo " " " 41 " ")	683	Idem.
98.	Carlos " " " " " ")	"	Idem.
99.	María del Carmen Moreno Martínez	437	Idem.
100.	" " " Astigarraga Moreno	"	Idem.
101.	" Luisa " "	"	Idem.

./3

Número de orden	Nombres y apellidos del titular	Núm. del pasaporte	Nacionalidad
102	Casilda Astigarraga Moreno	437	Española.
103	Federico " "	"	"
104	Elvira " " (incluido con nº. 42 en pas.	726	"
105	Laura " " " " " " "	"	"
106	Pilar " " " " " " "	"	"
107	Fernanda Aldama Moreno	824	"
108	Dolores " "	"	"
109	Rafael Fernández Huerta	903	"
110	Antonio Ballesteros Beretta	503	"
111	Mercedes Gaibrois Riaño	"	"
112	Pedro Miguel González Quijano	1167	"
113	Josefa Gato Herrero	791	"
114	Pilar Sanchiz Pérez	475	"
115	José Mª. Elías de Tejada de Cueva	507	"
116	Guadalupe Sanchiz Pérez	472	"
117	Jerónimo Mur Ballabriga	603	"
118	Milagros Malaver Contreras	833	"
119	Concepción García Iglesias	1120	"
120	Felipa Iglesias Canta	1117	"
121	Julita " "	1119	"
122	María Antonia López Medrano	846	"
123	" " Lozano López	814	"
124	Juan Angel Valero Turón	917	"
125	Tomás Fernández Casado	663	"
126	Antonio Ruiz Atauri	825	"
127	Miguel Forcat Beltrán	620	"
128	Rosario Lario Rubio	1048	"
129	Josefina de la Torre Millares	665	"
130	Antonio Velasco Benito	971	"
131	Teresa Rubio Alonso	872	"
132	María del Pilar Almagro Vilanova	469	"
133	Víctor D'Ors Pérez-Peix	983	"
134	María Pilar Gómez Oña	436	"
135	Mª. Araceli " "	"	"
136	Mª. Pilar " "	"	"
137	Francisco Millares Cubas	714	"
138	Carlos Gómez Torner	428	"
139	Nestor Claudio de la Torre Millares	500	"
140	Francisco Barroso López	535	"
141	Paloma " "	"	"
142	Rosa Calvo Iglesias	"	"
143	Andrés del Val Núñez	565	"
144	José Manuel López de Montenegro Tejada	496	"
145	Fermín Tordesillas Calbetón	838	"
146	Manuel del Barco García	570	"
147	Antonio Gutiérrez Almazán	706	"
148	María Dolores Elcarte Cia.	432	"
149	Emilio Cabanellas Torres	493	"
150	María Luisa Bahía Chacón	510	"
151	Joaquín Carlos Roca Dorda	473	"
152	Teresa Lario Rubio	869	"
153	Francisca Pérez Galdós de la Torre	899	"
154	Emilio Jiménez Gutiérrez	520	"
155	Susana Camps Mas	419	"
156	José Mª. de Lema Tejero	997	"

.../4

Número de orden	Nombres y apellidos del titular	Núm. del pasaporte	Nacionalidad
157	José Angel Herrera Cepeda	1105	Española.
158	José Jarrillo de la Rivera	790	"
159	Mª. de las Angustias Condesalazar Manzano	874	"
160	Concepción Gamez Marchal	689	"
161	Evaristo Canovas Amo	839	"
162	Angel de Lossada y Dicenta	992	"
163	Leoncio González de Gregorio	676	"
164	Fausto Herrera Roca	583	"
165	Rafaela de Velasco Sanz	762	"
166	Sebastian Pellón Esquer	480	"
167	Antonia Angosti y Gómez Castrillón	826	"
168	Consuelo Pérez Valdés Pellico	373	"
169	Francisco Valentín Laiseca Gil	859	"
170	Florencia Boya Pozuelo	1035	"
171	Francisco Roig Garrues	865	"
172	Milagros Ruiz Cano	"	"
173	Mª. Luisa Guerrero Shaw	570	"
174	Rafael Ravina Poggio	951	"
175	Julian Hidalgo Vázquez	709	"
176	Guillermo Bahia Chacon	674	"
177	Luis García Verdugo	772	"
178	Gustavo Santoro Alonso	666	"
179	Mercedes Agulló Soler	317	"
180	Piedad Figueroa y Bermejillo	A/50	Mexicana.
181	Piedad	"	"
182	Enrique Barceló Comas	670	Española.
183	Arturo Bardají Más	1027	"
184	Fernando Tercero Capdet	711	"
185	Joaquín Fernández Quintanilla	563	"
186	Marina Santa Cruz Barros	446	"
187	María Neira González	409	"
188	Carmen Martín Tintore	984	"
189	Vicenta Pilar López Gil	778	"
190	Antonio López Martín	1109	"
191	Leoncio Sergio Cristobal Nuñez	843	"
192	Gloria González Magan	789	"
193	Rafael Díaz Aparicio	481	"
194	Ricardo Santa Cruz Barrios	512	"
195	Manuel Muñoz Rodriguez	894	"
196	María González Navarro	426	"
197	Enrique de Juan Fernández	1030	"
198	Manuel Fonseca y Amedo	607	"
199	Celso del Castillo Chubieco	1107	"
200	Carlos Dominguez Vázquez	970	"
201	José Antonio Serrano Pablo	868	"
202	Eduardo Fernández Pérez	544	"
203	Mª. Teresa Calvo Sánchez	808	"
204	" " Roldán	"	"
205	Teodoro Sanz González	455	"
206	Joaquín Drake de Albear Redondo	918	"
207	Rafael Sierra Laceu	980	"
208	Luisa Villamil Espuñes	1114	"
209	Adelaida Gosalvez Fuentes	1115	"
210	Blanca Landa Spencer	458	"
211	Alvaro Vázquez Ruiz	968	"

./5

Número de orden	Nombres y Apellidos del titular	Nº. del pasaporte	Nacionalidad
212	Pedro Lario Rubio	875	Española.
213	María Martínez de Irujo y Caro	858	"
214	Eduardo Rosales Tardío	497	"
215	Francisca García Pobedano	629	"
216	Eduardo Vélez Calderón	651	"
217	Juan Benavente Catalá	909	"
218	Silvino Navarro Rico	1988	"
219	Consuelo Vidal Boninoti	"	"
220	Consuelo "	"	"
221	Silvino	"	"
222	María	"	"
223	Antoliana	"	"
224	Fernando Palos Iranzo	721	"
225	Gonzalo González González	981	"
226	Fernando López de la Cámara Rodríguez Acosta	639	"
227	Isabel Roca Carrascosa	536	"
228	José López Rodríguez	767	"
229	María Luisa Angosto Gómez Castrillón	1008	"
230	Josefina Santa Cruz Barros	845	"
231	Hermógenes Elías de Tejada y Guisasola	508	"
232	Antonio Huertas de Prada	755	"
233	Esperanza Angulo Durán	662	"
234	Josefina Ballesteros Llaca	804	"
235	Serafín " "	598	"
236	Esperanza Márquez del Rey	1004	"
237	Manuel Serrano Márquez	"	"
238	Arturo Herrero del Rey	754	"
239	Angel Mendoza Catrain	580	"
240	Pascual Jimeno Lizana	521	"
241	Carmen Agejas Magano	523	"
242	Luis Gimeno Lizana	522	"
243	Angel Carmona Roy	805	"
244	Enrique Amado del Campo	517	"
245	Rosario del Campo Mandly	519	"
246	Rosario Amado del Campo	555	"
247	Luis " " "	518	"
248	Antonio García Hoyo	602	"
249	Pedro Rocamora Valls	622	"
250	Maximiliano Iraola Aguirre	1042	"
251	Pedro Palomeque Mateo Delaport	1179	"
252	José Mª. Oria Martín	466	"
253	Fermín Artaza Piñuela	920	"
254	Rafael Calleja Gutiérrez	820	"
255	Carlos Herrera Huete	420	"
256	Mª. Rosa Martínez Elcarte	534	"
257	Jesús Viudes Fontes	688	"
258	Manuel Bernal Gimeno	696	"
259	José Pérez Monche	784	"
260	José Antonio Mosquera Mocelo	648	"
261	Asunción Ugarte Aguilar	668	"
262	Melchor Fernández Almagro	502	"
263	Angel Valcarcel Bosque	744	"
264	María Cinta Alonso	414	"
265	José Antonio Martín Prat	540	"

./6

Número de orden	Nombres y apellidos del titular	Nº. del pasaporte	Nacionalidad
266	Pilar Noguera Sánchez	870	Española
267	Luis Baquera	"	"
268	Rafael	"	"
269	Pilar	"	"
270	Antonio	"	"
271	Francisco Macian Pérez	785	"
272	Florencia Quereca Villarreal	454	"
273	José Muñoz Rodriguez	478	"
274	Liana Tercero Valentin	747	"
275	Alvaro Levenfeld Gonzáles de la Riva	748	"
276	Agustín Sánchez Sanz	704	"
277	Miguel Martín García	766	"
278	Juan Ubach García Ontiveros	725	"
279	Manuel Rodriguez López	528	"
280	Agustín Pastor Cano	516	"
281	Luis Gómez Rodriguez	585	"
282	Ignacio Aguilar Bores	868	"
283	Teodoro Bardají Más	471	"
284	Victoriano García Duarte	630	"
285	Nicasio Gutiérrez Loinaz	671	"
286	César Rodriguez Vargas	1099	"
287	Carmen " "	1100	"
288	Anita Peña Sayo	962	"
289	Claudio Bernardos Díez	569	"
290	Alfonso Olaso Anabitarte	659	"
291	Alberto Iglesias-Solis Alvarez	A/32	Mexicana
292	José " " "	A/33	"
293	Marina " " "	A/34	"
294	José Mª. Irueste Germán	A/52	"
295	Mª. Pilar Escribano Germán	A/60	"
296	Soledad Aberasturi Izpizúa	A/43	"
297	Santiago Roldán Lafuente	817	Española
298	Reimerio García de Blas	852	"
299	Manuel Méndez Díaz	928	"
300	Luis Montalvo García	976	"
301	Juan Bardají Pevida	1022	"
302	Laura Rodriguez López	569	"
303	José García Verdugo	770	"
304	Viactor Galán Díaz	564	"
305	Asunción Alonso Terol	759	"
306	Juan Carlos Andrés	716	"
307	Josefa Hernández Garofalo	"	"
308	Rafael Fernández Quintanilla Pérez Valdés	372	"
309	Josefa Vicente Santos	587	"
310	María Copeda Ramires	412	"
311	Salvador Rabina Poggio	940	"
312	Antonio Escartín Ayala	995	"
313	María de las Mercedes Dominguez Andia	693	"
314	Carlos Valdemoro Sáinz	796	"
315	Antonio Vera Alonso	740	"
316	Miguel Villagrasa Benito	669	"
317	Lucio Rios Morillo	841	"
318	Fernando Garay Garay	491	"
319	Concepción Martínez de Leiva y Caravantes	684	"

./7

Número de orden	Nombres y apellidos del titular	Nº. del pasaporte	Nacionalidad
320	Melchor Ordoñez Mapelli	1038	Española
321	Pedro Jordán de Urríes y Ulloa	490	"
322	Manuel Tercero Acosta	712	"
323	Elena Alonso Marcos	1032	"
324	Angeles Couca Ferrero	972	"
325	Julio de Colmenares Espín	633	"
326	Manuel Dominguez de Monsalves	948	"
327	Enrique Villamil Espuñes	1128	"
328	Juana del Pozo y García	628	"
329	Julio García Iglesias	1118	"
330	Antonio Bernal Algora	658	"
331	Antonia Gimeno Ramírez	764	"
332	Manuel Ruiz Piñan	810	"
333	Fernando Frake Redondo	706	"
334	Manuel Sánchez Montero	990	"
335	Antonio Lario Rubio	877	"
336	Carmen Alvarez Alzaga	"	"
337	María Teresa	"	"
338	María Fernanda de Pereda y Torres Quevedo	734	"
339	José Antonio Alvarez Alzaga	877	"
340	Alfonso Muñoz y Cobos	552	"
341	Severiano Martínez Fernández	615	"
342	Mariano García Gutiérrez	698	"
343	Mariano Velasco Martín	604	"
344	Carmen Rivacoba Giraldez	736	"
345	Aurelia Gutiérrez Frías	529	"
346	Carlos Cortes Rivera	926	"
347	Pilar García Jiménez	582	"
348	Pilar García	"	"
349	Andrés Drake Alvear	1102	"
350	Lino Naveira Araujo	821	"
351	Ana María de Foronda Pinto	722	"
352	Dolores Yañez Pulido	938	"
353	Mónica Foronda Pinto	722	"
354	Enrique Cerdan Novella	447	"
355	Carmen López Celma	440	"
356	Francisco Cerdán López	448	"
357	Julio Redondo Grondona	468	"
358	Margarita Arrieta Lizaso	487	"
359	Margarita Redondo Arrieta	449	"
360	Mª. de los Angeles Redondo Arrieta	450	"
361	Purificación Redondo Grondona	453	"
362	Jesús de Palacio y Arana	452	"
363	Mª. de Anduiza y Gorostiza	451	"
364	Alberto María	"	"
365	Soledad	"	"
366	Mª. del Carmen de Palacio Anduiza	515	"
367	María Viña González	799	"
368	María Cristina Palacio Anduiza	532	"
369	Matilde Sánchez Vicent	950	"
370	Modesta Rois Oscariz	945	"
371	Guadalupe García Stringara	800	"
372	Rafaela Pérez del Campo Noriega	A/78	Mexicana

.../8

311

Número de orden	Nombres y apellidos del titular	Núm. del pasaporte	Nacionalidad
373	María Luisa Noriega Labat	757	Española
374	Rafael	"	"
375	Mª. Antonia Pombo Angulo	775	"
376	Mercedes Caibrois de Ballesteros	703	"
377	Adolfo Rodriguez Bellido	554	"
378	Crescencio Mendoza Corcuera	582	"
379	José Luis	"	"
380	Jorge	"	"
381	Encarnación Espínola Gómez	506	"
382	José Hernández Santonja	438	"
383	Dolores García Chiviveches	"	"
384	Mercedes	"	"
385	Alberto Magdalena López	1122	"
386	Gabriel Bellido Bellido	834	"
387	Mercedes Frías Fernández	479	"
388	Fernando Cortés Pérez	601	"
389	Rafael Tormo Montes	636	"
390	María Herrera Cepeda	411	"
391	Rufino Núñez Martínez	879	"
392	Fernando Rivero de Aguilar Otero	638	"
393	José Luis Peña Ruiz	753	"
394	José Mª. Baena Molero	654	"
395	Antonio Vázquez Parga y Valenzuela	642	"
396	José Fernández de Castro	577	"
397	Rafael Vaquera Alvarez	996	"
398	Mª. de la Cruz de Velasco	751	"
399	Francisca Javiera Caro Quintero	462	"
400	Rafael Spottorno y Manrique de Lara	424	"
401	Plácida Mª. Díaz Caro	423	"
402	Matilde Díaz Caro	461	"
403	Javier Jiménez Martínez	576	"
404	Luis Jordán de Urries Ulloa	489	"
405	Juan del Pozo García	556	"
406	Fernando Aguilar Armao	961	"
407	Francisco Abascal Fernández	1020	"
408	Antonio Portella Audet	911	"
409	Joaquín Melgarejo Baillent	788	"
410	Angeles Amunategui Arancena	1104	"
411	Elisa Aguilar Arisao	715	"
412	María Ugarte	"	"
413	Lorenzo Ugarte	"	"
414	Margarita Ugarte	"	"
415	Jaime Ugarte	"	"
416	Victoria Ugarte		"
417	Concepción Barceló Ruiz	900	"
418	Gregorio Cardaso Francisco Antunez	929	"
419	José Mª. Ugarte Pagés	731	"
420	Mercedes Gago Portavales	860	"
421	Rafael Torres Guerrero	759	"
422	Luisa Lima Navarro	504	"
423	Fabriciano Fernández Quevedo Mestas	702	"
424	José del Hoyo y de la Paz	1052	"
425	Santiago Roig Ruiz	855	"
426	Eugenio Muyo Velasco	914	"

./3

Número de orden	Nombres y apellidos del titular	Nº. del pasaporte	Nacionalidad
427	Angel Valdarcel Izquierdo	746	Española
428	Manuel Santa Coloma Lafuente	912	"
429	Luis Carrillo Albornoz	829	"
430	Julian Gómez Aparicio	889	"
431	Joaquín Lara Arenas	1047	"
432	Micaela Ripoll López	1039	"
433	Antonia Otero Rubido	749	"
434	José Carlos de Oya Salguiro	750	"
435	Remedios Tejido Paz	752	"
436	Antonio Santos Peralva Alvarez	413	"
437	Caridad La Rosa Jiménez	381	"
438	Manuel Fuentes Tardío	867	"
439	Mercedes Ballesteros y Caibrois	499	"
440	Enriqueta Gómez Sánchez	1126	"
441	Joaquín Olive Magarolas	1125	"
442	Delfina Cánovas del Amo	340	"
443	José Antonio	"	"
444	Emilio Serrano Jimenez	863	"
445	Francisco Prudencio Serrano Avis	861	"
446	Amparo Ferrando Gómez	901	"
447	Teresa Bastos Pellico	441	"
448	Juan Martínez Fernández	594	"
449	Leoncio Sánchez Madur	986	"
450	Mª. Rita Gasset y Díez de Ulzurrun	713	"
451	Inocente Martín Carrero	700	"
452	José Mª. Maureta González	661	"
453	Miguel Quintanilla Quintanilla	925	"
454	Jesús Núñez Pérez Galdós	857	"
455	Fernando Gutiérrez Soto	501	"
456	Fernando Meneses Puertas	508	"
457	Manuel Elvira Linares	1011	"
458	Alberto Nadal Baquedano	627	"
459	Mª. del Carmen Sierra Sender	526	"
460	Amparo Mateu Marín	902	"
461	Isabel Carrascosa Sánchez	537	"
462	Enrique Herrera Roca	584	"
463	Mariano Santiago Shaw	567	"
464	Luis García de Blas	666	"
465	Santiago Soler Garay	678	"
466	Eduardo Gago Portavales	779	"
467	Angel Ampudia Sardain	1163	"
468	Irene Neira González	802	"
469	Covadonga Ballesteros Llaca	803	"
470	Félix Lousa Calero	494	"
471	Juan Muñoz Mateos	910	"
472	Ana García Guerra	1015	"
473	Rosina Fuertes Peralva	801	"
474	Andrés Romanillos Calleja	481	"
475	María Gallo'Ríu	482	"
476	Jorge Sánchez Sanz	798	"
477	Mª. Rosa Frías Fernández	476	"
478	Dolores Martínez Chamorro	457	"
479	Casimira González Pérez	533	"
480	Angélica González del Burto	634	"

./10.

313

Número de orden	Nombres y apellidos del titular	Nº. del pasaporte	Nacionalidad
481	Francisca Buisan Callizo	850	Española
482	Carmen Vives Arnau	672	"
483	Encarnación	"	"
484	Carmen Valcarcel Izquierdo	743	"
485	María Gómez Arribas	785	"
486	Delfina Iraola Aguirre	806	"
487	Cecilio Jorquera Maza	590	"
488	Andrés Fernández Santana	514	"
489	Santiago Rivas Alonso	1121	"
490	Rosendo Silva Y Torrens	539	"
491	Adolfo Martínez Enrique	617	"
492	Florentino Martínez Espinosa	609	"
493	Evaristo Zaragoza Gómez	614	"
494	Esteban Vélez Calderón	641	"
495	Eusebio Serrano Muñoz	621	"
496	Teresa Sánchez Martín Gamaro	773	"
497	Andrés	"	"
498	Esperanza del Campo Tejero	905	"
499	Angeles de Tordesillas y Fernandez Casariego	1023	"
500	José Mª. Enrique Serra Martinez	645	"
501	Adolfo Sánchez de la Bodega	756	"
502	" " Díaz	485	"
503	Rafael Pérez Carrión	886	"
504	Pilar Pérez del Campo	927	"
505	Antonio Orovio Pérez	"	"
506	Mª. Josefa Sánchez Tordesillas	837	"
507	Mª. Teresa	"	"
508	José Mª. Iraola Aguirre	687	"
509	José González Ontoria	1178	"
510	Agustín Miranda Junco	667	"
511	José Gómez Monche	897	"
512	Landelina Huerga González	1019	"
513	Margarita Barceló Ruiz	885	"
514	María Ortega Barceló	"	"
515	Enrique " "	"	"
516	Julia Santiago Shaw	569	"
517	Pilar Bernal Jimeno	765	"
518	Luis Urquina Castillo	625	"
519	Francisca Rosa Navarro Lora	631	"
520	Joaquín Cervantes Acuña	546	"
521	Antonio Lino Pérez González	856	"
522	Josefa Alvarez Hernández	768	"
523	Benito Canetta Fernández	1049	"
524	Luis de la Macorra Revilla	921	"
525	Luis Andrés del Castillo	1037	"
526	Manuel Puente Villar	853	"
527	Natividad Valverde Gómez	733	"
528	José Mª. Garay y Garay	509	"
529	Fernando de Meer Pardo	698	"
530	Guillermo Ruiz Casaux	958	"
531	Javier de Rivera Zapata	916	"
532	Leticia Martí Gómez	675	"
533	León	"	"

./11.

314

Número de orden	Nombres y apellidos del titular	Nº. del pasaporte	Nacionalidad
534	Aurelia Marcos Herrera	498	Española
535	Alejandro Rodriguez Castro Montesinos	847	"
536	Antonio Funga Fernández	433	"
537	Alberto Martín Artajo	1043	"
538	Edelmiro Feliu Gutiérrez	1177	"
539	Francisco Recio de Prada	866	"
540	Miguel Agulló Soler	1183	"
541	Concepción Arribas Gómez	681	"
546	Laura López Nuño	533	"
547	Emilio Bardají Roy	548	"
548	Segundo San Juan González	707	"
549	José Mª. de Garay Rowart	635	"
550	Gonzalo Fernández Córdoba y Parrella	732	"
551	José García Herreros	561	"
552	Luis Olaso Anabitarte	701	"
553	Fernando Alvear Abaurrea	1000	"
554	Arturo Carrascosa Díez	771	"
555	Francisco Pérez Luna Juárez	418	"
556	Arcadia Magdalena López	1170	"
557	Angelines	"	"
558	Leandro Ledo Suárez	610	"
559	Ramón Estrada y Sánchez Ocaña	811	"
560	Mª. Eugenia Lozano Pinto	599	"
561	Mª. Lucía Pozo Lozano	"	"
562	Hipólito Fernández Vereciano	410	"
563	Mariano Serrano Mendicute	618	"
564	Miguel Cabanellas Torres	991	"
565	Agustín Tomé Pradas	653	"
566	Juan Piqueras Menendez	884	"
567	Francisco Fernández Flores	1016	"
568	Luis López Dóriga	470	"
569	Manuel de Lara Padín	844	"
570	Pedro Bravo Castillo	787	"
571	Jacinto Casero Herranz	690	"
572	Bernardo de la Torre Millares	673	"
573	Blanca Monasterio Ituarte	864	"
574	Evaristo del Campo Sanchez	1106	"
575	Mª. Joaquina de Alvear Abaurrea	1137	"
576	Fernando Drabre	"	"
577	José Mª. Drabre	"	"
578	Jaime "	"	"
579	Mª. Teresa Yllana Menendez Ontoria	769	"
580	Nemesio	"	"
581	Manuel Barrial Díaz de Liaño	895	"
582	Eduardo Barrial Herrera	818	"
583	Fernando Villamil Espuñes	1127	"
584	Manuel Sanchiz Pérez	439	"
585	Rogelio Sanchiz Aparicio	474	"
586	Luisa Espuñes Gosalvez	1112	"
587	José Luis	"	"
588	Leopoldo Villamil Espuñes	1113	"
589	Alfredo Juncois Alvarez	1175	"
590	Luis Puig Mauri	417	"

./12.

Número de orden	Nombres y apellidos del titular	Nº. del pasaporte	Nacionalidad
591	Enrique López Diéguez	953	Española
592	Teresa Villamil Espuñes	1115	"
593	Benito Canetta Fernández	1049	"
594	Josefa Alvarez Hernández	768	"
595	Luis de la Macorra Revilla	921	"
596	Luis Andrés Castillo	1037	"
597	Manuel Puente Villar	853	"
598	Natividad Valverde Gómez	733	"
599	José Mª. Garay y Garay	509	"
600	Mª. Angustias Muller Rodriguez Acosta	694	"
601	Francisco Echevarría Jiménez	1031	"
602	Mª. Angustias	"	"
603	Francisco	"	"
604	Manuel	"	"
605	Mª. Angustias López de la Cámara Rdrz. Acosta	989	"
606	Miguel López de la Cámara Rodriguez Acosta	640	"
607	Mª. Angustias Echevarría	989	"
608	Francisco "	"	"
609	Manuel "	"	"
610	Rafael "	"	"
611	José Martinez Sellés	998	"
612	Cándido Jiménez Madrigal	815	"
613	Manuel García Verdugo	710	"
614	Concepción Peña Pastor	1164	"
615	Margarita Olanda Spencer	465	"
616	Julio Alvarez Juliá	760	"
617	José Mª. Elices Jiménez	682	"
618	Teresa Unzurrunzaga Iturriaga	374	"
619	José Santa Cruz de la Casa	546	"
620	Rosario Santa Cruz Barros	459	"
621	Federico Santiago Hodson	1034	"
622	Luis Gutiérrez Soto	886	"
623	Fernando Gomis Izquierdo	723	"
624	Casimiro Ardanuy Serrado	626	"
625	Antonio Jordán de Urries y Ulloa	467	"
626	José Fernández Ruano	530	"
627	Millán Alonso Pesquera	737	"
628	Cristobal San Juan González	1029	"
629	Antonia Olarte Magdalena	"	"
630	Concepción	"	"
631	Gonzalo	"	"
632	Elena	"	"
633	Antonio Jover Badía	987	"
634	Francisco Gómez Castrillón Fernández	827	"
635	Emilio Román Fuentes	616	"
636	Marcial Bartolomé Izquierdo	763	"
637	Ramón Pellisco Vega	371	"
638	Guillermo Sarmiento González	782	"
639	Rafael Fernández Morań	729	"
640	Emilio de la Calle Alonso	647	"
641	César Fernández Quintanilla	797	"
642	Rosario Calderón Bárcena	831	"
643	Mario Aguirre Anné	1014	"

.13

316

Número de orden	Nombres y apellidos del titular	Nº. del pasaporte	Nacionalidad
644	Alejandro Angosto Palma	828	Española
645	Fernando Magro Valdivieso	1021	"
646	Luis Segovia y Muñoz	735	"
647	Marina Barros Lasso de la Vega	460	"
648	Dolores Santa Cruz	"	"
649	Rafael Aguiller Pellico	1151	"
650	Carmen del Castillo Sanchez Cabezudo	1101	"
651	Manuel	"	"
652	Joaquín	"	"
653	Valeriana Tena Sánchez	597	"
654	Luis Molina Valdivia	893	"
655	Francisco de Alvear Abatirrea	944	"
656	José Mª. Leiva Lorente	578	"
657	Romualdo Madariaga Céspedes	854	"
658	Bernardo Ezquer Jimenez	841	"
659	Eustaquio Pardo Zurilla	612	"
660	Juan Mossó Goizueta	840	"
661	Marcial Gamboa Sánchez	949	"
662	Soledad Hernández Garofalo	679	"
663	Agustín	"	"
664	Julio César del Campo Cuadrado	623	"
665	Gonzalo Jiménez Martínez	425	"
666	Justo Melendo Abad	979	"
667	Eduardo Garay y Garay	495	"
668	Emilia Tornero Iriarte	1168	"
669	Alvaro	"	"
670	Manuela	"	"
671	Roberto Quiñones Robles	1012	"
672	Antonio Marias de la Fuente	994	"
673	Mario Aramburu Baños	1171	"
674	José Izquierdo Arroyo	574	"
675	Pablo López Malo	655	"
676	Segundo Rodriguez Muñiz	588	"
677	Pablo Hernández Nájera Malaves	880	"
678	Juan Fernández de Santos Redondo	891	"
679	Marina Iraola Aguirre	890	"
680	Carmen Fernández de Santos	"	"
681	Margarita	"	"
682	Julián Martínez Renedo	646	"
683	José Fernández Caro	853	"
684	Antonio Fernández Sánchez	573	"
685	Alberto Valero Puron	1103	"
686	Luis González Alonso	680	"
687	Manuela Valcarcel Izquierdo	777	"
688	Margarita Ruiz Conseti	687	"
689	Mª. Dolores Munilla Montero	919	"
690	José Mª. Pérez de Lema	"	"
691	Ignacio	"	"
692	Digno Fuertes Galindo	924	"
693	Mª. Mamus Piñuelas	932	"
694	Enrique Dato Herrero	793	"
695	Ignacio Gato Montero	792	"
696	Generoso Pérez Blazquez	922	"
697	Dámaso Vélez González	1010	"

./14.

Número de orden	Nombres y apellidos del titular	Nº. del pasaporte	Nacionalidad
698	Fernando Rubio Sánchez	566	Española
699	José Mª. Pérez Pardo	652	"
700	Amancio Portavales Pichel	1108	"
701	Alfredo Díaz Darnell	611	"
702	José Mª. Melgarejo Escario	794	"
703	Joaquín " "	836	"
704	Francisco Díaz de Lara Salazar	643	"
705	Francisco Gironza de la Cueva	862	"
706	Manuel Pombo Polaco	677	"
707	Nemesio Fernández Cuesta	937	"
708	Braulio Moreno González	660	"
709	Emilio Izquierdo Arroyo	414	"
710	Ramón Cristobo Velasco	923	"
711	Mariano Santiago Guerrero	571	"
712	Fernando López Blanco	917	"
713	María Jiménez Martínez	435	"
714	Luis Funga	"	"
715	Antonio	"	"
716	Eduardo	"	"
717	José Lacio Rubio	878	"
718	Eutiquia González Villaverde	"	"
719	Francisco Martínez Nebot	524	"
720	Manuel Bringas López	592	"
721	Celestina de la Torre Gago	1174	"
722	Carmen Izquierdo Portvearrero	742	"
723	José Mª. de la Vega Fernández	745	"
724	Fernando Sánchez Maroto	1111	"
725	Luis de Rivera Zapata	913	"
726	José Mª. Macisidor de Solana	822	"
727	Cristobal Montojo Maya	1009	"
728	José Lazcano Rengifo	1018	"
729	Ana Mª. Marín Vidal'	985	"
730	Manuel Sánchez	"	"
731	Marín "	"	"
732	José Luis Sains Santoro	685	"
733	Guillermo Calderón Bárcena	830	"
734	Jesús Andrés García	780	"
735	Alfonso Rivero Aguilar Otero	644	"
736	Juan Antonio de Zunzunegui Loredo	842	"
737	Alicia Bardají Roy	547	"
738	Mercedes Herrera Cepeda	421	"
739	Pilar Ugarte Aguilar	730	"
740	Teresa Ciudad Pujol	835	"
741	Fernando Farias y de la Garza	A/55	Mexicana
742	Alfredo Castrillón Velasco	A/94	"
743	José Fonseca y Llanedo	A/45	"
744	Emelina de Fuentes y Carrau	A/44	"
745	Norah R. de Villanueva	A/47	"
746	Paloma Guadalupe Iraola Sánchez	A/77	"
747	Alfredo Caso de Velasco	A/25	"
748	Delfín Ruiz Rivas	A/31	"
749	Bernardo Caso de Velasco	A/26	"
750	Rosa Hernandez González	A/30	"
751	Pedro Marroquin Aguirre	A/40	"

./15.

Número de orden	Nombres y apellidos del titular	Nº. del pasaporte	Nacionalidad
752	Concepción Gartiz Brezuma	A/40	Mexicana
753	Pedro	"	"
754	Zoraida	"	"
755	Manuel	"	"
756	Matilde de la Quintana y Urriolagioitia	A/28	"
757	Alfredo Farias y de la Garza	A/54	"
758	Elena López Blanco	A/61	"
759	Teodoro Navarro Pereira	A/89	"
760	Mª. Prisciliana González	A/42	"
761	Lino Arisqueta Quintana	A/27	"
762	Isabel Quijano Rueda	A/73	"
763	Mercedes Vera de Nicolás	A/92	"
764	Trinidad de la Torre Casillas	A/43	"
765	Consuelo de la Mora y Arena	A/27	"
766	Pedro Arisqueta de la Mora	"	"
767	Mª. Luz	"	"
768	Francisco Corripio Quijano	A/73	"
769	Antonio	"	"
770	María	"	"
771	Juan José	"	"
772	Eduardo Noriega Delgado	A/58	"
773	Mª. del Carmen Fabeiro Serralta	A/51	"
774	" " " Riberot Fabeiro	"	"
775	Eduardo Noriega	A/68	"
776	Leonor Delgado	"	"
777	Enriqueta Pereda Lánce	A/542	"
778	Mario Goudinoff Pereda	"	"
779	Olga " "	"	"
780	Carlos Faura Yuste	A/69	"
781	María Piñuela González	A/46	"
782	María García Piñuela	"	"
783	Eduardo Fernández Parra	A/41	"
784	Julita Hernández González	A/29	"
785	Soledad Riaño de Sandino	sin núm.	Colombiana
786	Mª. Josefa Zubiría Calbetón	708	Cubana
787	Mª. del Carmen Alvear Zubiría	"	"
788	Mª. del Pilar " "	"	"
789	Mª. Candelaria " "	"	"
790	Fernando " "	sin núm.	"
791	Angeles Santa Cruz Barros	445	Española
792	Miguel Rivera Hernando	444	"
793	Pura Ravello Montesinos	978	"
794	Javier Echanove Guzmán	1046	"
795	José Fuertes Cubelas	600	"
796	Eduardo Ezquer Gabaldón	484	"
797	Asunción Carnicer Guerra	862	"

Marsella a 13 de marzo de 1937.

P. O. del Embajador de México en España,
El Secretario de la Embajada

Firmado: Gregorio Nivón López.

Anexo II.

Presentación Cartas Credenciales – 25 febrero 1935, Madrid.

Manuel Pérez Treviño y su esposa Esther González Pemoulié

Manuel Pérez Treviño y parte de su equipo diplomático

Fidel López (Lopitos) 1935

En el despacho y con el embajador Manuel Pérez Treviño, su equipo diplomático.
1936

Circa 1935

Concepción González Ojeda (Mamá Coca) España 1935

Carátula de libreta de Doña Esther González de Pérez Treviño, en donde asilados escribieron en 1951 testimonios de su estancia en la embajada de México en Madrid.

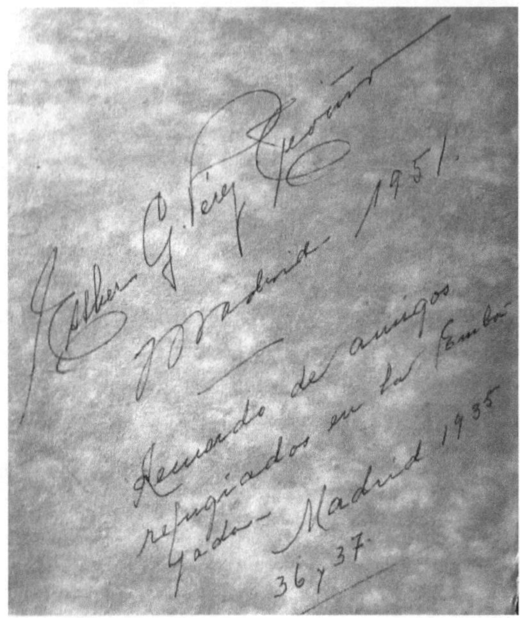

A continuación algunos de esos testimonios

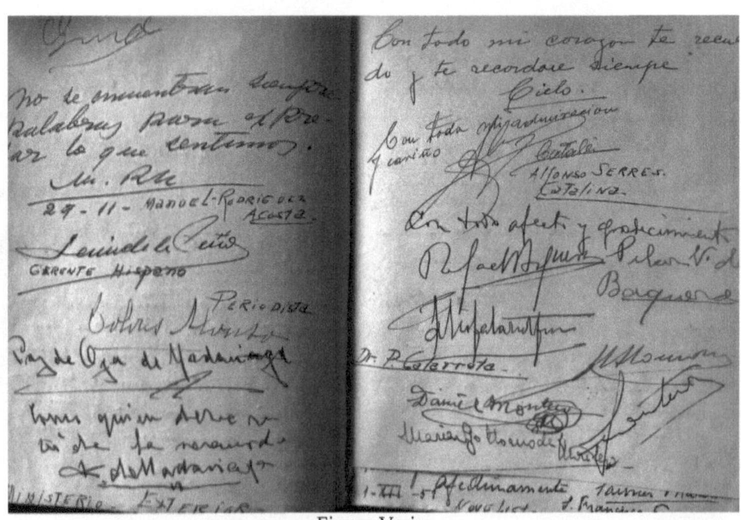

Firmas Varias

324

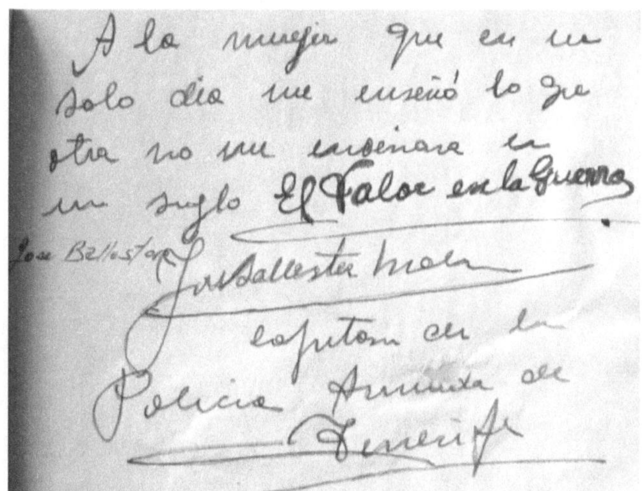

Señora Viuda de Pérez Treviño: Al llegar a México ruego a usted una oración agradecida en mi nombre sobre la tumba de su hidalgo esposo, a quien me reconozco deudor de mi vida. También a usted la considero mi bienhechora. Por ello la bendice. Luis A. Muño-Yerro Arzobispo de Sion – 28 noviembre 1951

A la mujer que en un solo día me enseñó lo que otra no me enseñará en un siglo: El Valor en la Guerra – José Ballester – Capitán de la Policía Armada de Tenerife

Fotografía que forma parte de esa libreta, Doña Esther segunda de izquierda a derecha.

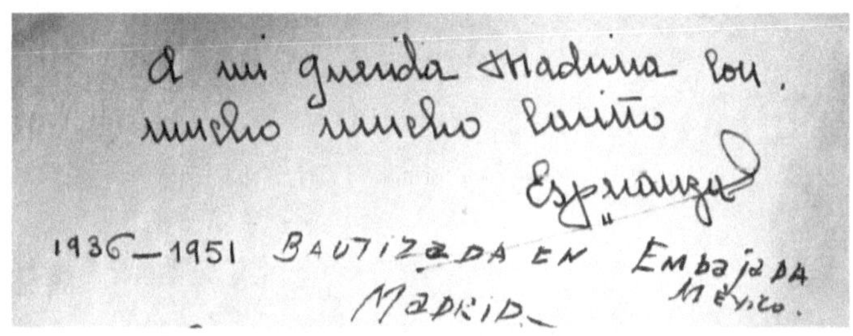

A mi querida madrina con mucho cariño. Esperanza
De puño y letra de Doña Esther Bautizada en Embajada México en Madrid 1936-1951

Esperanza Guadalupe Bastos Pellico ca. 1945

El 19 de mayo del 2014 escribió Esperanza Guadalupe a la autora lo siguiente: *Con verdadera emoción he terminado de leer tu libro a mi hermana Pachis, lo hemos disfrutado muchísimo, ella a ratos se emocionaba con tantos recuerdos, tristes algunos, pero también hermosos. Yo, por fortuna, no me enteré de nada de aquel horror: al ser entonces recién nacida no guardo recuerdos de esos días, solo lo que me contaba mi familia y todo eran elogios y agradecimiento hacia mis padrinos.*

Ha sido un regalo del destino que pudiéramos encontrarnos.

Un abrazo muy fuerte y mucho éxito.

Luis Federico de Orduña y Moral

Seudónimo, Hernán de Burgos

Con la anuencia de Alfonso de Orduña y Pérez, se presenta dentro del cuerpo de esta novela un relato que su padre, don Luis Federico de Orduña y Moral, escribió mientras estaba asilado, y que forma parte de su libro *La Anti–España vista desde el Ministerio de Estado: asesinos, ladrones y payasos*.

Gonzalo Fernández de Córdoba y Parrella

Fotografía tomada en 1936 en la embajada de México en Madrid.

El 28 de diciembre de 1936 nació en Madrid, Enrique Fernández de Córdoba y Calleja, quien facilitó a la autora su libro *Recuerdos de una familia en el siglo XX*, en el que se incluyen los "Recuerdos de una campaña" escritos por su padre, don Gonzalo Fernández de Córdoba y Parrella. De dichos libros algunos datos se incluyen en esta novela.

El 14 de junio de 2014, don Enrique, escribió a la autora lo siguiente:
He terminado de leer su estupendo libro, que es un magnífico testimonio imparcial de los terribles sucesos en Madrid en 1936. Para mí tiene, además, el gran valor de que mi padre fuera uno de los personajes que vivieron aquello en vuestra embajada de México. El libro está muy bien escrito, en un estilo ameno y descriptivo; cuando lo leía, me costaba un esfuerzo cada día interrumpir la lectura.
Le deseo mucho éxito a su interesante libro.

General Manuel Pérez Treviño, Jefe del Estado Mayor del Presidente Álvaro Obregón
(1922)

HECHOS DE ARMAS

1913 – Mil novecientos trece
- *Ataque y Toma de Salinas Victoria, Nuevo León, al ir en marcha a atacar Monterrey*
- *Octubre 23, 24 y 25 - Ataque a la Plaza de Monterrey, Nuevo León.*
- *Tiroteos en Terán y Linares, Nuevo León y Garza Valdez, Tamaulipas, después de la retirada de Monterrey en marcha a Ciudad Victoria, Tamaulipas*
- *Noviembre 16 y 17 – Ataque y Toma de Ciudad Victoria, Tamaulipas.*
- *Noviembre 25 -   Combate en el Puente Santa Engracia, Tamaulipas.*
- *Diciembre 10, 11 y 12 – Ataque al Puerto de Tampico, Tamaulipas*

1914 – Mil novecientos catorce
- *Febrero 22 – Combate en la Población de Ramones, Nuevo León.*
- *Marzo 23 – combate en Ciudad Guerrero, Tamaulipas.*
- *Abril 16 – Combate en Salinas Victoria, Nuevo León*
- *Abril 20, 21, 22, 23 – Ataque y Toma de la Plaza de Monterrey, Nuevo León.*

- Mayo 12 y 13 Ataque y Toma del Puerto de Tampico, Tamaulipas.

1915 – Mil novecientos quince
- Enero 5 – Combate en la Estación de Marte, Coahuila.
- Enero 8 - Combate en Ramos Arizpe, Coahuila.
- Febrero 6 y 7 – Ataque a la Plaza de Monterrey, Nuevo León.
- Marzo 6 y 7 – Ataque a la Plaza de Monterrey, Nuevo León.

1916 – Mil novecientos diez y seis
- Febrero 26 – Combate en Tlahualilo, Durango

Nota: Los hechos de armas anteriores, están comprobados con certificados expedidos a favor del General Manuel Pérez Treviño por los CC Generales de Brigada ANTONIO I. VILLAREAL, Brigadier JOSÉ E. SANTOS, de División JESUS AGUSTÍN CASTRO y de División FORTUNATO MAYCOTTE que obran a folios 121, 116, 117,   119 y 122, de su expediente – Secretaría de la Defensa Nacional. – Alejandra Lajous, Susana García Travesí – Manuel Pérez Treviño, Serie Senadores

EMPLEOS MILITARES – PUESTOS POLÍTICOS Y DIPLOMÁTICOS

1914 – Mil novecientos catorce
- *CAPITÁN PRIMERO DE ARTILLERÍA*
- *MAYOR DE ARTILLERÍA*
- *TENIENTE CORONEL DE ARTILLERÍA*
- *CORONEL DE ARTILLERÍA*

1915 - Mil novecientos quince
- *JEFE DEL ESTADO MAYOR DE LA BRIGADA DEL CUERPO DEL EJÉRCITO DEL NORESTE*

1916 – Mil novecientos diez y seis
- *JEFE DEL DEPARTAMENTO DE ARTILLERÍA EN EL GABINETE DE DON VENUSTIANO CARRANZA*

1917 – Mil novecientos diez y siete
- *GENERAL DE BRIGADA POR ACUERDO DEL C. PRIMER JEFE DEL EJÉRCITO CONSTITUCIONALISTA VENUSTIANO CARRANZA*

1920 – Mil novecientos veinte
- *OFICIAL MAYOR DE LA SECRETARÍA DE GUERRA Y MARINA (DEFENSA NACIONAL).*
- *JEFE DE ARMAS DEL ESTADO DE NUEVO LEÓN.*
- *SE UNE AL PLAN DE AGUA PRIETA.*
- *JEFE DEL ESTADO MAYOR DEL PRESIDENTE OBREGÓN.*

1922 – Mil novecientos veintidós
- *Representante del Presidente Obregón en las Fiestas del Centenario de Brasil - Comandante del Buque Nicolás Bravo*

1923 – Mil novecientos veintitrés
- *GOBERNADOR INTERINO DEL ESTADO DE COAHUILA.*
- *Nuevamente JEFE DEL ESTADO MAYOR DEL PRESIDENTE OBREGÓN.*

1923, 1924 – Mil novecientos veintitrés, veinticuatro
- *SECRETARIO DE INDUSTRIA, COMERCIO Y TRABAJO en el Gabinete del Presidente Obregón*

1926, 1927, 1928 – Mil novecientos veintiséis, veintisiete, veintiocho
- *GOBERNADOR CONSTITUCIONAL DEL ESTADO DE COAHUILA*

1929 - Mil novecientos veintinueve
- *TRABAJA EN EL PROYECTO Y CREACIÓN DEL PARTIDO NACIONAL REVOLUCIONARIO (PNR)*
- *INAUGURA LA CONVENCIÓN CONSTITUTIVA DEL PNR*
- *PRIMER PRESIDENTE DEL PNR.*

1930 – Mil novecientos treinta
- *PRESIDENTE DEL PNR*
- *SECRETARIO DE AGRICULTURA Y FOMENTO en el gabinete del Presidente Ortiz Rubio*
- *PRESIDENTE DE LA COMISIÓN NACIONAL AGRARIA*

1931 – Mil novecientos treinta y uno
- *NUEVAMENTE PRESIDENTE DEL PNR*

1932 – Mil novecientos treinta y dos
- *SECRETARIO DE AGRICULTURA Y FOMENTO en el gabinete del Presidente Ortiz Rubio*
- *SENADOR DE LA REPÚBLICA POR EL ESTADO DE COAHUILA*

1933 - Mil novecientos treinta y tres
- *PRECANDIDATO A LA PRESIDENCIA DE LA REPÚBLICA POR EL PNR – la que declina a favor del General Lázaro Cárdenas*

1935, 1936 Mil novecientos treinta y cinco, Mil novecientos treinta y seis
- *EMBAJADOR EXTRAORDINARIO Y PLENIPOTENCIARIO EN ESPAÑA, PORTUGAL Y TURQUÍA.*

1937, 1938 – Mil novecientos treinta y siete y treinta y ocho
- *EMBAJADOR EXTRAORDINARIO Y PLENIPOTENCIARIO EN CHILE*

1939
- *FUNDADOR PARTIDO ANTI COMUNISTA (PRAC)*

www.ingramcontent.com/pod-product-compliance
Lightning Source LLC
Chambersburg PA
CBHW030139310726
48970CB00005B/1504